EXPERIMENT LIEBE

JANA FEUERBACH

EXPERIMENT

Liebe

SM-Roman

SCHWARZKOPF & SCHWARZKOPF

Inhalt

1

HEIMLICHE

Sehnsucht

Kommt Zeynep heute Abend nicht?« Marisa blickte zur Tür des *New Mexico*. Es war fast neun Uhr. Ein unangenehmes Ziehen schoss bei der Bewegung durch ihre Schulter, und sie drehte sich schnell zurück. Inzwischen hatte sie aufgehört zu zählen, wie oft sie sich den Nacken verrenkt hatte, um die dunkelbraune Holztür mit dem bernsteintrüben Türeinsatz anzustarren. Ständig kamen Leute oder verließen den schummrig eingerichteten Raum. Jedes Mal strömte Kälte herein. Wiebke, Sibylle und sie saßen zwar im hinteren Bereich, wo es nach den mexikanischen Gewürzen aus der Küche roch, doch die kalte Luft ignorierte die Entfernung und biss sich jedes Mal in ihrem Hals fest.

»Abgesagt hat sie jedenfalls nicht.« Sibylle runzelte die Stirn und blickte ebenfalls zur Tür. »Warum ist dir das heute so wichtig? Schuldet sie dir Geld? Wenn du deine Rechnung heute nicht bezahlen kannst, leihe ich dir etwas. Das ist kein Problem.«

»Das ist es nicht.« Wie peinlich. Hitze stieg in ihrem Gesicht auf, obwohl ihre Hände und ihr Nacken eiskalt waren.

Die anderen durften auf keinen Fall merken, wie stark ihr Herz beim Gedanken an Zeynep jedes Mal pochte und wie sie sich auf das Wiedersehen gefreut hatte. Wenn ihre Gefühle zum Futter für die Tratschmühlen wurden … Früher hatten die Leute oft genug über sie gelästert. Das brauchte sie nicht mehr. Nie wieder. Sie pustete auf ihre Fingerspitzen und drückte sie aneinander. Warum hatte sie sich bei der Lausekälte da draußen einen Cocktail bestellen müssen? Sibylle hatte mit ihrer heißen Schokolade eine bessere Entscheidung getroffen.

Die dunkelhaarige Wiebke zog das Teelicht in dem dunkelroten Glas mit der Metallhalterung näher zu sich, ignorierte das Überschwappen des flüssigen Wachses und legte die Hände an die Außenseite. »Ohne Zeynep ist es langweilig. Sie kann uns so herrlich zum Lachen bringen. Ich wollte heute hören, wie die Geschichte mit ihrem Prof und ihrer verbogenen Kaffeetasse ausgegangen ist. Und was mit diesem Typen los ist, den sie neu kennengelernt hat. Wie heißt der noch? Juri? Ob es mit dem endlich was Festes wird?«

»Jonte.« Marisa biss sich auf die Lippen. »Er heißt Jonte.« Als ob sie diesen Namen vergessen könnte.

Zeynep war so lange Single geblieben, dass sie gewagt hatte, sich Hoffnungen zu machen. Abends im Bett hatte sie davon geträumt, wie Zeynep ihre Hände an den Holzbalken des Bettes fixierte und sich von ihrem Hals über ihre Brüste nach unten küsste. Die Fantasien hatten sie erschaudern lassen, und sie waren von Woche zu Woche böser geworden. Natürlich hatte sie diese verdrehten Gedanken für sich behalten. Zeynep ahnte glücklicherweise nichts von der Gänsehaut, die ihr Lächeln und ihre schwarzen Augen in Marisa auslösen. Und selbst, wenn sie es geahnt hätte – sie hätte es ignoriert. Was hätte sie sonst tun sollen?

Wiebke lachte auf. Ihr Atem brachte die Kerze zwischen ihren Händen zum Flackern. »Bestimmt trifft sie sich heute mit ihrem Galan und denkt nicht daran, dass wir auf sie warten, so verpeilt, wie sie manchmal ist. Ich sehe es lebhaft vor meinem inneren Auge. Mittags in der Mensa hat er sie angeschrieben, und sie hat den Rest der Welt vergessen. Zeynep sitzt einer Kommilitonin gegenüber,

isst Salat mit Putenstreifen und meckert, weil es kein süßes Granatapfeldressing dazu gibt. Es piept. Sie greift nach ihrem Handy und
erstarrt. Die Gabel verharrt auf halbem Weg zum Mund, und sie
greift nach dem Handy. Ist er es, der eine und Einzige, der ihrem
trüben, nutzlosen Leben endlich einen Sinn verleihen kann? Oder
ist es nur die Vorsitzende der örtlichen Richterkammer, die ihr mit-
teilen will, dass ihre Praktikumsbewerbung genehmigt wurde und
sie zwei Wochen Beisitzerin bei Strafverhandlungen sein darf, um
ihren Lebenslauf etwas aufzupolieren? O nein, wie frustrierend!«

Sibylle prustete los. »Du erzählst die Geschichte bald besser, als
Zeynep das könnte. In ein, zwei Jahren wirst du ihr ernsthaft Kon-
kurrenz machen. Ich glaube allerdings nicht, dass man so schnell
Beisitzerin wird. Immerhin studiert sie noch.«

»Zeynep kann das. Warte ab, bis sie uns davon erzählt. Es wird
eine abenteuerliche Geschichte sein, in der mindestens ein entgleis-
ter ICE und ein vor einem tollwütigen Storch gerettetes Babykätz-
chen nötig sind, aber sie wird es hinkriegen. Wenn sie sich nicht
gleich auf das Bundeskanzleramt bewirbt.« Wiebke pustete gegen
die Kerzenflamme und fuhr den Rand des dunkelroten Glases mit
der Fingerspitze nach.

Marisa nahm einen Schluck Sunset Beach und ließ ihn langsam über ihre Zunge fließen. Warum gelang es ihr nicht, mit den
anderen zu lachen, als ob alles in Ordnung wäre? Die zerstoßenen
Eiswürfel hatten sich fast aufgelöst, aber die papayafarbene Flüssig-
keit füllte das Glas noch mehr als zur Hälfte. Wahrscheinlich hatte
Wiebke recht, und Zeynep würde heute tatsächlich nicht kommen.
Eine Woche hatten sie sich nicht gesehen, und wie es aussah, würden es dieses Mal zwei werden. Unerträglich.

»Was für eine Geschichte soll ich erzählen?«, fragte eine warme
Frauenstimme hinter ihr. »Kaum bin ich nicht da, wird hinter meinem Rücken über mich gelästert.«

»Zeynep!« Marisa fuhr herum. Die Farbe kehrte zurück in die
Welt, und alle Kerzen im Raum flackerten auf.

Zeyneps dunkle Tigeraugen funkelten abgründig und liebevoll. Ihr Gesicht wirkte im Kontrast zu den vollen, dunklen Haaren blass und edel wie das einer Lady aus vergangener Zeit. Sie trug Perlenohrringe und eine schwarze Bluse zu einem hellgrauen Blazer. Ihr Make-up war dezent und perfekt, als ob sie nicht den ganzen Tag darin gearbeitet und gelernt hätte. Marisa hielt die Luft an, um nicht damit herauszuplatzen, wie wunderschön sie darin aussah.

Hinter Zeynep stand ein blonder Mann, den Marisa erst beim zweiten Hinsehen bemerkte. Er war mit ihr hereingekommen und hinter ihr stehen geblieben. Zeynep drehte sich zu ihm und nahm seine Hand. »Nicht so schüchtern«, neckte sie ihn. »Du bist mitgekommen, um meine Mädels kennenzulernen. Also mach gefälligst einen guten Eindruck!«

Marisa spürte, wie das Lächeln auf ihrem Gesicht zu einer Maske erstarrte. Beim Blut der Madonna, das konnte nicht wahr sein. Der Mann lächelte Zeynep so dümmlich an wie ein Kalb, das auf dem Weg zum Schlachter war. Er sah scheiße aus. Warum hatte er sich auf dem Weg hierher nicht vor ein Auto geworfen, um die Welt von diesem dämlichen Lächeln zu befreien?

Wobei, wenn sie ehrlich war … Abstoßend sah er nicht aus, im Gegenteil. Wenn sie ihn ohne Zeynep auf der Straße gesehen hätte, hätte sie ihm sogar für einen Moment hinterhergesehen, obwohl Männer sie normalerweise nicht interessierten. Sein Lächeln war offen und ehrlich, wenn auch etwas nervös. Er trug Jeans, Hemd und Gürtel und darüber eine Lederjacke. Unter anderen Umständen hätte er sie damit schon halb für sich gewonnen, sie mochte Leder. Aber … Er stand hinter Zeynep, und sie hielt seine Hand, als ob sie ihn nie wieder loslassen wollte. Das katapultierte ihn auf die schwarze Liste, da half weder die Lederjacke noch das schüchterne Lächeln. Marisa verkrampfte die Hände um das Glas.

»Darf ich euch Jonte vorstellen?« Zeynep zog ihn nach vorn und hielt seine Hand in die Höhe. »Mein neuer Freund, würde ich sagen. Seit heute Mittag. Er ist schuld daran, dass ich heute zu spät komme, denn er hat mich zum Essengehen eingeladen, und ich habe euch deswegen tatsächlich eine Zeit lang vergessen.«

Sibylle prustete los. »Mittagspause also, ja? Hast du Salat gegessen? Ohne Granatapfeldressing?«

Zeynep ließ sich nicht irritieren. »Verehrte Damen, das ist Jonte. Betrachtet ihn kritisch, denn mir liegt an eurer Meinung, aber seid bitte auch wohlwollend, ich mag ihn nämlich. Jonte, das sind die Damen, mit denen ich jede Woche am Montag pünktlich um 19 Uhr diesen Ort unsicher mache, um mich zu betrinken. Dass ich das heute vergessen habe, solltest du als großes Kompliment betrachten. Es kommt garantiert nicht wieder vor.«

Jonte hatte inzwischen einen hochroten Kopf, das konnte man sogar im Dämmerlicht der Kneipe erkennen. Zeynep machte es ihm nicht leicht.

Bedeutete das, dass sie ihn in Wahrheit nicht mochte und bald loswerden wollte? Marisa biss die Lippen zusammen. Wahrscheinlich war es eher ein Hinweis darauf, dass er Humor hatte und über sich lachen konnte. Was für eine Bredouille. Einen Mann, der nicht nur optisch, sondern auch charakterlich Potenzial hatte, würde Zeynep bestimmt nicht ohne Weiteres absägen. Frühere Kerle und Eroberungen hatte sie nie zum Cocktailabend mitgebracht, und es hatte nie lang gehalten.

War es nicht schlimm genug, ständig Geschichten über die Männerflirts der Frau anhören zu müssen, die man liebte? Musste sie einem ihre Eroberungen außerdem noch scheinheilig und rücksichtslos vor die Nase halten? Marisa spürte, wie sich ihre Nasenflügel weiteten, und zwang sich zu ruhigen Atemzügen. Die anderen durften es nicht merken. Das wäre peinlich ohne Ende. Sie hatte nicht mal Mama davon erzählt, dass sie sich wahrscheinlich nie in einen Mann verlieben würde, der für die lang ersehnten Enkelkinder sorgen könnte.

Jonte reichte Wiebke die Hand und sagte etwas Höfliches. Marisas Ohren rauschten, und sie hörte nicht, welche Worte sie aus-

11

tauschten. Wiebke war viel zu freundlich. Konnte sie diesen Kerl nicht daran erinnern, dass Männer am Montagabend verboten waren?

Auch Sibylle begrüßte den Eindringling und bot ihm einen Stuhl an, den er sich gern eigenhändig vom Nachbartisch holen dürfe. Hatte auch sie vergessen, dass der Montagabend traditionell ein reiner Frauenabend war und das Mitbringen von Männern als ganz, ganz schlechter Stil zählte? Was waren das für Freundinnen?

Gleich würde er ihr die Hand geben und ihr sein Lächeln aufzwingen, für das sie als Entgegnung ihre Mundwinkel nach oben quälen müsste. Sie würde seine Hand ergreifen und sie schütteln. Und sie würde seinen Blick zumindest für die Dauer einiger freundlicher Worte erwidern, weil sie eine gute Erziehung genossen hatte.

»Er kann meinen Stuhl haben.« Marisa stand abrupt auf, ohne ihn anzusehen. »Ich muss auf die Toilette und wollte heute ohnehin früh los.« Sie berührte Jontes ausgestreckte Hand und quetschte sich an ihm vorbei. Etwas lag auf dem Boden, und sie stolperte. Sibylles Tasche. Natürlich. Die räumte ihren Kram nie vernünftig weg.

Zeynep presste die Lippen zusammen, als Marisa an ihr vorbeiging. Sie tat, als sähe sie es nicht, und ging mit raschen Schritten zur vorhangverhüllten Tür nach unten. Die helle Beleuchtung im schäbig gestrichenen Treppenhaus bildete einen unangenehmen Kontrast zum angenehmen Schummerlicht der Kneipe und blendete sie. Sie kniff die Augen zusammen.

Zeynep hatte bereits einige Male von diesem Jonte gesprochen, genau wie vorher von Nico und davor von Stephan. Sie hatte es nie ernst genommen. Alle Leute mochten Zeynep, natürlich taten das auch die Männer. Schließlich war sie die großartigste Frau auf der Welt. Zeynep strahlte Leben aus und konnte sich mitreißender freuen als ein Kind mit Down-Syndrom. Gleichzeitig besaß sie einen scharfen Adlerblick für Ungerechtigkeiten, setzte sich für Schwächere ein, spendete von ihrem wenigen Geld für Obdachloseneinrichtungen und besaß ein warmes, gutes Herz, das nie jemanden im Stich ließ, der in Not geraten war. Sie war ehrgeizig, schwänzte nie die Uni und erreichte fast immer die Bestnote. Außerdem rochen ihre Haare nach Zimt. Mit einem Wort, sie war vollkommen.

Neben ihr kam sich Marisa regelmäßig wie der ungeschickteste Volltrottel im Stadtteil vor. Ihre fisseligen Haare verknoteten sich ständig. Entweder luden sie sich elektrisch auf und standen wild in alle Himmelsrichtungen ab, oder sie lagen platt und ohne Schwung seitlich an ihrem Kopf und weigerten sich trotz Haargel und Schaumfestiger, ihre Form zu behalten. Außerdem hatte Marisa immer das Gefühl, dass sie sich im Vergleich zu Zeynep staksig wie ein zu groß geratener Laufvogel bewegte. Zeynep war nicht besonders groß gewachsen, obwohl es ihr nicht an Kurven an den richtigen Stellen mangelte. Die fehlende Körpergröße kompensierte sie mit eleganten Pumps, wodurch sich ihre Hüften beim Gehen immer elegant wiegten.

Marisa stakste die Treppe hinunter, jedenfalls fühlte es sich so an, weil ihre Beine kaum wussten, wie sie sich bewegen sollten. Jemand hatte die Stufen geputzt, aber das Linoleum wirkte, als läge es schon länger auf den Stufen, als Marisa lebte. Hier müsste dringend renoviert und unten bei den Kisten auch aufgeräumt werden. Seltsam, dass ihr das früher nie aufgefallen war. Andererseits war es logisch. Die Montagabende bildeten das Highlight ihrer Wochen. Normalerweise hatte sie an diesem Tag so gute Laune, dass nichts sie trüben konnte. Montags traf sie Zeynep an einem der Tische mit den dunkelroten Windlichtern, an denen Wiebke herumfummelte. Bisher hatte das ausgereicht, um die ganze Woche zu erhellen. In Wahrheit hatte sie sich all die Zeit einer Illusion hingegeben. Die schöne Fassade der Kneipe täuschte darüber hinweg, was für Abgründe sich hinter den Vorhängen verbargen. In Wahrheit war die Welt hässlich und trostlos. Auf der Außenseite der Klotür blätterte die Farbe ab. Marisa drückte die Klinke nach unten.

Der Toilettenvorraum roch nach Zitronenputzmittel und frischer Farbe. Hier hatte sich definitiv etwas verändert! Auf der Innenseite verschönerte ein tiefseegrüner Anstrich mit tannenblauen Akzenten auf den Zierleisten das alte Holz der Tür. Ob das eine Kriegserklärung der Kneipenbesitzerin an den Vermieter war, der das Treppenhaus so verkommen ließ?

Marisa starrte den blanken Spiegel an und fragte sich, was sie hier suchte. Die Frau auf der anderen Seite der Glasscheibe schien eine Fremde zu sein. Sie hatte tiefe Schatten unter den Augen, und ihre Wangen sahen eingefallen aus. Ihre Schultern hingen nach vorn. Sie stützte sich auf das unsichtbare Waschbecken auf der anderen Seite des Spiegels, als ob ihr Rücken alle Spannkraft verloren hätte.

Zeynep. In Wahrheit hatte sie seit Jahren gewusst, dass ihre liebste Freundin eine Hete war. Sie hatte es ausgeblendet, solange Zeynep bei den Cocktailabenden nach ihrer Hand griff, wenn sie von ihrem Liebeskummer erzählte, und immer gehofft, dass …

Marisa biss die Lippen zusammen. Warum hatte sie Zeynep nicht längst ihre Gefühle gestanden? Weil sie hoffte, dass Zeynep es von allein begreifen würde? Die Gleichung hatte mehr Lücken als das neue Add-On von Cihads Lieblingsspiel. Morgen würde sie in die Uni gehen und sich einen weiteren Tag damit quälen müssen, dass sie zu feige war, um eine Entscheidung zu treffen. Und Cihad würde sie in die Seite piken und auslachen.

Konnte man sein Leben nicht auf eine Weise leben, die von allein funktionierte, ohne dass man ständig über die nächste Abbiegung entscheiden musste? Sie wollte doch bloß glücklich werden. Mit der Frau, die sie liebte. Bisher hatte sie sich wenigstens auf die Montagabende noch freuen können, aber … Die Chance dafür hatte Zeynep mit diesem Überfall verspielt.

Ihr Leben war eine einzige Katastrophe. Auf die Uni freute sie sich schon lange nicht mehr, und der Gedanke an das Praktikum in fünf Wochen bereitete ihr richtiggehend Bauchschmerzen. Sie hatte gehofft, dass Zeynep ihr heute ein wenig Mut machen würde und vielleicht sogar ihre Hand ergreifen würde, um ihr Kraft zu schicken. Wenn man mit Zeynep über Probleme sprach, erschienen sie jedes Mal halb so schlimm. Aber Zeynep hatte jetzt einen Kerl. Einen Stecher. Einen Toyboy für ihr Bett, der es ihr so richtig besorgen konnte. Hart, dreckig und tief.

Das waren gemeine Gedanken. Zeynep verdiente Besseres als das.

Seit vielen Jahren waren sie Freundinnen. Als Mädchen hatten sie sich alle Geheimnisse erzählt. Gemeinsam hatten sie mit den Augen gerollt, wenn der Politiklehrer in der Oberstufe sie in den Stunden mit seinen Blicken durchbohrte, Zeyneps Brüste anstarrte und einmal zu oft wiederholte, wie wichtig es sei, keine Vorurteile gegen Menschen mit dunklerer Hautfarbe zu haben. Marisa war Zeyneps Alibi gewesen, als sie bei ihrem ersten und zweiten Freund übernachten wollte, bis Zeyneps Mutter das Arrangement durchschaut und Zeynep gesagt hatte, dass sie ehrlich mit ihr sein sollte, weil sie auf der Welt niemanden hatten außer einander. Zeynep hatte Marisas Hand umklammert, als sie davon erzählte. »Ich habe doch dich«, hatte sie geflüstert. »Du bist wie eine Schwester für mich. Nein, du bist sogar noch wichtiger. Schwestern streiten sich manchmal. Aber wir, wir werden uns immer lieben.«

Sollte das von einem Abend auf den anderen vorbei sein? Hätte Zeynep keinen anderen Weg finden können, um ihr mitzuteilen, dass sie abserviert war und in ihrem Leben keine Rolle mehr spielen sollte? Würde sie heute Nacht mit Jonte … in ihrer Wohnung …

Marisas Augen brannten. Sie wischte mit dem Handrücken darüber und schniefte. Gut, dass sie sich nicht geschminkt hatte. Sie öffnete den Wasserhahn, ließ kühles Wasser über die Fingerspitzen laufen und betupfte die Augenlider und die Partie oberhalb ihrer Wangenknochen. Es tat gut. Das Brennen ließ nach. Das mit Zeynep … Immerhin waren sie Freundinnen. Manche Frauen hatten nicht mal eine beste Freundin, auf die sie sich in jeder Situation verlassen konnten. Sollte sie dafür nicht dankbar sein?

Marisa zog ein benutztes Taschentuch aus der Hosentasche und schnäuzte sich. Irgendwie würde sie das hinbekommen. Sie würde nach oben gehen und sich für ihr abruptes Weggehen entschuldigen. Sie würde Zeynep als nachgeholte Begrüßung in den Arm nehmen, wie eine normale Freundin, und sie würde Jonte die Hand geben. Irgendwie würde sie es hinbekommen.

Die Tränen, die sie bis eben zurückgehalten hatte, schossen ihr in die Augen. Ein Schluchzer brach sich Bahn, und sie begriff, dass auf die Augenlider getupftes kaltes Wasser nicht helfen würde. Scheiße! Warum lag kein Papier neben dem Waschbecken? Diese modernen Lufttrockner taugten nichts. Sie versteckte ihr Gesicht hinter den Händen, um es nicht im Spiegel sehen zu müssen. Was, wenn jemand hereinkam?

Was, wenn jemand in einer der abschließbaren Zellen hockte und sie gehört hatte?

Erschrocken ging Marisa zum Durchgang und sah auf die ebenfalls tiefseegrün gestrichenen Türen. Diese Farbe war definitiv neu. Ein unbekannter Künstler hatte mit Schablonen einen wilden Unterwasserdschungel auf die Toilettentüren und -trennwände gepinselt.

Die Eingangstür in ihrem Rücken ging auf, und jemand kam herein. »Marisa? Ist alles okay bei dir?«, fragte eine vorsichtige Frauenstimme. Es war Zeynep.

O Gott. Was sollte sie erwidern?

»Ich kriege meine Tage«, sagte sie schließlich, ohne sich umzudrehen und Zeynep anzusehen. Das bot eine Ausrede für das abrupte Weglaufen und ihren langen Aufenthalt vor dem Spiegel, auch wenn sie sich mies dabei vorkam, Zeynep zu belügen. »Hast du zufällig irgendetwas Passendes dabei? Ich bin heute mal wieder morgens aus dem Haus, ohne daran zu denken, dass es bald so weit ist.« Sie wischte sich so unauffällig wie möglich mit dem Handrücken über die Nase. Fast kam es ihr vor, als könne sie den Zimtduft von Zeyneps Haaren bis hierher riechen. Er legte sich über ihre

16

Haut, hüllte sie ein und besänftigte das Chaos in ihrem Innern. Eine trügerische Illusion. In Wahrheit existierte nichts als Chaos und eine Zukunft, die Tag für Tag mehr zu Trümmern zerfiel.

»Natürlich. Warte kurz.« Zeynep kramte in ihrer Handtasche, als ob sie ihr jedes Wort glaubte. Vielleicht tat sie das. Die Periode konnte einen überall erwischen. Zeynep war immer auf alle Eventualitäten vorbereitet. Von so etwas Simplem wie weiblicher Biologie ließ sie sich nie aus dem Gleichgewicht bringen – es sei denn, es ging um ihre Hormone und die Gefühle für einen Mann.

Dieses Mal nahm Marisa den Zimtduft wirklich wahr und bildete ihn sich nicht nur ein. Marisa ließ die Augen geschlossen. Zeynep stand hinter ihr und drückte ihr etwas in die Hand. Ihre Finger waren kühl und weich. Auch das passte zu ihr. Zeyneps Finger waren so schlank und schön wie der Rest von ihr, aber leider manchmal schlecht durchblutet. Normalerweise durfte Marisa ihre kalten Finger wärmen.

Ab jetzt … fiel diese Aufgabe wohl Jonte zu.

»Danke.« Marisa ging in die nächste Zelle und schloss die Tür ab, ohne Zeynep anzusehen. Sie wusste, wie unhöflich das wirkte, aber es kümmerte sie nicht. Der Deckel lag auf der Klobrille, und sie setzte sich drauf und drückte ihre Füße gegen die Tür.

»Und sonst?«, fragte Zeynep vor der Tür.

»Willst du mich aushorchen, während ich auf dem Klo sitze und meine Tage habe?«

Zeynep lachte. »Also ist sonst alles in Ordnung bei dir? Für einen Moment hatte ich das Gefühl …«

Ihre Stimme wärmte Marisa. Zeynep hatte gesehen, dass es ihr schlecht ging. Sie hatte Jonte oben gelassen und war zu ihr heruntergekommen, um zu helfen. Irgendwas Liebes musste sie jetzt erwidern. »Es war ein Scheißtag«, sagte sie schließlich. Das stimmte auch. Keine Zeynep am Tisch mit den anderen, und dann brachte sie einen Typen mit. Das war noch schlimmer, als sie überhaupt nicht zu sehen.

»Haben sie dich in der Uni wieder geärgert?«, fragte Zeynep mitfühlend.

Marisa starrte die frisch gestrichene Tür an, auf der sie mit ihren Turnschuhen bestimmt Dreckspuren hinterließ. Wie schön wäre es, wenn in ihrem Leben endlich mal etwas richtig laufen würde!

Sie wischte sich die Augen mit Toilettenpapier ab, drückte die Spültaste, damit Zeynep nicht merkte, dass sie vor ihrer Nähe geflüchtet war, kam zurück in den Vorraum und wusch sich mit dem heißen Wasser die Hände extra gründlich.

»Marisa? Alles in Ordnung?« Zeynep legte ihr die Hände auf die Schultern.

Marisa erstarrte. »Geht schon.« Sie zwang sich zur Selbstbeherrschung. »Es ist nur … Cihad und die anderen planen in jeder Pause ihr Wissenschaftspraktikum und reden den ganzen Tag über Laborausstattungen. Anstatt mit ihnen um die besten Ergebnisse zu wetteifern, darf ich an das blöde Gymnasium mit einem kombinierten Materialraum für Naturwissenschaften, wo ich keine Sau kenne und mich vor einen Haufen durchgedrehter Schüler stellen soll, die keine Lust auf Physik haben und das an mir auslassen werden. Im Materialraum für Physik steht bestimmt ein kaputtes Skelett in einer Ecke und verstaubt, kannst du dir das vorstellen? Eigentlich habe ich nach dem Abitur gehofft, nie wieder einen Fuß in eine Schule setzen zu müssen. Und jetzt …«

Zeynep nickte und streichelte sanft den Ansatz ihres Nackens, massierte die Anspannung ein wenig heraus.

Marisa war dankbar, weil Zeynep nicht darauf hinwies, dass es ihre freie Entscheidung gewesen war, Physik auf Lehramt und nicht als Hauptstudium zu studieren. »Wollen wir wieder hochgehen?«, fragte sie schließlich.

Zeynep berührte zwei Punkte auf der Rückseite ihres Halses, die eine Welle aus Wohlbehagen durch sie fließen ließen und die schlechte Laune zurückdrängten. »Wir müssen uns mal wieder zu zweit treffen. Dann kannst du mir das mit dem Studium in Ruhe erzählen.«

Marisa wiegte den Kopf. »Im Studium gibt es nichts als den gleichen Mist wie sonst. Außerdem hast du einen neuen Freund. Wahrscheinlich werdet ihr euch in den kommenden Wochen in jeder freien Minute sehen wollen.«

»Du bist auch wichtig.« Zeynep kraulte die Stelle direkt unter dem Haaransatz.

Marisa sah im Spiegel, wie das Leben zurück in ihre Augen kehrte. Für einen Moment genoss sie Zeyneps Liebkosung und berappelte sich. »Wollen wir hoch zu den anderen gehen?«

»Bist du wieder so weit?«

Marisa ballte die linke Faust, bis sich die Fingernägel schmerzhaft in die Handfläche bohrten, und nickte. »Ich muss diesen Jonte besser kennenlernen. Wenn er dich unglücklich macht, kann er was erleben!«

Zeynep lachte und öffnete die Tür. »Lass uns zurückgehen.«

2

GEHEIMES

Paradies

Zeynep wusste, dass Marisa nicht auf Kerle stand. Es hatte sie nie gestört, im Gegenteil. Ein bisschen hatten Marisas Blicke ihr sogar geschmeichelt, wenn sie ehrlich war. Trotzdem hatte sie immer gehofft, dass Marisa sich eines Tages in eine Frau verlieben würde, die sie glücklich machte. Jemand, der zu ihr passte und etwas von Physik verstand. Frauenkörper auf Frauenkörper und so. Wie sollte das funktionieren? Natürlich liebte man sich unter engen Freundinnen. Aber Sex?

Keine andere Frau war aufgetaucht, um die Last der unerwiderten Liebe von Zeyneps Schultern zu nehmen, obwohl sie es heimlich gehofft hatte. Marisas Blicke waren Monat für Monat eindringlicher geworden. Immer, wenn Zeynep in ihre Richtung sah, blickte Marisa hastig weg, als ob sie bei etwas Unanständigem erwischt worden wäre. Sie hatte sich nie aufgedrängt, aber … konnte sie nicht einfach zu der Freundin werden, die sie früher gewesen war?

Sie kannten sich seit sechs Jahren, und es war tatsächlich Liebe auf den ersten Blick gewesen. Auch bei Zeynep. Sie hatte vor Erleichterung gesungen, als sie nach den furchtbaren Jahren als Klassenaußenseiterin in eine andere Stadt ziehen durfte und die

Chance auf einen Neuanfang in einer fremden Schule bekam. Marisa war am Anfang zurückhaltend gewesen, aber als die Chefzicken sich wegen des Lochs in ihrem Pullover über Zeynep lustig machten, hatte sich Marisa schweigend neben sie gesetzt und ihre Hand ergriffen. Eines Tages hatte sie ihre komplette Flasche Cola über dem Kopf eines Typen ausgegossen, der Zeynep geärgert hatte – obwohl sie an diesem Tag acht Stunden vor sich hatten und die Flasche noch fast voll war.

So etwas bedeutete viel, wenn man sechzehn Jahre alt war. Freundschaft. Zueinander stehen, wenn alle anderen zu Feinden wurden. Hand in Hand über den Schulhof gehen und darüber lachen, dass alle sie für zwei Lesben hielten.

Damals war es lustig gewesen.

Inzwischen waren sie Anfang zwanzig. Sie hatten sich zu Frauen entwickelt, die nichts mehr mit den romantischen Mädchengedanken von damals zu tun hatten, sondern studierten und nach der Zukunft griffen. Sie war keine Außenseiterin mehr, die auf die Freundschaft von Marisa bitter angewiesen war. Natürlich hatte sie Marisa immer noch total gern und konnte sich keine bessere Freundin wünschen. Es gab nichts, woraus man ihr einen Vorwurf machen konnte, im Gegenteil. Sie hatte nur diese spezielle Art, Zeynep anzusehen, die sie manchmal fast in den Wahnsinn trieb.

Sie stolperte über eine Bordsteinkante.

»Ist alles in Ordnung?« Jonte drückte ihre Hand und zog sie enger an sich.

Es tat gut. Er war trotz ihrer moderaten Pumps einen halben Kopf größer als sie, sodass sie sich mit ein wenig Verbiegen unter seine Schulter quetschen konnte. Totale Geborgenheit. Mit einem Mann zu kuscheln war um einiges besser als mit einer Frau. Männer rochen einfach anders. Verführerischer und besser.

Und doch … Wenn Marisa sie weniger wie ein Hundewelpe ansehen würde und mehr wie eine verführerische Frau, die mit ihr schlafen wollte … Hätte sie sich genauso gesträubt? Vielleicht drückte sie sich davor, weil Marisa schon so lange ihre beste Freundin war. Oder? Das konnte nur schiefgehen.

»Kann es sein, dass du in Gedanken woanders bist?« Jonte pikste sie in die Seite. »Wir können uns morgen wiedersehen, wenn du heute noch etwas zu tun hast.«

»Entschuldige.« Zeynep drehte sich zu ihm. »Ich war gerade in Gedanken bei Marisa. Ihr ging es heute nicht so gut.«

»Marisa ist nett.« Jonte zog sie enger an sich. »Ein bisschen schüchtern, aber ich glaube, ich mag sie. Sie hat wache und intelligente Augen.«

»Das stimmt. Sie ist auch sehr klug. Als Kind hat sie eine Klasse übersprungen. Wahrscheinlich ist sie so schüchtern, weil sie immer die Jüngste war. Die anderen haben sie gemobbt und Streberin genannt, aber sie kann nichts dafür, dass sie was im Köpfchen hat. Seitdem fällt es ihr schwer, andere Leute kennenzulernen.«

»Du bist auch klug.« Jonte drückte ihr einen Kuss auf die Schläfe.

Zeynep lachte. »Und du erst! Immerhin wirst du Ingenieur. Dafür muss man auch ganz schön was auf dem Kasten haben.«

»Möchtest du noch spontan ins Kino gehen?« Er zog sie enger an sich. »Ich bin so happy, weil ich dich endlich gefunden habe, dass ich dich garantiert nicht so schnell loslasse. Meinetwegen können wir sogar in einen dieser fürchterlichen Kitschfilme für Frauen gehen.«

Zeynep küsste ihn auf die Stelle zwischen Schlüsselbein und Hals. Die Haut war warm und weich und schmeckte nach Salz. Der Stress der vergangenen Wochen löste sich auf und ließ namenloses Wohlbehagen zurück, das sie durchströmte und sich langsam erhitzte. Seine Hände auf ihrem Rücken waren warm und fest. Jede Berührung sandte einen kleinen Schauder durch sie. Jonte drückte die Lippen auf ihre Stirn, und sie schloss die Augen. Seine Lippen wanderten über ihre Augenlider, ihre Wangen und näherten sich ihrem Mund.

Sie machte einen Schritt nach hinten, lächelte und suchte seine Augen. »Ich muss dir etwas gestehen.«

»Du bist schwanger. Von einem anderen«, neckte er sie. »Es kann nicht von mir sein. Wir haben bisher noch nie …«

Zeynep schlug die Hand vor den Mund. Niemand brachte sie so wundervoll zum Lachen wie Jonte. Vielleicht hatte sie sich deswegen bis über beide Ohren in ihn verknallt und dachte seit Wochen jeden Abend beim Einschlafen an ihn? Sie konnte immer noch nicht ganz glauben, dass er ihre Gefühle tatsächlich erwiderte und sie in der Mittagspause geküsst hatte. Einfach so, mitten über den Mensatisch hinweg, während sie von der Strafrechtsvorlesung um zehn erzählt hatte. Ihre Gabel war ihr bei dem Kuss aus der Hand gefallen.

»Es ist noch schlimmer, fürchte ich«, sagte sie ernst und biss sich auf die Lippen. »Ich mag keine Frauenfilme mit viel Romantik und Happy End, also machst du mir damit keine Freude. Ich mag lieber …«

»… Männer mit nacktem, eingeöltem Oberkörper, die sich prügeln und ihre Muskeln im Kerzenlicht schimmern lassen?« Er grinste. »Muss ich mir wegen irgendetwas Sorgen machen?«

»Solche Filme mag ich auch nicht, aber ich kann ziemlich gemein sein«, gab sie zu. »Mit Handschellen und so …«

Es war dunkel, deswegen konnte sie das Blaugrau seiner Augen nicht erkennen, aber sie wusste, dass es da war. Über dieses Thema hatten sie bereits gesprochen. Sein Blick war ein Abgrund aus blitzender Schwärze. Sie wurde hineingesaugt. Elektrizität vibrierte vom Bauch bis in ihre Brüste und sandte Stromstöße in ihre Fingerspitzen. Das ging zu schnell! Vor einer Woche hatte sie nicht mal gewusst, ob sie für ihn mehr war als eine normale Freundin.

»Mit Kerzenwachs auf dem nackten Oberkörper kannst du mich auf jeden Fall eher locken«, meinte er und knuffte sie mit dem Ellenbogen in die Seite. »Öl wird zu heiß.«

Zeynep küsste ihn auf den Mundwinkel und berührte seine Haut mit der Zungenspitze. »Das heißt, du würdest dich widersetzen, wenn ich dich mit warmem Öl massieren würde? Das gefällt mir aber nicht …«

Er zuckte zusammen und presste sich enger an sie. Sie stand nah genug bei ihm, dass sich seine Bewegung auf ihre Brüste und ihren Körper übertrug. Was für Geheimnisse sich unter seiner knackigen Jeans und dem Hemd verbargen?

Sie streichelte zwischen zwei Hemdknöpfen hindurch. Seine Haut war warm, fast heiß, und sie konnte die harten Bauchmuskeln deutlich fühlen. »Eigentlich will ich nicht ins Kino«, hauchte sie ihm ins Ohr und fuhr mit den Fingernägeln unter der Lederjacke über seinen Rücken. »Ich würde dir viel lieber deine Klamotten vom Leib fetzen und …« Sie zögerte. Ach, was sollte es. Er hatte gesagt, dass es ihm gefallen würde. »… und das mit dem Kerzenwachs ausprobieren. Und die Handschellen, von denen du mir erzählt hast. Und …«

Er küsste sie so geschickt, wie sie noch nie von einem Mann geküsst worden war. Seine Zunge war fordernd und liebevoll zugleich. Neugierig fuhr er den Rand ihrer Zähne entlang, neckte sie mit der Zungenspitze und zog sich zurück, als sie den Vorstoß erwidern wollte. Die Welt löste sich auf. Nichts außer ihm spielte noch eine Rolle. Sie konnte die vorbeifahrenden Autofahrer zwar hören, aber bestimmt sahen die sie nicht, weil Jonte mit seiner Umarmung einen magischen Mantel aus Unsichtbarkeit um sie geworfen hatte.

Er ließ sie erst los, als sie nach Luft schnappte. »So schlimme Dinge hast du mit mir vor? Gleich am ersten Abend? Willst du nicht doch lieber ins Kino?«

Sie fasste in seine Knopfleiste, zog ihn heran und biss sanft in sein Ohrläppchen. »Nein. Ich möchte zu dir. Das hier ist nämlich nicht unser erster gemeinsamer Abend. Letzte Woche sind wir essen gegangen, schon vergessen?«

»Wenn das so ist …« Seine Hände wurden fordernder, und die Haut unter ihren Fingern und Lippen erhitzte sich zusehends. »Worauf warten wir dann noch? Wollen wir unterwegs noch Champagner kaufen? Oder Erdbeeren?«

»Pfui, wie romantisch! Kerzen reichen, oder?« Sie küssten sich erneut. Ihre Nippel prickelten, und sie kniff ihn in seine. »Wie weit ist es zu dir?«

Jonte lebte in einer Vierer-WG, erklärte er im Treppenhaus, aber er wollte Zeynep noch keinem der Mitbewohner vorstellen. Das würde er ein anderes Mal nachholen. Heute Abend wollte er sie für sich allein haben.

Im Flur bedeckte schwarz-weißes Linoleum in Mosaikoptik den Boden. In seinem Zimmer hatte Jonte einen dichten, weißen Flauschteppich ausgelegt, der die Kühle des Tisches und des Regals in Glas-Chrom-Optik ein wenig abmilderte. Der Kleiderschrank, der Schreibtisch und der Rahmen des Bettes gehörten zu einer Ikea-Serie aus dunkelbraunem Holzimitat. An den Wänden hingen sorgfältig gerahmte Posterdrucke von impressionistischen Gemälden mit ländlichen Szenen. Der Geruch frisch gewaschener Wäsche lag in der Luft.

»Hübsch hast du es hier!« Zeynep blickte sich um.

Jetzt war sie doch etwas verlegen. Seit der Trennung von Michael damals hatte sie nicht wie eine keusche Jungfrau gelebt, wem hätte das etwas genützt, aber … das waren Discoabenteuer gewesen. Männer, bei denen sie wusste, dass sie sie wahrscheinlich nie wiedersehen würde. Bei denen hatte sie sich gehen lassen können, ohne sich Sorgen zu machen, dass die schlecht von ihr denken würden. Jonte dagegen … Was, wenn ihm ihre Art nicht gefiel? Wenn ihn die kleinen Speckröllchen an ihrem Bauch abstießen, oder wenn er nach dieser Nacht auf die Idee käme, dass er sie nicht mehr wollte? Hätte sie ihn lieber noch eine Weile zappeln lassen sollen?

»Wir müssen das heute noch nicht tun.« Jonte war an die Seite getreten und sortierte Stifte auf seinem ohnehin viel zu ordentlichen Schreibtisch. »Von mir aus können wir einfach eine DVD gucken. Wenn du SciFi und Action magst, wirst du in meinem Regal bestimmt fündig und sonst gehe ich in die Küche und mache uns etwas zu trinken. Und wenn du die Handschellen und so suchst, die sind in der oberen Nachttischschublade. Mach dir da aber keine falschen Hoffnungen, es ist nicht allzu viel.«

»Alles klar.«

Zeynep sah ihm hinterher. Er schloss die Tür nicht ganz, aber sie war angelehnt, und man konnte sie vom Flur aus nicht erkennen. Für einen Moment trat sie an das DVD-Regal und musterte die Filme. Bestimmt würde sie mit Jonte noch den einen oder anderen spannenden Filmabend verbringen können.

Aber heute?

Mit einem weiteren Blick zur Tür zog sie die Nachttischschublade auf. Plüschhandschellen. Wie niedlich. Der Polyesterbezug war schwarz. Sie wirkten, als ob man sie noch nie benutzt hätte. Außerdem lagen dort unbenutzte Teelichter, ein Seil von der Breite ihres kleinen Fingernagels – und eine kleine Peitsche mit Metallgriff und Wildlederschnüren.

Zeynep nahm sie heraus und ließ die Riemen durch ihre Finger gleiten. Wie weich sich das anfühlte! Für einen Moment sah sie sich in ein Etuikleid aus Veloursleder gekleidet über ein marmornes Parkett schreiten. Oder nein, sie saß beim Klang von Harfenmusik auf einer Recamière im Kolonialstil, während Jonte mit nacktem Oberkörper auf einem Kissen zu ihren Füßen kauerte und ihr Weintrauben hochreichte, wann immer sie sich hinabbeugte. Das wäre wundervoll. Im Zimmer müssten Kerzen brennen …

Sie zog die Teelichter aus der Schublade und verteilte sie im Zimmer. Einzelne Gläser mit Milchglaseinsätzen und geometrischen, metallischen Filigranmustern auf der Oberfläche waren offensichtlich zu genau diesem Zweck aufgestellt worden. Wie interessant. Auf den ersten Blick wirkte das Zimmer kühl und technisch, aber wenn man genauer hinsah … Der Flauschteppich, in dem man versinken konnte, die Bilder an den Wänden und jetzt die passend bereitstehenden Kerzengläser verrieten, dass Jonte jemand war, der wusste, wie man es sich gemütlich machte und das Leben genoss. Und das, obwohl es picobello ordentlich bis zur letzten Ecke war und sie heute Morgen noch gar kein Paar gewesen waren!

Hatte er das Zimmer am Wochenende im Voraus für sie aufgeräumt? Oder sah es bei ihm immer so aus? Fast war es unheimlich. Hoffentlich bekam er keinen Herzinfarkt, wenn sie zum ersten Mal besuchte.

Ein prüfender Blick. Noch stimmte die Atmosphäre nicht. Es war zu hell. Sie knipste die Schreibtischlampe an und ging zum Schalter für das Deckenlicht. Er war rund und ließ sich bewegen. War das ein Dimmer? Wie cool war das! Fasziniert drehte sie den Knopf hin und her, um die optimale Lichtintensität herauszufinden. Ja. Jetzt war es gemütlich.

Jonte kam mit zwei großen Kaffeetassen herein und schob die Tür mit dem Ellenbogen zu. »Ich sehe schon, du experimentierst lieber, als dir Filme anzusehen.«

Zeynep ließ den Lichtschalter los und fühlte sich ertappt wie als Mädchen, als sie auf einen Stuhl gestiegen war, um den Brüdern mitten in der *Sesamstraße* die Sicherung herauszudrehen und sich anschließend furchtbar unschuldig mit ihnen darüber aufzuregen, dass der Fernseher kaputt war. Sie wusste immer noch nicht, was sie damals dazu gebracht hatte. Später, bevor ihre Mutter nach Hause gekommen war, hatte sie die Sicherungen hineingedrückt. Es war nie jemand dahintergekommen, weil sie klug genug gewesen war, es bei diesem einen Mal zu belassen. Aber manchmal fühlte sie sich immer noch schuldig.

»Ich meinte eigentlich die Peitsche, nicht das Licht.« Er bewegte sich langsamer als vorhin. Achtsamer. Lag das an dem Kerzenlicht, das von seinen Augen reflektiert wurde, oder blickte er sie anders an als zuvor?

»Du siehst verflucht gut aus«, sagte sie das Erste, was ihr in den Sinn kam. »Ich habe so eine Peitsche noch nie in der Hand gehabt, aber ich war neugierig.«

»So viel kann man damit nicht falsch machen.« Er stellte die Kaffeetassen auf dem Nachttischchen ab, trat hinter sie und ergriff sanft ihre Hände. »Du darfst nicht wild drauflosprügeln, sonst machen die Schnüre, was sie wollen. Nimm den Griff in die eine Hand und die Schnüre in die andere. Du dirigierst sie und ihre Richtung, immerhin bist du der Boss.«

Zeynep schloss für einen Moment die Augen und schmiegte sich in seine Umarmung. »Bin ich das?«

»Wenn du die Peitsche hältst, solltest du es sein, sonst nehme ich sie dir schneller weg, als du gucken kannst.« Er fasste sie fester am Oberarm.

Seine Berührung prickelte. Was wäre, wenn er es tatsächlich tun würde? Er könnte sie aufs Bett werfen, ihren Rock hochschieben und ihre Bluse ungeduldig aufknöpfen …

Er versuchte, ihr die Peitsche aus der Hand zu nehmen. »Ich glaube, die ist noch zu groß für dich«, flüsterte er. Sein Atem kitzelte.

Sie griff fester zu und drehte sich aus seiner Umarmung. »Ich habe dir nicht erlaubt, sie wegzunehmen«, flüsterte sie zurück.

Das Schummerlicht und die Reflexionen der Kerzenlichter auf den glänzenden Oberflächen gaben ihr das Gefühl, sich in einer Zauberhöhle verlaufen zu haben, in der die verrücktesten Wunder möglich wären – solange sie sich vorsichtig und leise bewegte, um den Zauber nicht zu brechen.

»Und was, wenn ich nicht danach frage, ob du es mir erlaubt hast?« Er griff nicht nach der Peitsche, sondern streichelte ihre Wange.

»Dann muss ich dich … wohl … bestrafen.« Die fremden Worte stolperten über ihre Zunge und hinterließen einen Geschmack wie von Erdbeereis mit einer Soße aus frischen Blaubeeren. Süß, rein und frisch wie ein Windhauch im Sommerwald.

»Vielleicht will ich das nicht?« Seine Augen spielten mit ihr, lockten und verführten sie dazu, tiefer in diesen Wald hineinzulaufen. Sie ahnte, dass es Brombeerranken geben würde, die sich um ihre Strumpfhose legen und ihr die Knöchel zerfetzen würden, und doch … Irgendwo in diesem Wald wartete das Wasser des Lebens auf sie, sprudelte aus einer Quelle zwischen moosbewachsenen Steinen hervor und leuchtete so stark, dass es den Weg in diese Welt fand. Das Blaugrau seiner Augen verwandelte sich in eine Waldquelle, aus deren Tiefen das Wasser in Spiralen nach oben quoll. Sie hatte das Gefühl, zu verdursten, obwohl sie jahrelang nicht geahnt hatte, was ihr fehlte.

»Vielleicht sollte es dir ausreichen, wenn ich das will?«

Sie wollte ihn nicht bestrafen, im Gegenteil. Er hatte nichts falsch gemacht. Er sah gut aus, sexy, verführerisch, sie wollte ihn ausziehen, vernaschen und ganz zärtlich zu ihrem Eigentum machen.

Und doch … Da war auch etwas Böses in ihr, das danach drängte, hervorzubrechen. In seinen Augen lag alles, wonach sie sich seit Jahren gesehnt hatte, ohne es in Worte fassen zu können.

Wann war sie das letzte Mal so nervös gewesen?

Ihr Griff um die Peitsche festigte sich, und sie fuhr mit der Zunge über die Lippen. »Du hast mir angeboten, dass ich die Peitsche heute Abend bei dir ausprobieren darf. Wenn du das Versprechen nicht hältst … muss ich dich dazu zwingen, fürchte ich.« Wieder kamen die Worte, ohne dass sie darüber nachdachte. Sie jagte ihnen vergeblich hinterher und versuchte, sie einzufangen. Zu spät. Sie hatte es ausgesprochen. Elektrizität stieg auf und verbrannte ihre Fingerspitzen am Peitschengriff.

Da war kein Erschrecken oder Widerstreben in seinen Augen, nur Wärme und glückliches Erstaunen, die ihre eigenen Empfindungen so perfekt widerspiegelten, dass sie in einen Spiegel zu blicken glaubte. »Ist es das, was du möchtest?« Er küsste sie sanft auf die Stirn.

»Ich kann es ja ausprobieren?«

Immerhin hatte sie seit Jahren von so etwas geträumt.

Sie umfasste die Peitschenschnüre und fragte sich, wie es sich anfühlte, wenn sie aus ihrer Hand auf seinen nackten Oberkörper fielen. Würden rote Striemen zurückbleiben? Sie hatte entsprechende Pornos im Netz gefunden, aber … die waren gefühllos gewesen. Voll mit heftigem Equipment, und die Kamera hielt die ganze Zeit auf die Frau in den Fetischklamotten. Es gab keine Gefühle, keine Tiefe, nur Kälte und abfällige Gesichtsausdrücke. Dieser Blick von Jonte, voll Leidenschaft und Hingabe … den konnte keine Kamera der Welt einfangen.

Das war es, wonach sie gesucht hatte.

»Was hältst du davon, wenn ich mich hinknie und dir deinen Kaffee serviere? Immerhin bist du mein Gast.« Er hauchte ihr einen Kuss auf die Wange. »Soll ich das Hemd ausziehen?«

Es war Wahnsinn, wie sehr seine Augen funkelten.

»Hauptsache, du siehst mich weiterhin auf diese Weise an.«

»Wie du wünschst.« Er hielt ihren Blick gefangen und knöpfte sein Hemd auf. Das Kerzenlicht schimmerte auf seiner Haut. Er streifte den Stoff über die Schultern und enthüllte schlanke Arme, deren Muskeln sich angenehm abzeichneten. Das weiche Licht zeichnete die Konturen seiner Bauchmuskeln nach.

»Ich bin dafür, dass wir das mit der Peitsche und den Handschellen lassen, du dich aufs Bett legst und wir …« Sie verstummte.

Der Metallgriff in ihrer Hand wurde feuchter, und sie veränderte ihren Griff. Alles war neu. Obwohl sich Wärme in ihrem Bauch ausbreitete, trockneten ihre Lippen von Sekunde zu Sekunde weiter aus. Vielleicht hätten sie wirklich ins Kino gehen sollen. Sie kannten sich noch überhaupt nicht.

Was, wenn er schlecht von ihr denken würde?

Er ging auf die Knie, angelte eine Kaffeetasse vom Nachttisch und reichte sie ihr mit einem spitzbübischen Grinsen. »Sag bloß, das gefällt dir nicht?«

»Doch.« Zusammen mit der Tasse richtete sie sich auf und trank einen Schluck. »Das ist Pulvercappuccino. Du hast die Milch nicht extra erhitzt und aufgeschäumt.«

»Hätte ich das tun sollen?« Schalk klang in seiner Stimme mit.

Sie hatte das Gefühl, über dünnes Eis zu balancieren, das jede Sekunde knacken und sie in eiskalte Tiefen saugen könnte. Und doch … Wenn das Eis sie trug …?

Die Wildlederfäden landeten auf seiner Brust. Ihre Spitzen streiften über seinen Oberarm. Die Berührung verursachte keinen Laut, und es blieben keine Spuren zurück. Trotzdem holte Zeynep tief Luft und schluckte. Sie hatte es getan. Nicht so, wie er es gezeigt hatte, aber die Peitsche hatte ihr gehorcht und fast exakt die Stelle getroffen, die sie anvisiert hatte.

»Und? War es so schlimm?« Sein Lächeln war stolz und herausfordernd zugleich.

»Das müsste ich eher dich fragen.« Sie nahm einen Schluck. Der Cappuccino schmeckte süß und cremig. »Hast du wenigstens Milch hineingegeben, wenn du ihn schon nicht aufgeschäumt hast?«

»Natürlich, meine Lady.«

Das Wort sandte einen heißen Schauer durch sie.

Trotzdem: »Wie kommst du auf die Idee, mich Lady zu nennen?« Ein zweites Mal flog die Peitsche zu ihm und gleich ein drittes Mal, weil es so viel Spaß machte.

»Das ist ein Zeichen von Respekt …«

»Nenn mich gefälligst *Sahibe*. Ich bin Türkin, keine Engländerin.«

Fehler. Wieder einmal waren die Worte ihr schneller davongaloppiert, als sie ihnen hinterherjagen konnte, und dieses Mal hatten sie sie in die Irre geführt. War man immer noch Türkin, wenn man mit einem deutschen Pass in Deutschland geboren war und keine türkische Familie mehr hatte? Vor zweieinhalb Jahren hatte sie mit ihrer Mutter gebrochen, und jetzt …

Sie ließ die Peitsche sinken und setzte sich neben Jonte. »Oder nenn mich doch lieber Zeynep. Immerhin ist das hier unser erster Abend, hm?« Sie reckte sich zum Nachttisch, um ihm seine Tasse zu reichen.

»Sahibe heißt Herrin?« Er nahm einen Schluck. »Pfui, der ist ja ekelhaft süß.«

»Ich dachte, das wüsstest du! Warum servierst du mir etwas, was dir nicht schmeckt?«

»Ich trinke normalerweise Tee, aber du bist mein Gast. Und in der Uni trinkst du immer Kaffee.«

»Wie niedlich!« Sie trank die Tasse halb leer. »Ich trinke auch schwarzen Tee, aber nicht dieses widerliche Teebeutelzeug, das sie in der Mensa anbieten. Aber stimmt schon, durch Marisa habe ich mir das Kaffeetrinken angewöhnt. Inzwischen bin ich ein richtiger Koffeinjunkie.«

»Marisa?«

»Sie ist Halbitalienerin. Italiener trinken alle Kaffee.«

Die Tasse war wie ein Grenzzaun zwischen ihr und Jonte. Etwas, was sie vor ihm beschützte und sie gleichzeitig miteinander verband. Er saß immer noch oben ohne auf dem Boden. Fast, als würden sie sich schon ewig kennen, wären vertraut miteinander wie ein altes Paar, dabei war heute der erste Abend …

»Wovor hast du eigentlich Angst?«, fragte sie.

Jonte zögerte. »Sexuell? Meinst du, was für Dinge du besser lassen solltest, wenn du mich dominierst?«

Zeynep zuckte mit den Schultern. »Auch … Aber eher als Mensch. Ich weiß erst so wenig über dich.«

»Spinnen.«

»Wie bitte?«

»Ich weiß, das ist voll unmännlich … Aber ich habe voll Angst vor Spinnen. Wenn die rumkrabbeln, mit den vielen Beinen … Da kriege ich das kalte Gruseln.«

Zeynep lachte. »Sag nicht, wenn wir eines Tages zusammenziehen, muss ich mich mit Glas und Pappscheibe auf Spinnenjagd machen?«

Er legte den Kopf schief und grinste verlegen. »Wenn du das kannst, erfüllen wir bereits die erste Voraussetzung für eine glückliche Ehe.«

Sie lachte. »Und sonst? Was hast du mir bisher noch verschwiegen?«

Er zuckte mit den Schultern. »Ich habe mal davon geträumt, Bodyguard zu werden. Deswegen habe ich mit Karate angefangen. Ich habe aber schnell festgestellt, dass es mir etwas zu gut gefällt, wenn mich jemand besiegt, aufs Kreuz schmeißt oder mir wehtut. Damals hatte ich noch keinen Namen dafür, aber es war mir suspekt. Also habe ich beschlossen, Motorradrocker zu werden … Oder Ornithologe auf einer einsamen Insel, um fremde Vogelarten zu erforschen.«

»Wow, das ist vielfältig.«

»Ich wette, du hast auch eine Weile gebraucht, um rauszufinden, welcher Beruf für dich der richtige ist.«

»Das stimmt. Als kleines Mädchen wollte ich unbedingt Astronautin werden … Die erste Frau auf dem Mond und so. Aber mir wird schon im Riesenrad schwindelig, also habe ich überlegt, dass ich mir etwas Neues suchen muss …«

Ihr Gespräch plätscherte hin und her, floss um die Ränder der verchromten Regale, wickelte sich um die Ränder der impressionistischen Bilderdrucke und schweifte ab in die Vergangenheit. Irgendwann trank Zeynep den letzten Tropfen und setzte sich auf. Das hier … stimmte nicht. Seit Tagen, vielleicht schon seit Wochen, träumte sie davon, Jonte so nahzukommen. Jetzt saß sie neben ihm, und sie unterhielten sich über Kinderstreiche, als ob sie in der Mensa säßen und sein nackter, gut gebauter Oberkörper ihr völlig gleich wäre.

Sie stellte die Kaffeetasse ab, öffnete die Schublade und holte die Handschellen heraus. »Plüschhandschellen sind übles Klischee. Aber ich habe sie noch nie ausprobiert.«

Jonte erwiderte ihren Blick und trank den letzten Schluck. »Hauptsache, du verlierst den Schlüssel nicht.«

»Kein Thema. Gib deine Hände her.«

Er gehorchte. Zeynep streichelte über seine Unterarme, fuhr mit dem Finger über seine Handfläche und legte ihm schließlich die Handschellen an.

»O Mist, ist das zu fest?«

Jonte ballte kurz zwei Fäuste. »Geht gerade noch. Nächstes Mal vielleicht etwas weiter lassen.«

»Alles klar.«

Sie legte den Schlüssel auf dem Nachttischchen ab und blickte ihn an. Er war heißer als heiß. Seit Wochen träumte sie von ihm, und jetzt kniete er vor ihr und war bereit, sich von ihr beherrschen zu lassen. Das war fast zu gut, um wahr zu sein.

Was sollte sie mit ihm anstellen?

»Zieh dich aus«, bat oder befahl sie ihm, so genau konnte sie das in diesem Moment nicht auseinanderhalten.

»Mit Handschellen?«

»Natürlich.«

Jonte stand ungeschickt auf und zog sich die Hose aus. Zeynep registrierte zufrieden, dass er es schaffte, die Socken dabei beiläufig mit abzustreifen. Ihr prüfender Blick schien ihn zu erregen, und sein Schwanz richtete sich auf. Hm, der war schön groß. Also, nicht zu groß, nicht so, dass es Schwierigkeiten geben würde, aber groß genug, dass Zeyneps Schoß sich unwillkürlich zusammenzog. Wie es sich wohl anfühlte, ihn in sich zu haben?

Nicht daran denken, ermahnte sie sich. Nicht überhasten. Vögeln kannst du mit jedem. Dieser Mann ist anders. Er verdient, dass du dir Zeit nimmst. Wolltest du mit ihm nicht neue Welten erforschen, nicht nur den Matratzensport, den du schon mit zu vielen anderen Männern ausprobiert hast, ohne je echte Befriedigung zu finden?

Keiner der anderen hatte Handschellen für sie getragen oder ihr mit nacktem Oberkörper Pulvercappuccino serviert. Sie wollte nie wieder etwas anderes trinken.

»Was soll ich tun, Sahibe?«

Das Wort wärmte sie von innen.

Jonte stand nackt vor ihr und trat die Hose beiläufig mit dem Fuß zur Seite. Seine Schultern hingen nach vorn, und er senkte den Kopf, als ob ihm seine Blöße unangenehm sei. Hoffentlich war ihm nicht kalt!

»Warum stehst du nicht aufrecht? Schämst du dich?«, fragte sie.

Jontes hastiger Blick zur verschlossenen Tür beantwortete ihre Frage. »Nein, alles ist gut«, sagte er dennoch und richtete sich auf.

»Uns stört schon keiner.« Zeynep schluckte und bemühte sich ebenfalls um Haltung. »Selbst wenn, dann schicke ich ihn raus und mach ihn dafür fertig. Jetzt gehörst du mir, und das heißt auch, dass ich auf dich aufpasse.«

Das warme Lächeln in seinem Gesicht verriet ihr, dass sie die richtigen Worte gewählt hatte.

»Ich weiß, meine Sahibe.«

»Habe ich dir erlaubt, zu reden?« Sie stand auf und ging um ihn herum. Ein Lächeln stieg in ihr auf, böse und verboten, das mit Sicherheit viel zu unweiblich war. Ihre Mutter würde schimpfen, aber ihre Mutter war weit weg. Dieser Augenblick gehörte Zeynep allein. »Sklave, ich finde, du könntest dich aufrechter halten. Ich will sehen, dass du stolz darauf bist, mir zu gehören.«

Jonte richtete sich auf. Seine leuchtenden Augen fingen ihren Blick ein. Obwohl sie diejenige sein sollte, die herrschte, fühlte sie sich paradoxerweise mit einem Mal geborgener als je zuvor in ihrem Leben. Sie trat zu Jonte und legte die Arme um ihn, küsste ihn auf die Wange und störte sich nicht daran, dass er die Umarmung wegen der Handschellen nicht erwidern konnte.

»Ich bin stolz darauf, dir zu gehören, Sahibe«, wisperte er ihr ins Ohr. »Du bist schön und stark und klug ... Du bist die eine Frau unter einer Million.«

»Ich habe dir zwar nicht zu reden erlaubt, Sklave, aber für so süße Komplimente mache ich eine Ausnahme von meiner Regel.« Sie lachte und schlug dann erschrocken die Hand vor den Mund. »Das heißt, wenn das in Ordnung ist?«

»Hey, du bestimmst. Keiner verlangt, dass du ein faires Regiment führst, La... Sahibe. Es soll dir Spaß machen. Du bestimmst.«

»Und das ist okay für dich?«

»Vielleicht kickt es mich ja?« Er biss sie ins Ohrläppchen. »Auch, wenn du im Moment wahrscheinlich alles sagen könntest und ich dich dafür anbeten würde. Es macht mich wahnsinnig, dass du so nah vor mir stehst und ich dich nicht anfassen kann.«

In Zeyneps Kopf überschlugen sich die FemDom-Pornos, die sie gesehen hatte. Was sollte sie tun? Es sollte ihr Spaß machen, hatte er gesagt. Vor ihrem inneren Auge stolzierten stark geschminkte Frauen mit streng nach hinten gekämmten Haaren durch Verliese, in denen sich Metallkonstruktionen in den Himmel erhoben, in die man den gepeitschten und gedemütigten Mann wie in ein Spinnennetz immobilisieren konnte. Peitschenkünstlerinnen, Strapon-Liebhaberinnen, diabolische Doktorinnen, die sich von Kopf bis Fuß in glänzendes, eng anliegendes Latex hüllten. Abgesehen davon, dass sie noch nie Latex getragen hatte, gab es in Jontes Zimmer auch nichts, was sie für ein solches Szenario verwenden könnte …

Ein flaues Gefühl breitete sich in ihr aus. Ihr Mund wurde trocken. Wie sollte sie jemals auch nur annähernd so geschickt werden?

Und wie sollte sie diesen schönen, verführerischen Mann, in dessen Augen sie ertrank, abfällig und mit kalter Stimme beschimpfen, wenn sie in Wahrheit unendlich glücklich über seine Nähe war?

»Ich glaube, ich kriege kalte Füße«, gab sie zu. »Ich kann dich doch nicht als Sklavensau beschimpfen oder auf den Boden spucken und verlangen, dass du es aufleckst.«

»Auflecken könnte bei dem Teppich schwierig werden«, räumte Jonte trocken ein. »Und Tiernamen fand ich noch nie sonderlich sexy.«

»Alles klar. Dann bin ich ab jetzt nicht mehr deine Sahibe, sondern Zeynep. Und du legst dich aufs Bett.«

»Okay, dann mach aber erst die Handschellen los.« Schalk blitzte in seinen Augen.

Zeynep griff nach dem Schlüssel und wedelte damit vor seinem Gesicht herum. »Hast du gerade gesagt, ich *soll* die Handschellen aufmachen?«

»Du hast doch gesagt …«

»Ts.« Sie ließ die Schlüssel nachlässig in einem Bogen zwischen Bett und Wand fliegen und schüttelte den Kopf. »Du hast wohl vergessen, wer von uns das Heft in der Hand hat.«

Jonte öffnete den Mund, zögerte und schloss ihn wieder.

»Was ist?«

»Du hast doch gesagt, ich darf nicht ohne Erlaubnis reden, Sahibe.«

Sie schlug ihn mit der flachen Hand auf den Oberarm. Es klatschte. »Ich habe gesagt, ich bin jetzt wieder Zeynep!«

»Aha. Ist Zeynep immer so herrschaftlich drauf?«

»Du sollst die Klappe halten und dich aufs Bett legen. Ich bin jetzt grad drin. Wenn du mich anzweifelst, krieg ich wieder kalte Füße.«

»Alles klar … Zeynep.« Er küsste sie. »Du bist echt süß.«

»Hinlegen, habe ich gesagt.« Sie schubste ihn nach hinten und half ihm dabei, sich hinzulegen. »Hände über den Kopf legen, klar?«

Er nickte und gehorchte.

Seine Erektion schien weiter zu wachsen, wenn das überhaupt noch möglich war. Zeynep umfasste sie und genoss die Hitze unter der Haut. Jonte stöhnte auf, aber sie ignorierte es. Langsam erforschte sie seinen Körper, streichelte über seine flachen Bauchmuskeln und seine Beine, umfasste die Hoden und zog vorsichtig daran.

»Autsch«, sagte er leise.

»Lieber nicht?«

»Hauptsache, du bist vorsichtig.« Er schien sich zu einem Lächeln zu zwingen. »Immerhin bin ich dir gerade ausgeliefert. So wirklich wehren kann ich mich nicht, wenn du etwas mit mir anstellen möchtest.«

»Na ja, die Handschellen sind nicht wirklich …«

»Pst. Ich bin dir ausgeliefert. Ich kann mich nicht wehren. Genieß es, meine … Zeynep.«

Sein Körper sprach eine eindeutige Sprache. »Du scheinst es ebenfalls zu genießen.«

Eine Antwort war nicht nötig.

Zeynep fuhr mit den Fingernägeln über seinen Bauch. Er zog tief die Luft ein, und es ging ihr durch und durch. So fühlte es sich also an, über einen Mann zu herrschen? So süß und wild und erotisch? Sie bohrte ihren Fingernagel in seinen Nippel, kniff hinein und drehte die Hand. Der lustvolle Ausdruck in Jontes Gesicht verwandelte sich in Schmerz, doch sein Schwanz in ihrer anderen Hand blieb unverändert hart.

Sie wollte ihn. Jetzt. Seltsam, früher hatte sie immer ein ewig langes Vorspiel benötigt. Dieses Mal hatte sie das Gefühl, wahnsinnig zu werden, wenn es nicht endlich passierte. Sie kramte ein Kondom aus Jontes Schublade und streifte es ihm über. Mist, jetzt war es zu spät, ihn dort in den Mund zu nehmen, die Zähne sanft um seine Eichel zu schließen und langsam immer fester zuzubeißen, bis er die Kontrolle verlor und ihm ein Schmerzenslaut entwich. Sie hätte früher daran denken sollen.

Egal. Es würde andere Gelegenheiten geben.

Zeynep zog ihr dunkles Shirt aus und warf es Jonte über den Kopf, damit er nicht sah, wie sie sich bis auf den BH auszog. Sie schwang das Bein über seine Hüfte und ließ ihn langsam in sich hineingleiten und hielt bei der Hälfte inne. Das Gefühl ging durch und durch. Warten. Spüren, wie Jonte tiefer in sie hineindrängte, sich zurückziehen. Es würde schnell gehen, das spürte sie. Er hatte sie kaum berührt, weder geleckt noch gefingert, doch ihr Spiel hatte ihr Blut so erhitzt, dass sie sich beherrschen musste, ihn nicht mit einer schnellen Bewegung in sich hineinzuschieben und bereits davon zu explodieren. Es war ihr erstes Mal. Sie sollte sich Zeit lassen.

Am Ende hätte sie nicht sagen können, wie lange sie miteinander Liebe machten. Irgendwann riss sie Jonte das T-Shirt vom Gesicht, um ihn anzusehen, zog seine gefesselten Hände an ihre Brüste und krallte die Finger um seine Schultern, um ihn tiefer in sich hineinzuziehen. Sie sah ihm in die Augen, bannte ihn mit ihrem Blick und ertrank in seinem, bis sie kurz vor ihrem Höhepunkt die Augen schloss und den Kopf nach hinten warf. Ihr Becken zog sich zusammen, sie schob den Hintern nach vorn und spürte sein Erschauern an der besonderen Stelle in ihrem Innern, bis sie über die Grenze fiel und die Welt sich auflöste.

Es fiel ihr schwer, sich wegen des Kondoms rechtzeitig von ihm zu lösen, aber sie erhob sich und ließ sich erschöpft neben ihm auf die Matratze sinken.

»Wow«, sagte Jonte leise. »Ich meine, ich bin ja nicht der Typ, der nach dem Sex fragt, wie er war, aber … Ich meine, du, du warst …«

»Ich bin nicht der Typ, der so was wissen will«, gab sie zurück.

»Jedenfalls nicht direkt danach. Kannst du nicht einfach die Klappe halten?«

»Ich dachte, Frauen wollen nach dem Sex reden.«

»Ich bin keine Frau, sondern deine Sahibe.«

»Ich dachte, du bist meine Zeynep?«

»Auch das. Und jetzt sei still, damit ich das Nachglühen genießen kann.« Sie legte den Arm um ihn und zog ihn auf die Seite, legte ihre Stirn an seine. Eine heiße Welle durchrollte sie.

Das mit ihnen war etwas Großes, realisierte sie. Etwas, was lange halten und sie glücklicher machen würde als alle früheren Männergeschichten. Sie hätte nicht sagen können, woher diese Überzeugung stammte. Natürlich war das Blödsinn, so früh konnte man nicht wissen, wie es weitergehen würde, sie war schon oft auf die Klappe gefallen, sie hatte schon oft gedacht, dieses Mal wäre es jemand, mit dem sie glücklich werden könnte … Und doch, dieses Mal war es anders.

Oder?

Schluss mit den Zweifeln, ermahnte sie sich. *Genieß diesen Augenblick. Selbst, wenn es nie wieder so schön wird … Sauge all diese*

Erinnerungen in dich hinein. Seinen Duft nach Lust und Erstaunen.
Dieses Gefühl der elastischen, schon etwas durchgelegenen Matratze
unter sich, die er bestimmt aus seinem Teenagerzimmer mitgenom-
men hatte. Du hast noch den Geschmack des Salzes seiner Haut auf
der Zunge, dieses Gefühl, als du die Zähne in seine Schultern ge-
schlagen hast. Diese Wärme seiner Stirn an deiner, als ob ihr auf eine
Weise miteinander verschmelzen wollt, die weit über Sex hinausgeht.

Es würde zerbrechen. Es zerbrach immer. Vertrauen war tödlich
und gefährlich. Sie sollte aufstehen und gehen, bevor er aufstand
und sie verließ.

Woher kam nur diese Angst, dass all das in der nächsten Sekunde auseinandergehen würde? Warum konnte sie nicht einfach den
Augenblick genießen, anstatt sich mit Ängsten wegen der Zukunft
verrückt zu machen?

Jonte bewegte sich und rückte von ihr ab. Zeynep erstarrte.
Jetzt, jetzt würde es geschehen. Er würde entschuldigend lächeln.
Sie würde so tun, als ob es ihr nichts ausmachte, wenige Minuten
danach aufzustehen, sich anzuziehen und noch eine Viertelstunde
Höflichkeiten auszutauschen, bevor sie nach Hause ging.

Und dann wäre sie wieder allein.

Jonte hielt ihr die Hände hin. »Ich würde gern noch stundenlang
so mit dir liegen, aber langsam drücken die Dinger echt unangenehm. Ob du mich befreien kannst? Ich würde dich gern richtig in
den Arm nehmen.«

Glucksendes Lachen stieg in Zeynep auf. »Könnte schwierig werden«, gab sie zu. »Der Schlüssel liegt hinter dem Bett.«

»Stimmt ja.« Jonte grinste verlegen. »Was machen wir da?«

»Wie es aussieht, musst du dich gefesselt an mich kuscheln, und
ich nehme dich in den Arm. So kannst du wenigstens nicht weglaufen.«

»Wie es aussieht, habe ich keine Wahl.«

»Nein.« Zeynep zog ihn enger an sich und vergrub die Nase in
seinem Haar. »Die hast du nicht.«

3

PHYSIK-
vorlesung

Marisa verlagerte ihr Gewicht auf dem durchgesessenen Holz-sitz, während die erste Dienstagsvorlesung abgespult wurde und sie die Erinnerung an Zeynep zu verdrängen versuchte. Das Unigebäude stammte aus den Siebzigern, und das merkte man dem Audimax an. In den Seminarräumen gab es moderne Tische und Stühle, in den kleinen Auditorien hatte man gepolsterte Sitze und Kunststoffstühle einbauen lassen, aber hier atmeten die Tische und davorgeklappten Sitzstühle den Mief der Tradition aus.

Nach Vorlesungen in diesem Raum bekam Marisa regelmäßig Nackenverspannungen, gegen die kein Stretching half, aber es kümmerte sie wenig. Hier wurde Physik unterrichtet und kein alberner Pädagogikkram, der sie eines Tages in eine Lehrerin am Gymnasium verwandeln sollte. Diese Vorstellung ließ ihr immer noch kalten Schweiß über den Rücken laufen.

Cihad stieß sie mit dem Ellenbogen in die Rippen. »Verstehst du, was der Prof labert?«

»Pst!« Marisa hing an den Lippen des Physikprofessors. Ihre rechte Hand zeichnete fast von allein die Gleichungen von der Tafel, während die Gedanken wie Lichtfäden in ihrem Kopf rotierten, sich umeinanderwickelten und zu einem Netz verwoben. Noch verstand Marisa nicht alles, aber sie wusste, dass die Gedanken sich weiterentwickeln würden, bis es irgendwann Klick machte und das Licht in ihrem Kopf ein wenig heller strahlte.

»Ich mein ja nur … Ich schreibe fleißig mit, aber du musst mir nachher erklären, was wir da gelernt haben.«

»Ist ja gut. Beim Mittagessen.«

Cihads Worte waren eine unwillkommene Ablenkung. Alles war unwillkommen, was sie daran hinderte, davon zu träumen, eines Tages selbst auf der Empore zu stehen und die Geheimnisse der Physik an andere weiterzugeben. Das würde bedeuten, dass sie zuvor viele Jahre damit verbracht hätte, eigene Forschungen anzustellen.

Doktor Marisa Fontana … Wie wunderschön das klang!

Und wie furchtbar, dass sie es niemals werden konnte. Ihre Mutter rechnete damit, dass sie Lehrerin wurde und ihr früher oder später Enkelkinder schenkte.

Marisa hatte im Rahmen des Lehramtsstudiums einige Pädagogikvorlesungen besucht, doch die Fragestellungen hatten sie gelangweilt. Warum sollte sie einem Haufen nerviger Teenager das Prinzip der schiefen Ebene erläutern und sie mit längst überholten Atommodellen langweilen, wenn daneben ein ganzes Universum darauf wartete, von ihr erforscht zu werden? Wellenfunktionen, Dopplereffekte, Harmoniegleichungen … Es war unglaublich, wie sich die Geheimnisse des Universums in Zahlen und Symbole übersetzen ließen. Je mehr man entdeckte, desto mehr neue Fragen taten sich auf.

Cihad stieß sie mit dem Ellenbogen in die Rippen. »Ich weiß, warum du so verträumt bist«, flüsterte er. »Du träumst von Zeynep.«

Peng. Das saß. Wo sie sich doch für wenige Minuten endlich einmal frei von den ständigen Gedanken daran gefühlt hatte, wie Zeynep diesen Mann gestern Abend angesehen hatte.

»Stimmt nicht!«

»Und warum hast du gelächelt, als ich ihren Namen gesagt habe?«

Marisa schrieb mechanisch weitere Symbole von der Tafel ab und fügte sie in ihrem Block zu Gleichungen zusammen. »Also gut, ich habe an sie gedacht«, sagte sie schließlich, um Cihad nichts von ihren peinlichen Doktorandenträumen zu erzählen.

Warum hatte ihre Liebste gestern bloß diesen grässlichen Mann mit zum Cocktailabend bringen müssen? Hätte Zeynep Marisa nicht wenigstens ihre Träume lassen können, dass sie eines Tages … vielleicht doch …?

Zeynep war stark, klug und schön. Ihre Bewegungen waren elegant und entschlossen, ihre Träume groß und ehrgeizig. Sie war eine Frau, die für die Realität viel zu schade war. Zeynep hatte vor nichts Angst, nicht mal davor, ihren eigenen Weg zu gehen und der Welt den Stinkefinger zu zeigen, wenn die sich ihr in den Weg stellte. Wenn Zeynep Physik statt Lehramt studieren wollte, würde sie es tun und sich nicht von den Erwartungen ihrer Mutter einsperren lassen.

Andererseits hatte Zeynep seit über zwei Jahren kein Wort mehr mit ihrer Mutter geredet. Wirklich glücklich konnte sie damit auch nicht sein. Eigentlich tat sie Marisa deswegen sogar ziemlich leid.

Sie würde Zeynep so gern trösten …

»Und?« Cihad ließ nicht locker.

»Zeynep hat einen Freund. Gestern hat sie ihn mit zu unserem Mädelsabend gebracht.«

»Auweia.« Er schnalzte mitfühlend mit der Zunge.

»Du sagst es.«

»Diese Zeynep muss einen schlechten Geschmack haben. Wenn sie sich mit irgendeinem dahergelaufenen Kerl einlässt, obwohl sie dich haben könnte …«

»Bestimmt bin ich ihr zu hässlich.«

»Blödsinn.« Cihad setzte den Deckel auf seinen Füller und zog ihn wieder ab.

Marisa schrieb mechanisch weiter die Formeln von der Tafel ab. Ein Teil ihres Gehirns verarbeitete den Vortrag des Professors und speicherte besonders betonte Worte ab, um sie später bei der Durchsicht ihrer Unterlagen leichter abrufen zu können. Ein winziger Teil ihrer Aufmerksamkeit verlagerte ihr Gewicht auf dem unbequemen Holzstuhl, aber der Hauptteil ihrer Gedanken blieb auf Zeynep gerichtet. Ihr schalkhaftes Lächeln, wenn sie sich freute ... Der besorgte Gesichtsausdruck gestern, als sie ihr das Mädchen-Notfall-Kit neben dem Waschbecken überreicht hatte ...

»Hast du eine Idee, wie ich sie und diesen Typen voneinander trennen kann?« Jetzt war es ausgesprochen. Im gleichen Augenblick schämte sie sich. »Ich meine, ich gönne ihr, dass sie glücklich ist. Aber ... Warum kann sie es nicht mit mir werden? Ich liebe sie mindestens so sehr wie Jonte, und außerdem schon viel länger.«

»Das Leben ist unfair.« Cihad spielte mit dem Daumennagel am Füllerdeckel herum und verursachte ein kratzendes Geräusch, das an Marisas Nerven zerrte.

»Kannst du nicht einfach so lange an Jonte herumbaggern, bis er sich in dich verliebt, Cihad? Dann kapiert Zeynep, dass er nichts taugt, und außerdem will er dann eh nichts mehr von ihr. Problem gelöst.«

»Wie, sagtest du, sieht er aus? Blond? Tut mir leid, das ist nicht mein Fall.«

»Heutzutage kann man sich auf seine Freunde auch nicht mehr verlassen.« Marisa pikte ihn mit dem Ellenbogen in die Seite. »Nein, ist schon richtig, mit solchen Intrigen sollte man gar nicht erst anfangen. Zeynep sah gestern wirklich glücklich aus. Das sollte ich ihr nicht kaputt machen. Aber ...«

»Ich weiß.« Cihad tätschelte ihr mitfühlend die Hand. »Es ist ein Elend, wenn man in jemanden verliebt ist und einfach das falsche Geschlecht dafür hat.«

»Wir beide sind echt gekniffen.«

Er seufzte. »Sag mal, in zwei Wochen ist ja das Laborpraktikum … Sebastian und Nico arbeiten wie immer zusammen, ich denke, dass du und ich auch ein Team bilden?«

»Cihad!« Marisa blickte ihn empört an. »Sag nicht, dass du dich noch immer nicht um die Anmeldung und ein Praktikumsthema gekümmert hast?«

»Ich dachte, du …«

»Du weißt doch, dass ich Lehrerin werde. Ich mache ein Schulpraktikum. Bei uns kommt das Laborpraktikum erst zwei Semester später dran.«

»Verdammt.« Cihad zog eine Grimasse. »Heißt das, ich muss mir einen anderen Praktikumspartner suchen? Ich habe doch noch keine Ahnung, was für ein Thema ich nehmen soll.«

»Meine Güte, es sind nur noch zwei Wochen! Du kannst dich nicht immer darauf verlassen, dass ich mich um alles kümmere. Kriegst du wenigstens allein deine Schuhe zugebunden?«

Marisa heftete den Blick auf die Tafel und konzentrierte sich auf die Worte des Professors, um Cihad nicht weiter anzufahren. Cihad war das Paradebeispiel eines vertrottelten Wissenschaftlers. Nichts bekam er allein hin, gar nichts! Um alles musste sie sich kümmern.

Es war unfair, Cihad deswegen böse zu sein, das wusste sie selbst. Er konnte nichts dafür, dass der Gedanke an ihre Zukunft als Gymnasiallehrerin sie regelmäßig an den Rand eines Nervenzusammenbruchs brachte. Marisa mochte keine Teenager. Sie hasste Lärm und Geschrei, und an Schulen war es laut. Immer. Wenn die Schüler alt genug wurden, sich menschlich zu benehmen, gingen sie fort und wurden durch neue Schreihälse ersetzt.

Schlimmer noch, Marisa würde nicht bloß unterrichten müssen, immer die gleichen selbstverständlichen Grundlagen der Physik, die für die meisten Kids immer noch viel zu kompliziert wären – sie würde auch in den Pausen Aufsicht führen müssen. Es würde Schulhofschlägereien geben, und man würde von ihr erwarten, dazwischenzugehen, obwohl ihr laute Stimmen, aggressive Emotionen und körperlicher Kontakt zu fremden Menschen zuwider waren.

»Tut mir leid, Cihad«, sagte sie. »Ich wollte dich nicht anpflaumen. Glaubst du nicht, ich hätte auch mehr Lust, mit dir im Labor zu stehen, statt an diesem Gymnasium am Arsch der Welt ein Unterrichtspraktikum zu machen?«

»Warum tust du es dann?«

»Das kannst du nicht verstehen.«

»Oh, ich verstehe eine ganze Menge.«

»Es hängt mit Zeynep zusammen.«

»Wie, Zeynep will, dass du Lehrerin wirst?« Cihad klang entrüstet.

»Ich wusste doch, dass du es nicht verstehst.«

Sie tat es nicht, weil sie nicht wie Zeynep war. Zeynep war mutig, klug und stark, Zeynep ließ sich von niemandem einschüchtern. Wenn sie Physik studieren und in die Forschung gehen wollte, würde sie es tun, ganz egal, wie schlecht die Chancen darauf waren, es tatsächlich bis zu einer Stelle als Professorin für Grundlagenforschung zu schaffen. Zeynep würde fest daran glauben, dass sie stark und klug genug sei, es zu bekommen. Und deswegen würde es gelingen.

Wenn Marisa es schaffte, Zeyneps Herz zu gewinnen – ob dann ein Teil von dieser Stärke auf sie übergehen würde?

Irgendwie war sie fest davon überzeugt, dass es dann funktionieren würde. Zeyneps Lächeln, hinter dem sich immer ein wenig Traurigkeit versteckte, besaß metaphysische Kräfte. Es ließ sich in keine Gleichung pressen, und deswegen besaß Zeynep die Macht, auch das Unmögliche möglich zu machen. Wenn Zeynep ihre Liebe erwidern würde, könnte Marisa ihr von ihren Ängsten wegen des Studienwechsels erzählen, und dann …

Etwas in ihr löste sich, als ob ein Staudamm einen Sprung bekäme und erste Wassertropfen hindurchperlten. Irgendetwas würde passieren. Etwas, was mit der süßen Biegung von Zeyneps schimmerndem Mund zusammenhing, den sie so gern küssen würde, und dann …

»Marisa, ich glaube, du verrennst dich in etwas. Zeynep ist keine Göttin. Du gibst ihr da mehr Macht über dein Leben, als gut für dich ist.«

»Ist ja gut.«

Dass sie sich heimlich danach sehnte, dass Zeynep genau diese Macht über ihr Leben ausübte, ging über das hinaus, was sie Cihad wissen lassen wollte. Sie verstand diese Fantasien ja selbst nicht. Manchmal träumte sie davon, vor Zeynep zu knien, ihre hübschen Füße zu massieren und zu küssen und Zeyneps herrschaftlich-fröhlichen Blick in ihrem Nacken zu spüren. Wie gern würde sie leiden und alles über sich ergehen lassen, wenn sie Zeynep damit glücklich machen könnte. Wie süß wäre es, wenn die Qualen direkt von Zeynep kämen und ihre Augen dabei leuchten würden …

Solche Gedanken waren krank, das wusste sie, doch irgendwie führten sie dazu, dass die ständige Selbstverleugnung im Studium sich besser anfühlte.

»Ich glaube, du arbeitest zu viel.« Cihad knuffte sie. »Das Leben besteht nicht nur aus Arbeiten und Liebeskummer. Pass auf, dass du nicht völlig verlernst, wie man Spaß hat. Lenk dich mal wieder ein bisschen ab.«

Unwillkürlich lächelte sie. »Ich glaube, im Moment lenkst du mich genug ab.«

»Für irgendetwas muss ich ja gut sein. Am Wochenende wieder ein Videoabend mit den Nerds?«

»Danke, Cihad.« Seine Aufmunterung tat gut. Auch, wenn das mit der Liebe nicht klappte wie gehofft, war es schön, Freunde zu haben.

»Wir treffen uns am Wochenende bei Sebastian und Nico, würde ich vorschlagen. Was hältst du von *Guardians of the Galaxy*? Danach was schön Kitschiges wie *Findet Nemo*, und zum Schluss etwas mit einer ordentlichen Ladung Splatter.«

»Gute Idee. Oder wir machen mal wieder eine *Star Wars*-Nacht.«

»*Star Wars* ist uncool.«

»Wage es nicht, die Meister des Jedi-Ordens zu beleidigen!«

»*Star Wars* ist auch dann uncool, wenn du fünf Poster davon über deinem Bett hängen hast und dir von deinem Zuckerfestgeld einen Lichtschwertgriff hast drehen lassen, in den dein Name graviert ist.«

»Dunkel dein Sinn ist, junger Padawan, erleuchtet du werden musst. In meiner Familie feiert man kein Zuckerfest und wir gucken am Samstag *Star Wars*. Mein letztes Wort.«

»Meinetwegen. Aber dafür essen wir Pizza und nicht Chinesisch.«

»Deal.«

Sie schlug ihre Faust gegen seine. »Hoffentlich spielen die anderen beiden mit und wollen nicht auf einmal *Battlestar* oder so gucken.«

4

SCHATTEN AM

Himmel

Drei Tage nach ihrem aufregenden ersten Abend kam Jonte zu spät zum gemeinsamen Mittagessen in der Mensa. Zeynep kaute auf ihrem Fleischstück herum und tat, als ob es sie nicht kümmerte. Bevor sie ein Pärchen geworden waren, hätte er sie niemals warten lassen. Glaubte er etwa, sie jetzt sicher zu haben und sich nicht mehr um sie bemühen zu müssen? Hatte sie ihm zu früh zu viel Vertrauen geschenkt?

»Du bist ein mutiger Mann«, sagte sie, als er sich nach einer knappen Entschuldigung an den Tisch fallen ließ.

»Wieso? Ist das Essen so schlecht?« Er hob den Becher und trank seine Cola fast zur Hälfte leer. Die Wassertropfen auf der Außenseite benetzten seine Hand.

»Weil du mich warten lässt. Dir ist schon klar, dass du dafür eine Strafe verdienst?« Zeynep zwang sich, einen weiteren Bissen zu nehmen, damit es aussah, als ob sie einen beiläufigen Scherz machte. Besser, sie ließ Jonte nicht wissen, wie heftig der gemeinsame Abend für sie geknallt hatte.

Seit sie ihm Handschellen angelegt und er vor ihr gekniet hatte, konnte sie kaum noch an etwas anderes denken. Ständig suchte sie mit den Augen nach ihm und verfluchte jeden blonden Mann dafür, dass er das falsche Gesicht hatte. Gegen ihren Willen träumte sie davon, dass Jonte plötzlich in den Vorlesungssaal käme, sich neben sie kniete und den Kopf an sie schmiegte, und zur Hölle mit den Konventionen.

Was, wenn seine Verspätung den Anfang vom Ende mit sich brachte? Bedeutete das, dass sie für ihn nur ein oberflächliches Abenteuer war, während sie ihm ihr Herz geöffnet und all ihre dunklen, dominanten Fantasien anvertraut hatte? Sein Lächeln wirkte nicht so innig und hingebungsvoll wie an dem Abend in seiner Wohnung ... Hatte er die ganze Zeit mit ihr gespielt?

»Ich musste noch etwas mit meinem Professor besprechen«, erklärte Jonte. »Es ging um mein Auslandspraktikum. Tut mir wirklich leid, dass ich zu spät war, aber das war wichtig.«

Jeder Gedanke an eine erotische Bestrafung verflog. »Du gehst ins Ausland? Wann denn?«

»In den Sommersemesterferien. Davon habe ich dir bestimmt schon erzählt.«

Zeynep nahm einen weiteren Happen Kartoffelbrei, der sich in ihrem Mund in Pappmaschee verwandelte. Mühsam schluckte sie ihn hinunter. »Nein, hast du nicht. Das hätte ich mir gemerkt.«

»Wirklich?« Jonte trank sein Glas mit einem weiteren großen Schluck leer. »Ich hätte schwören können, dass ich es erwähnt habe.«

Sie konnte es nicht leiden, wenn jemand sie anlog. Ihre Mutter war eine Meisterin darin gewesen, Dinge zu verdrehen und so darzustellen, dass die Schuld für die Missstände in ihrem Leben immer allen anderen zufiel. Damals hatte sich Zeynep geschworen, niemals selbst zu lügen oder sich von anderen anlügen zu lassen. Und jetzt fing Jonte mit so etwas an?

»Hey, es sind nur knapp zweieinhalb Monate.« Jonte nahm ihre Hand und lächelte liebevoll. »Das stehen wir durch, oder? Ich meine, es gibt Skype. Wir können jeden Tag telefonieren und uns im Videochat sehen.«

Zeynep entzog ihm die Hand. »Ist zwar noch ein halbes Jahr hin, aber … Du hättest es mir trotzdem sagen können. Ich mag keine Lügen und kein Verschweigen.«

»Also, ich fahre eine Woche nach dem Beginn der Semesterferien nach Israel. Es geht um ein deutsches Ingenieursbüro, bei dem ich letztes Jahr schon ein Praktikum gemacht habe. Dieses Mal geht es darum, in Israel eine neue Bewässerungsanlage für eine größere Region zu installieren. Das wird ein ganz großes Projekt.«

»In nur zwei Monaten? Das kann ich mir kaum vorstellen.«

»Sie arbeiten natürlich länger daran, aber ich werde bei der Vorbereitungsarbeit tierisch viel lernen und helfen können. Den eigentlichen Aufbau macht ohnehin ein Techniker-und-Mechaniker-Team hauptsächlich aus Israelis.«

»Israel … Ist das nicht gefährlich? Werden da nicht ständig Attentate verübt?«

Er nahm ihre Hand. »Du hast gesagt, dass du Ehrlichkeit magst. Mein Beruf wird mich im Lauf meines Lebens noch oft in andere Länder bringen, auch in welche, die weniger sicher als Deutschland sind. Irgendwann habe ich darüber nachgedacht, ob ich das überhaupt möchte, oder ob ich meinen Beruf oder zumindest den Schwerpunkt wechseln soll.«

»Und? Zu welchem Entschluss bist du gekommen?«

Die Vorstellung, dass er solche Risiken einging, gefiel ihr nicht.

»Ich … Ich bin zu dem Schluss gekommen, dass ich das Risiko eingehen möchte. Irgendwann müssen wir alle sterben. Wenn es so weit ist, möchte ich sagen können, dass ich wirklich gelebt habe. Und deswegen möchte ich alles mitnehmen, was das Leben mir bietet. Abenteuer, andere Länder, große Projekte …« Er nahm ihre Hand und küsste ihre Fingerspitzen. »Und natürlich möchte ich die schönste Frau von allen an meiner Seite haben.«

»Du bist ein Schleimer.«

»Nee, ein devoter Kriecher.« Er lächelte.

»Zumindest bist du dieses Mal ehrlich.« Sie stupste ihn an die Nase. »Und, wie war das Gespräch mit dem Professor? Worum ging es dabei?«

»Die Frage ist, ob ich das Praktikum für das Studium anrechnen kann, weil es im Ausland stattfindet und ich deswegen keine Besuche von meinem Professor und keine richtige Praktikumsbetreuung kriegen kann. Wir haben uns auf zwei Skypetermine geeinigt, und dann hat er angefangen, ohne Ende von seinen eigenen Auslandsaufenthalten zu erzählen. Da konnte ich ihn natürlich nicht unterbrechen, um zu dir zu kommen.« Er schnitt ein Stück Fleisch ab und schob Kartoffelbrei dazu. »Und jetzt bin ich hungrig.«

»Alles klar.« Zeynep widmete sich ihrem Nachtisch. Die Kirschen schmeckten nach Chemie und zusätzlichem Zucker, aber der Quark war nicht schlecht.

Woher kam diese Wut in ihrem Innern?

Natürlich würde sie nicht über den Tisch langen und ihm eine Ohrfeige geben, weil er vorhatte, sie eineinhalb Monate zu verlassen. Sie waren beide erwachsen. Jemanden zu lieben war nicht gleichbedeutend damit, ihn zu besitzen. Wenn ihre zarte und neue Beziehung diese Trennungsphase überlebte, würde sie auch künftige Krisen überstehen. Wenn nicht, dann war es besser, von Anfang an zu wissen, dass sie sich nicht auf ihn verlassen konnte.

Sie kämpfte gegen das Gefühl von Leere in ihrem Innern. Endlich hatte sie geglaubt, jemandem vertrauen zu können, aber natürlich war das nicht dauerhaft. Er würde sie verlassen. Jeder Mensch, dem sie vertraute, verließ sie früher oder später, angefangen mit ihrem Vater. Er hatte sie allein gelassen mit einer Mutter, die zwischen euphorischen Hochphasen und abgrundtiefen schwarzen Löchern hin und her pendelte und ständig zu weinen begann.

Stopp, ermahnte sich Zeynep und zwang die Gedanken zurück. Jonte war ein anderer Mensch als ihre Mutter. Er hatte ihr sogar verraten, wie er über den Tod dachte. Seine Einstellung war mutig und die eines Erwachsenen, der das Leben liebte, nicht das stille, hoffnungslose Weinen einer Frau, die sich immer mehr in die Vorstellung steigerte, dass ihr Leben ohnehin keinen Sinn hatte und sie besser tot wäre, weil sie ihren Kindern dann nicht länger zur Last fallen würde.

In ihren guten Phasen konnte Anne mitreißend lachen. Irgendwann, vor Ewigkeiten, hatte Zeynep ihr in solchen Momenten geglaubt, dass endlich alles gut werden würde. Das musste viele Jahre zurückliegen. Inzwischen hatte sie längst verstanden, dass es keinen Ausweg für Anne gab und die Dunkelheit immer zurückkehren würde.

»Ich mache mir Sorgen um meine Brüder«, sagte sie und realisierte, dass Jonte ihren Gedanken vermutlich nicht folgen konnte.

»Warum?«

»Sie leben noch bei meiner Mutter, und ich habe sie länger nicht gesehen.«

Sie hatte sich eine eigene Wohnung gesucht, sobald sie vor eineinhalb Jahren die Stelle als Hiwi bekommen hatte. Da ihre Mutter nicht genug verdiente, bezog sie den BAföG-Höchstsatz und konnte sich zusammen mit dem Job eine hübsche kleine Einzimmerwohnung leisten. Ihr Reich. Ein Ort, von dem ihre Mutter nicht mal die Adresse hatte.

»Besuch sie doch mal wieder.«

Jonte hatte gut reden. Der wusste ja nicht, was vor ihrem Auszug geschehen war. Wenn sie Ibrahim und Recep besuchen würde, würde sie auch ihre Mutter wiedersehen. Und den Mut dazu würde sie niemals finden, wenn sie nicht wüsste, dass Jonte am Abend auf sie wartete, um sie aufzufangen. Dafür müsste sie ihm aber erst mal erzählen, was in ihrer Familie alles los war, und dafür vertraute sie ihm noch nicht genug.

Zeynep fuhr mit dem Zeigefinger über seine Hand, strich über jeden Finger und sehnte sich danach, seine Hand zu ergreifen und in einer Erwiderung seiner Zuneigungsgeste an ihre Lippen zu führen.

Musste er im Sommer wirklich nach Israel fliegen? Wenn er sie liebte, wenn sie seine *Sahibe* war – sollte sie dann nicht von ihm verlangen, dass er hierblieb? War es dann nicht seine Aufgabe, ihr zu dienen?

Blödsinn. Das war nur ein Spiel.

Und doch …

Müsste ein devoter Mann sich nicht eigentlich danach sehnen, zu Hause zu bleiben, ihr zu dienen, für sie Kaffee zu kochen, wenn sie nach Hause kam, und sie bei ihrer Karriere und ihren großen Plänen zu unterstützen? Natürlich konnte sie mit einem türkischen Nachnamen nicht Bundeskanzlerin werden, aber als Richterin am Bundesverfassungsgericht sah sie sich in zwanzig Jahren durchaus. Dabei würde ein Mann helfen, der seine Karriere zurückstellte, um für sie da zu sein.

Taten devote Frauen so etwas nicht auch ihren Männern zuliebe?

Sie seufzte. Irgendwie passte das alles nicht zusammen. Einerseits war sie eine moderne Frau, die ihren Weg ging. Dieser Teil von ihr wollte eine gleichberechtigte Partnerschaft zweier starker Menschen. Natürlich würde Jonte nach Israel gehen und in einigen Jahren vielleicht nach Brasilien oder Jordanien oder Neuseeland. Sie würde ihn dabei genauso unterstützen, wie sie sich umgekehrt seine Unterstützung für ihre ehrgeizigen Karrierepläne wünschte.

Andererseits, und dieser Gedanke beschämte sie, träumte sie auch davon, dass Jonte für sie ein Opfer brachte und zu Hause blieb, sobald sie Geld verdiente. Die Männer, die eine Karriere bis an die Spitze schafften, hatten normalerweise eine Frau hinter sich, die sie umsorgte und ihnen die alltäglichen Sorgen des Lebens abnahm. Warum sollten Karrierefrauen nicht ebenfalls einen Mann finden, der ihre Blusen bügelte und ihnen abends ihr Lieblingsessen vorsetzte – und sich um die Kinder kümmerte, die sie eines Tages vielleicht bekommen würde?

Es war, als würden zwei Zeyneps in ihrer Brust leben und sich darüber streiten, wie sie ihr Leben führen sollte. Natürlich glaubte sie an gegenseitigen Respekt und eine gleichberechtigte Partnerschaft, aber die andere Seite in ihr fühlte sich um ein Vielfaches aufregender an. Einen Menschen so sehr zu versklaven, dass er sein Leben in ihre Hände gab und seine Träume für sie aufgab …

Lag darin nicht wahre Macht?

Zeynep biss sich auf die Lippen, um die böse Hitzewoge in ihrem Innern zurückzudrängen, die aus ihrem Schoß aufstieg und ihre Nippel zum Prickeln brachte. Solche Gedanken blieben besser tief in ihrem Innern verborgen. Sie hatte Jonte gern. Wenn sie die Chance bekäme, ihn glücklich zu machen, würde sie sie ohne Zögern ergreifen.

Kurz entschlossen ergriff sie seine Hand und führte seine Fingerspitzen an ihre Lippen wie er zuvor bei ihr. Anschließend führte sie seine Fingerspitzen an ihre Stirn und verneigte sich leicht vor ihm. Sie hätte nicht sagen können, ob es eine Geste des Respekts wegen seines Muts zu dem Auslandspraktikum war, oder ob ihre Geste dem Gefühl entsprang, dass jeder Dom seinem Sub tiefe Dankbarkeit dafür schuldete, einem anderen Menschen die Herrschaft über seine Sexualität und einen Teil seiner Gefühle anzubieten. Auf jeden Fall fühlte es sich richtig an.

»Pass gut auf dich auf, wenn du dich im Ausland rumtreibst.« Sie hauchte einen weiteren Kuss auf seine Fingerspitzen.

»Und du, lass dich nicht anbaggern, während ich weg bin.« Er lachte. »Darf ich dich morgen Abend ins Kino einladen?«

»Sehr gern. Aber bitte nichts Romantikitschiges, und auch keinen dieser langweiligen Actionfilme. Gehst du gern ins Programmkino?«

»Bisher noch nicht, aber für dich könnte ich mich darauf einlassen.«

Sie schnaubte, um ihr Grinsen zu unterdrücken. Das Wort »Programmkino« wirkte auf die meisten Leute abschreckend. In den vergangenen Jahren hatte sie sich angewöhnt, meist allein ins Kino zu gehen, weil niemand mitwollte.

»Betrachte den Kinobesuch so, dass du für deine Sahibe leidest«, neckte sie ihn.

»Für meine Sahibe würde ich alles tun. Von dir lasse ich mich sogar mit Kultur foltern.«

Seine Augen strahlten Wärme und ein undefinierbares Gefühl aus, dessen Tiefe Zeynep erschreckte. War es Hingabe? Auf jeden Fall verdiente sie mit Sicherheit nicht, dass er sie auf diese Weise ansah. Hatte sie nicht eben noch darüber nachgedacht, ihm die Reise nach Israel zu verbieten und ihn als blusenbügelnden Hausmann in die Knechtschaft zu zwingen?

Es war unfair, dass es ihm mit einem Blick und dem Wort »Folter« gelang, sie nach seinen Regeln spielen zu lassen und sie in die strenge und glückselige Domme ihrer ersten gemeinsamen Nacht zu verwandeln.

»Wenn du nach Israel fliegst, muss dir auf jeden Fall eine Sache klar sein, Sklave.« Sie lächelte.

Ihre Anrede schien ihm zu gefallen. »Was verlangst du von mir, Sahibe?«

»Solange du im Ausland bist, hast du strenges Verbot, eine andere Frau anzufassen. Du darfst ihr nicht mal die Hand geben oder ihr zur Begrüßung in die Augen sehen, verstanden? Ich will, dass du mir gehörst. Die ganze Zeit.«

Er lächelte. Die Vorstellung schien ihm zu gefallen. »Und was, wenn es dort eine Mitarbeiterin gibt, wo ich nicht verhindern kann, dass ich ihr einmal die Hand geben muss?«

»Dann wirst du es mir hinterher beichten – und ich habe einen weiteren Grund, um dich zu bestrafen.« Sie lachte auf. Das Bild, das vor ihrem inneren Auge aufstieg, gefiel ihr.

»Einen weiteren? Was ist der erste Grund?«

»Dass du es wagst, mich so lange allein zu lassen.« Sie legte einen Finger an die Lippen. »Pscht, ich weiß, dass das nichts mit unserem Spiel zu tun hat. Ich gönne dir deine Reise und dein Praktikum von Herzen und unterstütze dich, so gut ich kann. Aber als deine Sahibe bin ich trotzdem eifersüchtig auf andere Frauen in deinem Leben. Damit wirst du leben müssen.«

»Natürlich.« Er lächelte und küsste ihre Fingerspitzen. »Wäre schlimm, wenn es dir gleichgültig wäre, oder?« Er legte den Arm um ihre Schultern.

Sie hatte das Gefühl, dass sie nie wieder einen so perfekten Augenblick wie diesen erleben würde. Früher oder später würde alles zerbrechen. So passierte es immer.

5

VORSTELLUNGS-

gespräch

Das Gymnasium lag zehn Minuten Fußweg vom Bahnhof der Kleinstadt entfernt. Mit dem Semesterticket würde es kein Problem sein, jeden Morgen hierherzufahren, auch wenn Marisa ihre WG um kurz vor sechs verlassen müsste, um pünktlich zu sein. Im Vergleich zu den Vorlesungszeiten war das unverschämt früh, aber im Berufsleben würde sie sich daran gewöhnen müssen, ahnte sie.

Im Grunde war Marisa erleichtert, dass es sie hierhin verschlagen hatte. Gesamtschulen waren ein Großstadtphänomen. An einem Gymnasium gab es nicht ganz so viele dumme Schüler, die ihre Unterrichtsversuche im Praktikum zerstören würden. In kleineren Städten waren die Menschen spießiger und glaubten noch daran, dass die Kinder der besseren Gesellschaft eine Schule für sich allein verdienten, also investierte man weiterhin in getrennte Schulformen. Die rot verklinkerte Fassade des Gebäudes mit ihren Erkern und Zierleisten, deren kleines Gärtchen durch einen altmodischen metallenen Speerzaun von der Hauptstraße getrennt wurde, machte deutlich, dass das Johann-Wolfgang-von-Goethe-Gymnasium keine Schule für die Kinder von Handwerkergesellen oder alleinerziehenden Putzfrauen sein wollte.

Auch nicht, wenn diese Kinder inzwischen erwachsen waren und Physik unterrichten wollten.

Marisa holte tief Luft und ging weiter. Irgendwo musste es einen Haupteingang geben. Herr Seitner hatte etwas von Fahrradständern gesagt. Musste sie dafür in die Nebenstraße abbiegen?

Ein verirrter Regentropfen traf ihre Wange. Marisa blickte nach oben. Grau. Nichts als Grau. War das ein Omen?

Sie fand die Fahrräder in der Seitenstraße. Nach der eleganten Fassade zur Hauptstraße sah der Rest des Gebäudes aus wie jede x-beliebige Schule. Lange Fensterfronten, ein Anstrich in Beige und Dunkelbraun. Unter den Fenstern Büsche, deren demolierter Zustand bewies, dass Kinder sich in der kleinen Pause über diesen Weg nach draußen hatten fallen lassen, um für eine Sekunde die Luft der Freiheit einzuatmen, bevor sie zurück ins Klassenzimmer rannten.

Eine Gruppe von Teenagern lungerte neben dem Eingang herum und warf Marisa erschrockene Blicke zu, während Zigaretten auf dem Boden landeten und hastig ausgetreten wurden.

»Lasst euch nicht aufhalten.« Marisa lächelte. »Ich bin keine Lehrerin.«

Zumindest noch nicht.

»Warum sagen Sie das nicht früher? Ich hatte die Zigarette gerade erst angezündet.« Das rothaarige Mädchen grinste. Schwarze Wimperntusche krümelte sich in ihren Augenwinkel und bildete einen Kontrast zu dem verschmierten grünen Lidschatten. Irgendetwas an ihr erinnerte Marisa an Zeynep, auch wenn die nie geraucht hatte.

»Kann ich was dafür, wenn du zu blöd bist, die Zigarette hinter deinem Rücken zu verstecken?« Sie zwinkerte dem Mädchen zu.

»Da haben Sie recht. Warum sind Sie hier? Müssen Sie zum Schulleiter, weil Ihr Kind eine Stinkbombe ins Klassenzimmer geschmissen hat oder so?«

»Sei nicht so unhöflich, Louise! Die ist viel zu jung, um große Kinder zu haben!« Das Mädchen neben Louise knuffte sie mit dem

Ellenbogen in die Seite. »Außerdem wissen die immer noch nicht, von wem die Stinkbombe kam.«

Louise schlug sie zurück. »Ich hab nur einen Scherz gemacht! Die nette Frau versteht mich. Stimmt's?«

»Ist schon in Ordnung. Wie alt seid ihr eigentlich?«

»Wir sind alle vierzehn, bis auf die Blonde da. Die heißt Lisa und ist erst dreizehn.«

»Seid ihr zum Rauchen nicht noch ein wenig jung?«

»Sehen Sie hier irgendjemanden, der raucht?« Louise breitete unschuldig die Hände aus und grinste.

»Auch wieder wahr.«

Marisa ertappte sich beim Gedanken daran, dass sie viel lieber mit den Mädchen stehen bleiben und vielleicht sogar rauchen würde. Als sie so alt gewesen war wie die vier, hatte sie ihre Pausen in der Bücherei verbracht und gelesen oder Hausaufgaben gemacht. Die anderen in ihrer Klasse waren stets älter und viel cooler gewesen und hatten ihr Angst gemacht. Als Marisa sich alt genug gefühlt hatte, vielleicht auch mal heimlich eine verbotene Zigarette zu rauchen, hatten ihre Klassenkameradinnen bereits mit Knutschen und Sexgeschichten begonnen. Also hatte Marisa die Nase in die Luft gereckt und so getan, als ob ihr nichts daran läge. Sie wurde das Gefühl nicht los, dass sie damals etwas versäumt hatte, was diese Mädchen ganz selbstverständlich besaßen.

»Ihr könnt mir allerdings tatsächlich helfen«, sagte sie. »Ich muss zum Lehrerzimmer, da habe ich einen Termin mit Herrn Seitner. Könnt ihr mir sagen, wie ich dorthin komme?«

»Ih! Sagen Sie dem bloß nicht, dass wir geraucht haben!«

»Ist der euer Klassenlehrer?«

»Nein, aber er ist superstreng und verteilt ständig Strafarbeiten. Sie sind viel netter, das schwöre ich.«

Unwillkürlich lächelte Marisa. »Hier hat doch niemand geraucht, oder? Und ihr wart die ganze Zeit auf dem Schulhof unter Lehreraufsicht, wo ihr hingehört.«

»Stimmt genau.« Louise hob die Faust, und ihre Freundin boxte dagegen. »Sind Sie Lehrerin?«

Sie schien vergessen zu haben, dass sie das schon einmal gefragt hatte.

»Die wollen, dass ich eine werde.« Der kurze Moment der Leichtigkeit verflog. Über dem Schultor stand in vielen Sprachen »Willkommen«, aber die doppelte schwere Glastür erinnerte an die Zugangsschranke eines Gefängnisses.

»Viel Spaß dabei.« Louise klang höhnisch.

»Warum?«

»Na bei den Schülern heutzutage … Die sind nur noch frech und hören nicht auf ihre Lehrer.«

Die Mädchen kicherten.

»Du machst mir ja Hoffnung …«

»Nein, machen Sie sich keine Sorgen.« Louise nickte ihr aufmunternd zu. »Sie sind nett. Bleiben Sie einfach so, dann mögen die Schüler Sie auch und arbeiten in Ihrem Unterricht mit. Was unterrichten Sie denn?«

»Physik.«

»Igitt!« Louises Freundin kreischte auf. »Das ist voll das Jungsfach!«

»Wenn du meinst.« Marisa öffnete die Tür. Für einen Moment hatte sie gedacht, dass das Praktikum an dieser Schule vielleicht sogar Spaß machen könne.

»Jetzt warten Sie doch.« Louise warf ihrer Freundin einen bösen Blick zu. »Lassen Sie sich von der nicht abschrecken. Die ist dumm. Sie wissen ja, was ich Ihnen über die Schüler von heute gesagt habe. Die haben alle keinen Respekt mehr. Wenn Sie wollen, bringen wir Sie zum Lehrerzimmer, damit Sie rechtzeitig zu Ihrem Gespräch kommen. Man kann sich hier nämlich schnell verlaufen.«

Marisa war sich nicht sicher, ob Louise sich innerlich über sie lustig machte, aber sie nahm das Angebot an. Auf dem Weg durch die mit Schülern gefüllten Gänge – offenbar war hier niemand verpflichtet, in der Pause auf dem Schulhof zu bleiben – hörte sie Louise zu ihrer Freundin zischen, dass Physik ja wohl kein Jungsfach sein könne, wenn so eine nette Lehrerin das unterrichte. Sie solle besser höflich sein und sich beliebt machen, damit sie später gute Noten kriege.

Na klasse. Irgendwie hätte sie lieber mit den Mädchen vor der Tür geraucht.

Glasfasertapeten mit hellgelber Latexfarbe verkleideten die Wände. Kleine Risse zeugten davon, dass Schüler mit ihren Tornistern zu hastig hier entlanggelaufen oder von anderen rücklings gegen die Wand geschubst worden waren. Der Geruch nach Teenagerschweiß, billigem Vanilledeo und Hoffnungslosigkeit erinnerte Marisa an ihre eigene Schulzeit.

Das Klingeln war kein unangenehmes Schrillen wie früher an ihrer Gesamtschule, sondern ein angenehm melodischer Akkord aus vier Gongtönen, der sich fast meditativ anhörte. Die umgebenden Schülermassen setzten sich auf der Stelle in Bewegung, während Louise Marisa unbeirrt weiter bis zur Lehrerzimmertür geleitete.

»Also, ich würde mich freuen, wenn Sie in unserer Klasse unterrichten. Sie sind echt nett«, verabschiedete sich das Mädchen.

Marisa gab ihr die Hand. »Ich würde mich auch freuen.«

Louise grinste, drehte sich um und rannte davon.

Marisa holte tief Luft und klopfte an die Tür. Jetzt war es also so weit. Heute machte sie ihren ersten Schritt zurück in die Schule, dieses Gefängnis für die Träume und Sehnsüchte von Jugendlichen, die ihren eigenen Weg gehen wollten und stattdessen in die gleiche Form gepresst werden sollten. Von heute an arbeitete sie für das System.

Die Tür wurde aufgerissen. Ein älterer Mann mit Bart blickte sie unfreundlich an. »Was willst du hier?«

Marisa realisierte, dass er sie für eine Schülerin hielt. Natürlich. Sie hatte ihr Abitur ein Jahr früher als alle anderen gemacht und sah selbst für ihr tatsächliches Alter jung aus.

»Äh, ich habe einen Termin bei Herrn Seitner«, sagte sie mit belegter Stimme und richtete sich auf. Sie war keine Schülerin mehr! »Es geht um das Unterrichtspraktikum, das ich von der Uni aus während der Semesterferien machen soll.«

»Einen Moment bitte.« Der Mann schlug ihr die Tür vor der Nase zu.

Nur zwei Sekunden später öffnete sie sich wieder und zwei junge Lehrerinnen kamen heraus, gefolgt von einem älteren Kollegen. Sie blickten durch Marisa hindurch, als ob sie nicht existieren würde.

Marisa biss die Zähne zusammen und wartete ab.

Schließlich kam der Bartträger zurück und blickte an ihr vorbei. »Sie können reinkommen. Herr Seitner ist gerade noch in einem Gespräch. Sie finden ihn schon.« Mit diesen Worten ließ er sie stehen und stolzierte durch den Gang davon. Wahrscheinlich musste er zum Unterricht.

Marisa ging unsicher durch die Tür in einen Vorraum, an dessen linker und rechter Seite Ikea-Regale mit quadratischen Fächern für die einzelnen Lehrer standen. Durch eine Tür an der linken Seite ging sie in das eigentliche Lehrerzimmer, den Ort, den sie zu ihrer eigenen Schulzeit niemals hatte betreten dürfen. Zwei lange Reihen paarweise aufgestellter Tische waren eng vollgestellt mit Fotos, Unterlagen und leeren Kaffeetassen. Offenbar hatte hier jeder Lehrer einen eigenen Sitzplatz, den er nach Gutdünken mit Material einrichtete oder zumüllte. Einige Lehrer saßen trotz des Stundenklingelns entspannt an ihren Plätzen, andere standen in einer kurzen Schlange am Kopierer.

»Was willst du hier?«, fragte eine ältere Dame in einem bunten Wollpullover Marisa.

»Ich habe einen Termin bei Herrn Seitner. Wegen eines Uni-Praktikums«, sagte Marisa selbstsicherer als beim ersten Versuch an der Tür.

»Herr Seitner sitzt dort am Tisch.« Die Frau zeigte auf einen älteren, solariumsgebräunten Mann in einem gut sitzenden Anzug, der auf eine jüngere Kollegin einredete. »Ich muss zum Unterricht, sonst würde ich Ihnen einen Kaffee anbieten. Haben Sie eine eigene Tasse? Bedienen Sie sich sonst einfach, wenn noch etwas da ist; wenn ein Kollege seine Tasse im Schrank lässt, ist er selbst schuld.« Ohne auf eine Antwort zu warten, verschwand sie Richtung Ausgang.

Natürlich hatte Marisa keine eigene Tasse dabei.

Sie trat zu dem bezeichneten Tisch. »Entschuldigung? Sind Sie Herr Seitner?«

»Ah, Frau Fontana!« Herr Seitner stand auf, gab ihr die Hand und lächelte sie warm an. »Wie schön, dass Sie uns hier gefunden haben. Beate, darf ich dir Marisa Fontana vorstellen? Unsere neue Physikpraktikantin.«

Beate stand auf und gab Marisa ebenfalls die Hand. »Wie schön! Das erlebt man ja auch viel zu selten, dass eine Frau sich dafür entscheidet, Physik zu studieren.«

Marisa zuckte verlegen mit den Schultern. Was sollte sie darauf antworten? »Danke schön. Ich freue mich, dass ich hierherkommen darf. Welche Fächer unterrichten Sie, wenn ich fragen darf?«

»Deutsch, Französisch und Biologie.« Beate sah auf die Uhr. »Und wie ich sehe, sollte ich allmählich in den Unterricht, sonst springt meine Achte noch im Dreieck. Wir sehen uns während Ihres Praktikums bestimmt noch häufiger, Marisa.«

Und schon war sie fort.

Herr Seitner bat Marisa, Platz zu nehmen, und ließ es sich nicht nehmen, ihr persönlich einen schwarzen Kaffee einzuschenken. Zucker war gerade ausgegangen, sagte er, und für Kaffeemilch sorgte jeder Kollege selbst. Marisa erklärte lächelnd, dass sie ihren Kaffee ohnehin am liebsten schwarz trinke, und zwang einen Schluck des bitteren Gebräus in ihren Mund. Billiger, drittklassiger Röstkaffee. Igitt. Kein Vergleich zu dem Tee, den Zeynep früher oft für sie gekocht hatte.

Was wollte sie an diesem Ort?

Vor wenigen Jahren hatte sie ihre alte Schule hinter sich gelassen. Für immer, hatte sie geglaubt. Mitgenommen hatte sie nur die Träume von Zeynep, die wie eine antike Halbgöttin in ihr Leben getreten war und es mit Licht gefüllt hatte. In ihren Träumen hatte Zeynep wie Xena gegen das Böse gekämpft und Marisa aus ihrer Gefangenschaft befreit.

Fühlten sich alle Schüler an Orten wie diesem wie Gefangene?

Damals hatte sie geglaubt, dass alle außer ihr den Schlüssel zum Glück besäßen, aber Louise und ihre Freundinnen hatten ebenfalls den Eindruck erweckt, sich in der Schule nicht wohlzufühlen. Obwohl sie Freundinnen hatten, mit denen sie vor der Tür stehen und rauchen konnten.

Und was war mit den Lehrern? Wie fühlten die sich in dieser stickigen, nach Stress und Unbehagen riechenden Welt des Lehrerzimmers? Hatten sie ihre Teenagerträume aufgegeben, oder waren sie glücklich mit dem, was sie taten?

»Habe ich das richtig verstanden? Ihr hauptsächliches Unterrichtsfach soll Physik werden?« Herr Seitner klang ein wenig ungläubig.

Marisa unterdrückte den Impuls, mit den Augen zu rollen. Es mochte viele Dinge in ihrem Leben geben, bei denen sie sich unsicher fühlte, aber Physik gehörte nicht dazu. »Für mich gibt es nichts Spannenderes«, erklärte sie ehrlich.

»Nun ja, Sie müssen wissen, was Sie tun.« Herr Seitner trank einen Schluck Kaffee.

»Wie meinen Sie das?«

»Es gibt sicher einfachere Studienfächer als Physik, wenn man Lehrerin werden möchte. Auch wenn Sie natürlich recht haben und das die Einstellungschancen signifikant erhöht.«

Marisa nahm einen weiteren Schluck von dem widerlichen Kaffee, um sich nicht aufzurichten und ihm die Meinung zu sagen. Normalerweise hatte sie das Temperament ihres italienischen Vaters gut im Griff, aber manchmal überkam es sie einfach. Was fiel diesem Mann ein, ihr zu unterstellen, sie würde Physik nur studieren, um sich eine bequeme, lebenslängliche Beamtenstelle zu sichern? Der hatte sie doch nicht mehr alle! Bestimmt schloss er von sich auf andere. Der war mit Sicherheit nur Lehrer geworden, weil er zu blöd war, in die Forschung zu gehen. Bestimmt auch, weil er sich lieber von jüngeren Kolleginnen anhimmeln ließ, als sich auf wissenschaftlicher Ebene mit etablierten Lehrmeinungen auseinanderzusetzen und sie ernsthaft infrage zu stellen.

Sollte sie sich im Praktikum von so jemandem Vorschriften machen lassen? Bestimmt wusste sie bereits nach nur vier Semestern an der Uni mehr über theoretische Physik als er. Hatte die Stringtheorie überhaupt schon existiert, als er studiert hatte?

Sie trank noch einen Schluck und zwang ihr Herz, langsamer zu schlagen. »Ich freue mich auf jeden Fall auf das Praktikum«, sagte sie schließlich. »Bestimmt werde ich viel lernen.«

»Davon gehe ich ebenfalls aus.« Herr Seitner tätschelte ihr väterlich die Hand – zumindest hoffte sie, dass es eine väterliche Geste war. »Physik wird bei uns erst ab der achten Klasse unterrichtet. Wir müssen sehen, in welchen Stufen Sie unterrichten werden. Bei den jüngeren Schülern ist der Unterricht stoffmäßig natürlich leichter für Sie zu vermitteln, allerdings ist eine achte Klasse vielleicht nicht gerade ideal, um erste Berufserfahrungen zu sammeln.«

»Einen Physikleistungskurs gibt es vermutlich nicht?«

Marisa biss sich auf die Zunge. Sie hatte sich fest vorgenommen, sich hier als gute Praktikantin zu erweisen, aber die bevormundende Art von Herrn Seitner weckte die Zicke in ihr.

»Wenn Sie sich das zutrauen?«

Sie zwang sich zu einem Lächeln. »Na ja, wie ich schon sagte: Ich finde Physik wirklich spannend.«

»Das ist schön.« Herr Seitner lächelte ebenfalls. »Ich bin sicher, dass wir die passenden Lerngruppen für Sie finden werden. In der ersten Woche werden Sie vermutlich hauptsächlich hospitieren. Können Sie mir schon sagen, wie viele eigene Unterrichtsstunden

Sie geben werden und wie es mit Unterrichtsbesuchen von Ihren Professoren aussehen wird?«

Marisa entspannte sich. Offenbar hatte sie eine Prüfung bestanden, von der sie nichts geahnt hatte. Vielleicht war Herr Seitner ja doch ganz nett. Konnte es sein, dass er am Anfang die Sorge gehabt hatte, dass sie Physik unterrichten wollte, ohne etwas davon zu verstehen?

Sie unterhielten sich noch etwa zwanzig Minuten über die Einzelheiten des Praktikums, dann verabschiedete ihr Praktikumsmentor sie mit Handschlag und ein paar freundlichen Worten, die Marisa erwiderte.

Die Luft außerhalb des Schulgebäudes duftete nach Frühling und Freiheit. Ein einzelner Regentropfen traf ihre Stirn und rann an ihrer Schläfe und Wange hinab. Marisa richtete sich auf und ging zügig zum Kleinstadtbahnhof, um zurück zur Uni zu fahren und Zeynep von diesem Tag zu erzählen.

6

FRAUEN-

gespräche

Zeynep ließ die Finger durch das Gras der Wiese vor dem Uni-Gebäude gleiten. Eigentlich war es noch zu kalt, um im Freien zu sitzen, aber die ersten Sonnenstrahlen des Frühlings hatten sie herausgelockt. In ihren alten Steppmantel gehüllt, ließ es sich hier eine Zeit lang aushalten. Von hier aus hatte sie die Haltestelle im Blick, wo die nächste Straßenbahn angebrummt kam. Wenn Marisa wieder nicht ankam, würde sie zurück ins Gebäude gehen.

Die nächste Bahn kam herangerauscht. Dieses Mal war Marisa dabei. Ihre schlanke Silhouette in der engen Jeans war unverkennbar. Hatte sie bei einem Vorstellungsgespräch für ein Praktikum als Lehrerin allen Ernstes offene Haare getragen? Damit sah sie noch jünger aus als ohnehin. Und tierisch niedlich, als sie Zeynep erblickte und ihr strahlend zuwinkte.

Zeynep biss sich auf die Lippen. Irgendwie hatte sie Marisa schon immer sexy gefunden. Bisher hatte sie sich vor diesen Gedanken gedrückt. Sie stand nicht auf Frauen, jedenfalls nicht genug, um eine richtige Beziehung mit einer zu führen, und für einen bloßen One-Night-Stand oder ein kurzes Abenteuer war ihr die Freundschaft mit Marisa zu kostbar. Sie hatte sie zu lieb, um ihr auf diese Weise wehzutun.

Seit sie mit Jonte zusammen war, schienen ihre inneren Barrieren Marisa gegenüber zu bröckeln. Vielleicht lag es daran, dass sie bei Jonte ihre früher unterdrückte dominante Ader ausleben durfte und es ihr deshalb schwerer fiel, sich zu verstellen und im Alltag andere Teile von sich zu unterdrücken. Immer wieder ertappte sich Zeynep dabei, dass sie Marisa am liebsten durch die schönen Haare fahren, ihr einen Kuss auf die Wange drücken oder sie eng an sich ziehen würde.

Dabei war sie sich absolut sicher, dass sie in Jonte den Mann gefunden hatte, mit dem sie die kommenden Jahre verbringen wollte. Wie passte das zusammen?

Schluss mit diesen Gedanken. Marisa hatte sie fast erreicht. Zeynep machte Anstalten, aufzustehen.

»Bleib ruhig sitzen. Ich komme dazu.« Marisa wischte sich eine Haarsträhne aus dem Gesicht. Ihre Zähne blitzten, ihre Wangen waren gerötet. Sie sah lebendiger aus, als Zeynep sie lange erlebt hatte.

»Wird langsam kalt.«

»Soll ich dich wärmen?« Marisa lachte.

»Schon gut, setz dich dazu. Wenn du mit deiner kurzen Jacke das aushältst, schaffe ich das mit meinem Mantel auch noch eine Viertelstunde. Wie war dein Vorstellungsgespräch?«

Marisa ließ sich auf den Boden sinken. »Ih bäh, das Gras ist feucht!«

»Sag ich ja. Also, wie war es?«

Marisa verzog das Gesicht. »Weißt du noch, wie wir damals nach dem Abitur gefeiert haben, dass wir nie wieder eine Schule von innen sehen müssen?«

»So schlimm?«

»Irgendwie schon.«

»Du Arme! Aber ich bin sicher, du wirst eine gute Lehrerin. Wenn du damals schon unterrichtet hättest, hätte ich in den Naturwissenschaften wahrscheinlich nicht einen Unterkurs nach dem anderen bekommen.« Zeynep tätschelte Marisas Arm.

»Du meinst, es hat einen tieferen Sinn, wenn ich das mit dem Lehramt durchziehe?« Marisa seufzte tief. Ihre Augen sahen viel zu traurig aus. Die Lebendigkeit, die sie eben noch ausgestrahlt hatte, schien wie Wasser in der Erde zu versickern.

»Ich dachte, du wolltest Physik unterrichten?«

Marisa ließ sich ungeachtet des feuchten Rasens und der Vorfrühlingstemperaturen nach hinten sinken und starrte in den Himmel. Zeynep schlang die Hände um die Knie. Sie hätte vorschlagen sollen, zum Quatschen in die Cafeteria zu gehen.

»Hab ich dir schon mal erzählt, dass ich dich beneide?«, fragte Marisa schließlich.

»Mich? Warum?« Zeynep lachte nervös. »Ich meine, ich habe endlich mal Glück in der Liebe, aber wenn du an meine Familie denkst … Oder daran, wie streng meine Professorin bei Hausarbeiten ist …«

»Das meine ich nicht.« Marisa griff nach Zeyneps Hand. »Es geht darum, wie mutig du bist. Wenn du dir ein Ziel in den Kopf setzt, lässt du dich von niemandem davon abbringen. Deine Mutter macht dir das Leben zur Hölle und versucht, dich in den Selbstmord zu treiben? Du ziehst dein Studium durch, ergatterst eine Stelle als Hiwi und findest eine eigene Wohnung. Du träumst davon, einen Beruf zu finden, in dem du kämpfen und dich beweisen musst, um eines Tages etwas Großes zu erreichen, statt einen, in dem du problemlos in Elternzeit und später auf halbe Stelle gehen kannst? Kein Mensch auf der Welt könnte dich dazu überreden, Lehramt zu studieren. Wenn du etwas möchtest, tust du es einfach.« Ihre Finger zitterten.

Zeynep streichelte Marisas Finger. »So einfach ist das für mich auch nicht immer.«

»Trotzdem bist du stärker als ich. Und darum beneide ich dich.«

»So ein Blödsinn.« Zeynep kraulte Marisas Haare. »Du bist genauso stark wie ich. Wahrscheinlich hast du dir nur von jemandem einreden lassen, dass du es allen recht machen musst. Diese altmodischen Frauenrollen sind ein Gefängnis. Für so etwas bist du viel zu klug, Marisa.«

»Erzähl das meiner Mutter!« Marisa lachte bitter. »Wenn ich der erzähle, dass ich das Lehramt abbrechen und stattdessen reine Physik studieren möchte, kriegt sie einen Herzinfarkt. Dabei, nichts für ungut, bin ich besser als die meisten Kommilitonen von mir.«

»Und warum wechselst du nicht? Ich habe das Gefühl, du weißt in Wahrheit längst, was du tun willst.«

Marisa setzte sich auf und schlang die Arme um die Knie. »Weil ich nicht so mutig bin wie du, Zeynep. Was, wenn ich doch nicht so klug bin, wie ich dachte? Was, wenn ich im Hauptstudium feststelle, dass ich kein Talent für die theoretische Physik habe? Oder wenn mich niemand als Doktorandin annehmen möchte?«

»Also möchtest du ein braves Weibchen sein und den Jungs in deinem Studiengang die Arbeitsplätze in der Forschung frei halten? Weil Frauen ihre Bedürfnisse schließlich immer in den Hintergrund schieben müssen, sobald ein Mann etwas anderes möchte?«

Marisa schlug unbeholfen nach ihr. »Rede keinen Blödsinn, Zeynep.«

»So klingt es aber für mich.«

»So meine ich es nicht.«

Sie schwiegen. Zeynep musste an Jontes Auslandspraktikum denken. Glaubte er etwa auch, sie würde ihn später als Ehefrau auf seinen Reisen durch die Welt begleiten, anstatt sich in Deutschland eine eigene Karriere aufzubauen?

»Manchmal denke ich, es wäre leichter, wenn die Welt von Frauen regiert würde und die Männer sich unterordnen müssten«, sagte sie. »Dann könntest du problemlos Physik studieren und dir einen

Mann suchen, der sich um deine Kinder kümmert, während du Karriere machst.«

»Nur, dass ich keinen Mann möchte.« Marisa schnaubte.

»Tja … Habe ich dir erzählt, dass Jonte im Sommer fast ein Vierteljahr nach Israel geht? Er hat mich nicht mal gefragt, ob ich einverstanden bin. Eine Frechheit, wenn du mich fragst.« Sie lachte, um zu zeigen, dass es ein Scherz sein sollte. »Natürlich gönne ich ihm das, aber …«

»Wenn ich Jonte wäre, wäre ich kein solcher Trottel.« Marisa sah Zeynep etwas zu lange an.

Zeynep ließ sich auf den Rücken sinken, um ihrem Blick zu entgehen. »Habe ich dir eigentlich erzählt, dass ich jetzt Jontes Sahibe bin? Das ist Türkisch und heißt ›Herrin‹.«

Marisa rückte ab von ihr und ließ ihre Haare vors Gesicht fallen. »Nein, hast du nicht.«

»Ich bin nämlich eine Domina. Oder eine Domse. So heißt das, wenn man damit kein Geld verdient, sondern es freiwillig macht. Es gefällt mir, jemanden im Bett zu beherrschen. Auch, wenn ›Domse‹ irgendwie albern klingt.«

»Ich hätte gedacht, dafür muss man Leder tragen.«

»Nur im kommerziellen Bereich. Ich bin doch keine Hure, die sich für Geld aufbrezelt, um Männern ihre Fantasien zu erfüllen!« Zeynep verzog das Gesicht beim Gedanken daran. »Jedenfalls, weil ich doch jetzt seine Sahibe bin … Manchmal habe ich diese bösen Gedanken. Ich wünschte, ich könnte ihm befehlen, dass er hierbleiben muss. Oder dass er mit seinem Studium aufhört und Hausmann wird, um mich bei meiner Karriere zu unterstützen. So viele Männer haben Frauen, die ihnen den ganzen Hausarbeitskram abnehmen, warum soll ich nicht auch so jemanden finden?«

»Würde Jonte das tun?«

»Ich weiß es nicht.« Zeynep streckte den Fuß in die Luft und bewunderte ihre nasse Stiefelspitze, an der drei Grashalme klebten. »Ehrlich gesagt glaube ich es nicht. Dafür ist er zu stark und selbstbewusst. Vielleicht sollte ich mit ihm Schluss machen und mir einen anderen Sub suchen. Blödsinn, oder? Trotzdem muss ich manchmal daran denken.«

»Vielleicht solltest du das.« Marisa ergriff ihre Hand. »Aber für solche Fragen bin ich die falsche Ansprechpartnerin. Das weißt du doch, oder?

Zeyneps Herz schlug plötzlich bis zum Hals. »Ist das so?«

7

EIN

Geständnis

Marisa biss sich auf die Lippen. Warum hatte sie nicht besser auf ihre Worte geachtet? Als Zeynep davon gesprochen hatte, mit Jonte Schluss zu machen, hatte ihr Herz wieder einmal diesen viel zu großen Satz gemacht. So ein dummes Herz. Es sollte sich besser in Acht nehmen und nicht jedes Wort von Zeynep auf die Goldwaage legen.

»Ich weiß, dass du mit Jonte eigentlich sehr glücklich bist«, zwang sich Marisa zu sagen. »Das mit Israel kriegt ihr schon hin. Hast du nicht früher auch davon geträumt, zu reisen?«

»Klar.« Ein trauriger Ausdruck huschte um Zeyneps ungeschminkten und anmutig geschwungenen Mund. »Vielleicht bin ich bloß eifersüchtig, weil er ins Ausland geht und ich nicht.«

»Kann ich gut verstehen.«

»Ich sollte mich endlich mal bei Erasmus und so bewerben. Wenn ich nicht langsam ein Auslandssemester mache, ist es irgendwann zu spät.«

Ein ganzes langes Semester ohne Zeynep? Marisas Herz krampfte sich zusammen. Wie sollte sie das aushalten? Klar, Cihad, Sebastian und Nico waren nette Kollegen, sie hatte viel Spaß mit ihnen – aber es waren Männer. *Zeynep muss schön blöd sein, wenn sie auf eine Frau wie dich verzichtet,* hallte Cihads Stimme in ihrer Erinnerung nach.

Hatte er recht?

Wenn das so war – galt das dann auch umgekehrt? War Marisa ebenfalls schön blöd, wenn sie auf eine Frau wie Zeynep verzichtete? Zeynep hatte selbst gesagt, dass es ein Fehler sei, wenn sie freiwillig das Feld räumte und Platz für einen Mann machte, ohne um das zu kämpfen, was sie haben wollte. Galt das nur für das Studium oder auch für die Liebe?

Sie hatte gesagt, dass sie Jonte gegenüber eine Domina sei. Eine Herrin.

Die verbotenen Fantasien vieler Jahre kochten hoch. Marisa biss sich auf die Innenseite der Wangen, bis Blut floss. Zeynep lag auf der Wiese, statt auf einem Thron zu sitzen. Ihr Alter, stellenweise schon fadenscheiniger Steppmantel war nicht das, was man sich normalerweise an einer Domina vorstellte. Trotzdem hatte sie diese unvergleichliche Ausstrahlung. All die Jahre, in denen sie sich süße Versöhnungen oder aufregende Kämpfe in einer Abenteuerwelt zusammengeträumt hatte, hatte sie mit ihren Fantasien über Zeynep richtig gelegen.

War das nicht eigentlich verboten? Nach allem, was sie über lesbische Liebe wusste, sollte diese sanfter sein als die zwischen Frau und Mann. Zärtlicher und intimer. Wie passte das damit zusammen, dass Marisa davon träumte, von Zeynep auf die Brüste geschlagen zu werden, gefesselt und zu Boden gerungen, oder als Schemel vor ihr zu knien, auf dem Zeynep nach einem langen Arbeitstag ihre Füße ablegen konnte?

Früher hatte sie davon geträumt, dass Zeynep als Kapitän eines Piratenschiffs käme und sie entführte. Manchmal war Zeynep noch der Erste Offizier gewesen, und der böse Kapitän hatte Marisa vergewaltigen wollen. Das hatte Zeynep dazu gebracht, mit ihrem Schwert oder ihrer Pistole gegen das männliche Monster zu kämpfen, während Marisa gefesselt mit halb zerrissenem Kleid auf den Decksplanken lag und ängstlich zusah. Am Ende hatte Zeynep sie befreit und auf eine Insel in der Südsee entführt, wo sie sich küssten und ...

Das waren Mädchenträume. Schluss damit. Verboten. Nicht daran denken.

»Mir wäre es lieber, wenn du nicht ins Ausland gingest«, sagte Marisa schließlich.

»Glaube ich dir.« Zeynep winkelte die Beine an und richtete sich in eine Sitzposition auf. »Du, mir wird langsam kalt. Lass uns reingehen.«

»Mir wäre es lieber, wenn du hierbliebst, weil ich dich verdammt gern habe.« Marisa schlug die Hand vor den Mund. Was hatte sie da gesagt?

Zeynep erstarrte mitten in der Bewegung. Röte huschte über ihre Wangen. »Du weißt schon, dass ich mit Jonte ...«

»Ich weiß.« Marisa schluckte. Warum brannten da auf einmal Tränen in ihren Augenwinkeln? Sie wollte stark sein.

»Außerdem stehe ich nicht auf Frauen. Ich meine ... Jedenfalls nicht so. Obwohl ...« Die Röte in Zeyneps Augen vertiefte sich.

Ungläubig hörte Marisa sich selbst dabei zu, wie sie weiterredete. »Verdammt, glaubst du, ich wüsste das nicht? Ich weiß langsam nicht mehr weiter. Seit über einem Jahr träume ich fast jeden Tag von dir. Du bist meine beste Freundin, und ich sollte damit zufrieden sein, was ich habe. Erzähl das meinem Herzen. Das kapiert nicht, was mein Kopf für richtig hält. Und jetzt erzählst du mir, dass du diese dominante Seite hast, von der ich seit Jahren in jedem meiner devoten Augenblicke träume. Da kapituliert mein Kopfkino, sorry. Damit komme ich nicht mehr klar. Ist ja nicht so, als ob es mir nicht ohnehin genug wehtut, dich mit einem anderen Mann zu sehen. Vor allem, weil du endlich so glücklich bist und ... und ich es dir so gern gönnen möchte, verdammt.«

»Marisa, ich ...« Zeynep streckte die Hand nach ihr aus und zog sie zurück.

Jetzt strömten die Tränen trotz aller Selbstbeherrschung leise über Marisas Wangen. »Es ist ja nicht so, dass ich dir nicht gönne, dass du mit deinem neuen Freund glücklich bist. Im Gegenteil. Ich wünsche mir nicht mehr, als dich glücklich zu sehen. Nur … Nur … Ich wünsche mir halt, dass ich diejenige bin, die dich glücklich macht. Ich bin so eine Egoistin …«

»O Marisa!« Zeynep schlang die Arme um sie und streichelte ihr über den Rücken. »Ich hab dich auch furchtbar gern! Aber ich …«

»Sprich es bitte nicht aus. Ich weiß es doch selbst.« Marisa schmiegte sich an Zeyneps Schulter und biss sich auf die Wange, um ihr Schluchzen zurückzudrängen. »Es wäre nicht so schlimm, wenn ich wenigstens mit meinem Studium glücklich wäre, glaube ich. Momentan kommt es mir vor, als wäre mein Leben eine einzige Katastrophe. Falsches Studium, falsche sexuelle Orientierung, falsches Leben.«

In zwei Wochen würde sie jeden Morgen in den Zug steigen, um zu der Schule zu fahren, an der die vorlaute Louise darauf wartete, von der neuen Lehrerin unterrichtet zu werden, bei der sie sich vorsorglich eingeschleimt hatte, während Herr Seitner ihr nicht ganz väterlich die Hand auf die Schulter legen würde. Sie würde sich von ihrem Traum verabschieden, eines Tages als erste weibliche Forscherin den Nobelpreis für Physik zu erhalten. Das tat schlimmer weh als aller Liebeskummer der Welt zusammen.

»Ich will dich doch nicht für mich alleine, Zeynep«, sagte sie leise. »Es tut mir leid, dass ich so egoistisch bin. Ich wünsche mir nur manchmal, dass wir beide ebenfalls etwas Besonderes teilen könnten. Ein bisschen mehr als normale Freundschaft. Dann wäre es leichter, dieses blöde Lehramtsstudium trotz meiner Bauchschmerzen durchzuziehen.«

»Manchmal … Manchmal wünsche ich mir, dass das tatsächlich ginge.« Zeynep hauchte einen Kuss auf ihre Schläfe, der Marisa durch und durch ging. »Aber wir wissen beide, dass das nicht geht.

Ich bin zu hetero, um auf Dauer ohne einen Mann in meinem Bett zurechtzukommen, auch wenn ich dich wirklich lieb habe.«

Marisa ergriff Zeyneps Hand und hielt sie fest. »Du machst es nicht gerade leichter für mich.« Sie biss sich auf die Wangeninnenseite, bis sie Blut schmeckte.

»Es tut mir leid.« Zeynep löste sich von ihr. »Es war ein Fehler. Ich hätte dich nicht in den Arm nehmen sollen, ich weiß doch, wie du fühlst.«

»Du hast recht. Die Vorstellung, dass du … dass wir uns lieb haben können, obwohl du mit Jonte zusammen bist, ist abstrus.«

»Genau.«

»Völlig lächerlich.« Sie versuchte, zu lachen.

»Verdammt, Marisa, ich habe dich gern! Ich habe dich lieber, als ich dir sagen sollte, weil ich genau weiß, dass ich dir damit wehtue und es für dich noch schwerer mache. Aber ich habe Jonte auch gern!«

Für eine Sekunde sahen sie sich tief in die Augen. Marisa wusste, dass es ein Fehler war, dass sie wegsehen wollte, aber sie hatte sich so lange danach gesehnt, auf diese Weise in Zeyneps Augen zu versinken, dass die eigentlichen Worte in den Hintergrund traten.

»Glaubst du, das spielt eine Rolle für mich?«, fragte Marisa leise. »Du hast mir vorhin erzählt, dass du dominant bist. Gut. Dann verrate ich dir jetzt mal was über mich. Ich bin devot. Es gefällt mir, zu leiden, wenn ich jemanden liebe, so verdreht das auch klingt. Vermutlich komme ich deswegen einfach nicht los von dir. Deine Männergeschichten geben mir immer wieder das Gefühl, dass ich etwas aus Liebe zu dir ertragen darf. Und wenn es dann den Bach runtergeht, macht es mich glücklich, dass ich diejenige bin, die dich trösten wird.«

»Nur, dass das mit Jonte nicht vorübergehen wird. Er ist der Erste, bei dem ich so sein darf, wie ich bin.«

»Ich weiß.« Sie schluckte. »Und was ist mit deinen Gefühlen für mich? Sind die nicht auch ein Teil von dir?«

Zeynep wandte den Blick ab. »Ich hätte dir nie davon erzählen dürfen. Meine Gefühle für Jonte sind genauso real, vielleicht sogar tiefer. Und er ist derjenige, mit dem ich zusammen bin.«

Marisa schluckte. »In der SM-Beziehung gibt es auch so etwas wie Spielbeziehungen. Leute, die normal miteinander befreundet sind und wo einer den anderen dominiert. Warum können wir nicht so etwas haben? Ohne Sex. Freundschaft mit SM. Dann ist Jonte bestimmt nicht eifersüchtig.«

Zeynep sprang auf und stampfte ihren Absatz tief in den Rasen. »Das wäre dir gegenüber nicht fair, Marisa! Du hast echte Gefühle für mich, für dich würde es viel mehr bedeuten als eine Spielbeziehung. Das kann ich dir nicht antun!«

Marisa stand ebenfalls auf und schnaubte. »Aber mich damit quälen, dass du ständig wechselnde Männer liebst und mich nicht, das kannst du? Ist das etwa nicht sadistisch?«

»Es ist deine freie Entscheidung, ob du mich weiterlieben willst oder dir eine andere Freundin suchst!«

Für einen Moment schwiegen sie.

»Außerdem«, Zeynep biss sich auf die Lippen, »wäre es auch mir gegenüber nicht fair, und auch Jonte gegenüber nicht. Wenn wir damit anfingen, würdest du mir ruck, zuck viel mehr bedeuten als eine Spielbeziehung.«

»Aha.« Marisa verschränkte die Arme.

»Tust du eh schon.« Zeynep drehte sich um und machte zwei Schritte, bevor sie innehielt.

»Zeynep!« Marisa machte zwei hastige Schritte und blieb stehen.

»Am besten du vergisst alles, was ich gesagt habe.« Zeynep verschränkte die Arme. »Ich habe nur dummes Zeug geredet, weil ich dich trösten wollte, weil du nach deinem Vorstellungsgespräch so down warst. Nimm es nicht ernst.«

»Ja, tu bloß so, als ob ich dir scheißegal wäre!« Marisa starrte Zeyneps Rücken an, dessen wohlgerundete Form man unter dem

Mantel kaum erkennen konnte. »Ich dachte immer, dir wäre Ehrlichkeit wichtig. Belüg dich ruhig weiterhin!«

»Ich belüge dich nicht. Und jetzt muss ich in die Bücherei, ich habe noch für eine Hausarbeit zu recherchieren.«

»Schon gut. Geh ruhig! Ich brauche dich nicht.«

Marisa ging zum Haupteingang der Uni, ohne Zeynep weiter anzusehen. Es war genau das geschehen, wovor sie sich immer gefürchtet hatte. Sie hatte sich geöffnet und darauf vertraut, dass Zeynep ihre Gefühle erwidern würde.

Stattdessen war sie zurückgewiesen worden.

Bestimmt war das ein Omen dafür, was geschehen würde, wenn sie versuchte, das Studienfach zu wechseln. Es funktionierte einfach nicht. Leute wie Zeynep griffen nach dem Leben und formten es so, dass sie ihre Träume leben konnten. Manche Leute waren dafür geboren, am Ende zu gewinnen. Leute wie Marisa dagegen verloren immer, egal, was sie versuchten.

An diesem Nachmittag hatte sie eine Pädagogikvorlesung und ein Englischseminar. Das konnte sie ausfallen lassen. Keine Physik. Damit versäumte sie nichts, worauf es ankam.

Marisa ging in den Park und setzte sich auf die Bank unter einer alten Buche, bis die Kälte sie nach Hause trieb. Sie fühlte sich so leer, dass sie nicht einmal weinen konnte.

8

ZWIE-
spalt

Nach dem Gespräch vor dem Unigebäude ging Zeynep Marisa aus dem Weg und ließ den Cocktailabend ausfallen. Sibylle meckerte zwar, dass es das zweite Mal in Folge sei, dass sie wegen Jonte ihre Freundinnen vernachlässigen würde, aber mehr würde nicht passieren, hoffte Zeynep. Ihre Mädels würden ihr verzeihen.

Ob Marisa ihr verzeihen würde, stand auf einem anderen Blatt.

Warum hatte sie das Gespräch nicht rechtzeitig beendet, als sie realisiert hatte, worauf es hinauslaufen würde? Wie Marisa ihr gegenüber empfand, ahnte sie seit Jahren. Bisher hatte sie sich davor gedrückt, dass aus Ahnungen und Andeutungen mehr wurde. Sie mochte die Freundschaft zu Marisa so, wie sie bislang funktioniert hatte.

Warum also hatte sie sich hinreißen lassen, mit Marisa über … tiefere Gefühle … oder so etwas zu reden?

Sie belog sich. Wenn sie ehrlich sein wollte, hatte Marisas zarte Schönheit sie seit Jahren bezaubert. Marisa wirkte manchmal wie ein Wesen, das nicht ganz von dieser Welt war. Eine Prinzessin aus Sternenstaub, die vom Himmel herabgefallen war und sich im Körper einer zerbrechlichen jungen Frau versteckte … oder nein, eine

Seejungfrau, erschaffen aus nichts weiter als fließendem Wasser, das jede Form annehmen konnte, in die man es hineingoss. Marisa begriff Zusammenhänge in Formelgemälden und fand Antworten, zu denen die meisten Menschen nicht mal die Fragen verstehen konnten. Ihre Augen waren groß und scheu wie die eines Rehs – und Hölle noch mal, sie war devot!

Zeynep hatte es immer geahnt und nicht wahrhaben wollen. Und jetzt verfolgten sie die Bilder von Marisa, nackt bis auf ein Unterwäscheset aus elfenbeinfarbener Spitzenwäsche, eingeschnürt in Seile, die in ihre zarte Haut drückten. Wie herrlich es wäre, ihre dunklen, großen Augen vor Hingabe geweitet zu sehen!

»Du wirkst abgelenkt.« Jonte griff nach ihrer Hand und lächelte ihr über den Abendbrottisch ihrer kleinen Wohnung zu.

»Bitte entschuldige.« Zeynep zwang sich zu einem Lächeln, beugte sich über den Tisch und küsste ihn auf die Nase.

»Hey, meine Sahibe.« Er lächelte. »Lass dich nicht runterziehen. Was immer dich belastet, es kann nicht so schlimm sein. Hat dich deine Professorin wieder geärgert?«

»Ehrlich gesagt, quäle ich mich gerade mit etwas anderem herum.« Sie biss sich auf die Lippen. »Es geht um Marisa, meine beste Freundin. Sie … Sie hat mir gesagt, dass sie … na ja, verliebt in mich ist.«

»Du meine Güte. Ist sie lesbisch?«

»Ein Transvestit ist sie jedenfalls nicht!«

»'tschuldigung. Blöde Frage.«

Zeynep strich Frischkäse auf die letzte Brothälfte und goss sich eine neue Tasse Tee ein. Der letzte Tropfen perlte an der Tülle und löste sich. Tee half, wenn sich der Verstand in ein Chaos zu verwandeln drohte. Eines Tages würde sie sich einen türkischen Samowar holen, momentan musste sie sich noch mit losem Tee und einem billigen Stövchen zufrieden geben.

»Sie ist devot, hat sie erzählt. Ich habe es immer geahnt, glaube ich. Und jetzt … Jetzt weiß ich nicht, wie ich damit umgehen soll.«

Jonte schwieg und schenkte sich Tee nach. Was dachte er? War er böse auf sie?

»Ich hätte es für mich behalten sollen. Sorry.«

»Wieso? Möchtest du sie dominieren?« Er biss von seinem Brot ab. Schinken. Brr. Wie konnte man so etwas freiwillig essen?

Zeynep verzog das Gesicht. »Keine Ahnung. Vor einer Woche hätte ich mit Nein geantwortet. Aber jetzt … Irgendwie denke ich ständig an sie. Daran, wie sie mich angeguckt hat.«

»Lesbenaction, ja?«

»O Mann, musst du immer alles ins Lächerliche ziehen?«

»Wieso? Welcher Mann würde Nein sagen, wenn seine Freundin ihm erzählt, dass sie mit einer anderen Frau Fesselspiele machen will?« Es klang höhnisch.

»Bist du sauer auf mich?«

»Keine Ahnung.« Er kaute auf seinem Brot herum, als ob es ihm im Hals stecken blieb.

»Bist du eifersüchtig?«

»Auf eine andere Frau? Wohl kaum.« Er lachte, aber es lag keine Freude darin.

»Also ja.«

»Mensch, was willst du jetzt von mir hören? Ich fahre im Sommer für fast ein Vierteljahr weg. Wir sind gerade frisch zusammen, ich habe ohnehin Angst, dass du mich vergisst, wenn ich so lange aus der Welt bin. Und jetzt erzählst du mir, dass du mit jemand anderem herummachen möchtest?«

Zeynep griff nach seiner Hand. Sie war genauso kalt wie ihre. »So habe ich es nicht gemeint. Du bist meine Nummer eins. Ich liebe dich, das weißt du doch!«

»Du hast eine merkwürdige Art, es zu zeigen.« Er erwiderte den Händedruck.

»Du meinst, Gespräche über eine Frau als Zweitsklavin fallen nicht darunter, meinen Sklaven zu quälen? Es gibt Leute, die mögen solche Spiele.«

»Nee, du, Cuckold ist nicht meins.«

Zeynep beugte sich vor und küsste ihn. »Lass uns nicht mehr davon reden, ja? Es war ein Fehler von mir, es dir zu erzählen. Ich hätte die Klappe halten und es mit mir selbst ausmachen sollen.« Sie beugte sich über den Tisch und wollte ihn küssen.

Jonte lachte bitter auf und stieß sie weg. »Also beschäftigt es dich tatsächlich. Du denkst darüber nach, mich abzuschießen und stattdessen mit einer Frau anzubandeln.« Er stand auf. Sein Gesicht war eine ausdruckslose Maske, in die er ein Lächeln zwang. »Ich sollte nach Hause fahren.«

»Du meine Güte, was ist denn mit dir los?« Zeynep stellte sich vor ihn und zog seine Hände auf den Rücken. »Du wirst nicht nach Hause fahren, hörst du? Ich befehle es, Sklave.«

»Nicht jetzt, Zeynep. Es gibt Dinge, die kann man nicht über diesen Dom-Sub-Blödsinn regeln.«

Sie ließ ihn los. O Mann. Heute ruinierte sie alles. Erst hatte sie die Freundschaft zu Marisa zerstört, und jetzt war sie drauf und dran, die Beziehung zu Jonte in einen Abgrund zu stürzen. Sie besaß wirklich ein unübertroffenes Talent dafür, die Menschen zu verletzen, die ihr am Herzen lagen.

»Bitte entschuldige«, bat sie. »Jonte, du hast nicht richtig zugehört. Bitte gib mir eine Chance, es noch einmal zu erklären. So, wie ich es meine.«

»Was gibt es da zu erklären? In meinen Augen hast du klargestellt, dass du mich nicht mehr willst, sondern deine ... Marisa.« Trotz seiner harten Worte entspannte er sich ein Stück.

Zeynep atmete auf. »Ich will dich aber. Mehr als alles andere auf der Welt, hörst du? Soll ich es dir beweisen?«

»Das ist doch Blödsinn.«

»Jonte, ich liebe dich. Komm. Gib mir eine Chance, diesen Unsinn mit Marisa aus deinem Kopf zu kriegen. Du und ich, wir gehören doch zusammen.«

»Eben klang das anders.«

»Na los. Gib mir einen Kuss. Du bist der Mann, den ich liebe.«

»Und Marisa ist die Frau, die du …?«

»Hör auf.« Zeynep drängte ihn in Richtung des Bettes. »Das hast du nicht nötig, mein Lieblingssklave. Du bist derjenige, der mir gehört und auf den ich Anspruch erhebe. Zieh dich aus für mich, na los.«

Er sah aus, als ob er immer noch schmolle. »Warum ziehst du dich nicht zuerst aus?«

»Ich soll für dich strippen? Sonst geht es dir noch gut?« Sie gab ihm einen Schubs, dass er aufs Bett flog. »Na gut. Ausnahmsweise. So was würde ich für niemanden außer dir tun, klar?«

»Jetzt hör endlich auf, von anderen Leuten zu reden. Das kann ich nicht ab.«

Sie küsste ihn, kniete sich über ihn und zog sein Hemd aus. Mit dem zusammengedrehten Stoff knotete sie seine Handgelenke zusammen. Wie immer reagierte er darauf lustvoll. Zwischen ihren Beinen spürte sie, wie er unter der Jeans hart wurde und sich gegen sie drängte. Noch war nicht alles verloren.

»So, so, und du wolltest einfach im Streit die Wohnung verlassen und deine Sahibe allein lassen?« Zeynep zog ihr Shirt über den Kopf. »Wo sie heute extra für dich die neue schwarze Unterwäsche angezogen hat?« Sie fuhr sich über den Körper, massierte ihre Brüste und grinste Jonte an.

Er ließ die Arme über den Kopf sinken. Der Unmut verschwand aus seinem Gesicht und machte Platz für ein unsicheres Lächeln. »Sahibe, Ihr seid viel zu gut für mich. Ihr verwöhnt Euren Sklaven.«

»Glaube ich auch.« Zeynep nahm den Zeigefinger in den Mund und schob ihn mehrfach vor und zurück, um ihn anzufeuchten. Sie genoss den verzückten Blick in Jontes Augen und schob die Hand vorn in ihre Jeans. Genüsslich massierte sie ihren Venushügel durch den Spitzenslip hindurch. Jonte drückte sein Becken nach oben und stimulierte sie damit zusätzlich.

»Ts, wie ungeduldig du bist, Sklave. Muss ich dich bestrafen?«, sagte sie, obwohl seine Erregung ihr gefiel.

Jonte presste die Lippen trotz seines Grinsens aufeinander und schüttelte den Kopf.

»Wirklich nicht?« Sie fuhr mit den Fingernägeln über seinen Brustkorb.

Jonte stöhnte auf, als sie seine Nippel fand und sanft hineinkniff. Langsam erhöhte sie den Druck. Der Ausdruck in seinem Gesicht verwandelte sich von lustvoll in schmerzhaft, bis sie fand, dass es genug war. Sie ließ los. Er atmete erleichtert auf – und verzog das Gesicht erneut, als sie mit der Fingerspitze gegen seinen Nippel schnipste und das Spiel von vorn begann.

Sanft erforschte sie seinen Körper mit Fingern und Lippen, ließ Schmerz und Zärtlichkeit dicht aufeinanderfolgen. Er schmeckte nach Salz. Jeder zarte Biss führte dazu, dass Jonte sich anspannte und mitunter einen leisen Schmerzenslaut nicht unterdrücken konnte. Diese Reaktion auf ihre Liebkosungen ging durch und durch.

War es das, was es bedeutete, eine Sadistin zu sein? Das Wort klang so … so böse. Passte es zu dem, was sie miteinander teilten? Dieser Blick voll Hingabe und Schmerz, die Jontes Augen verschleierten, während er sich darum bemühte, ihren Blick zu erwidern und ihr mit einem mutig-gequälten Blick zu versichern, dass alles in Ordnung sei … Das war nicht böse. Es ging tiefer als sanfte Streicheleinheiten, spürte sie. Wenn sie wie jetzt die Macht über Jonte ergriff, verwandelte sie sich in eine Göttin. Und genau so sollte es sein.

Sie grub die Fingernägel in seine Haut, bohrte sie tiefer und spürte den Widerstand. Jonte seufzte auf und verzerrte sein Gesicht zu einer Grimasse. Ohne ihren Griff zu lockern küsste Zeynep ihn und fuhr mit der Zunge über seine Lippen. Er öffnete den Mund, um ihre Zunge mit seiner zu suchen.

»Ts, ts.« Sie schüttelte den Kopf. »Wie gierig und ungeduldig du bist, Sklave. Muss ich dich dafür bestrafen?«

Ein glückliches Lächeln huschte über Jontes Gesicht. »Das traust du dich eh nicht, Sahibe. Außerdem bist du einfach unwiderstehlich.« Er hob die Hände nach vorn und massierte ihre Brüste.

Was für ein Dilemma! Seine Berührung gefiel ihr viel zu gut. Das warme, dumpfe Gefühl von Erregung konzentrierte sich in ihren Nippeln und breitete sich gleichzeitig durch ihren Bauch nach weiter unten aus. Gleichzeitig hatte er sie trotz ihres vorigen Verbots angefasst und damit eindeutig seine Sahibe gekränkt. Was sollte sie tun?

Fast von allein hob sich ihre Hand und streifte seine Wange mit den Fingerspitzen. Es war mehr ein Streicheln als eine Ohrfeige, trotzdem ging das Gefühl seiner weichen und ganz leicht kratzigen Wange unter ihren Fingern ihr durch und durch. Jonte nahm sofort die Hände von ihren Brüsten und legte sie wieder über den Kopf.

»Alles okay?«, fragte sie scheu.

»Klar.« Er schluckte und lächelte. »Mit dir ist nicht zu spaßen, Sahibe. Du lässt einem armen Sklaven nichts durchgehen.«

»So ist das halt, wenn man so dumm ist, sich von mir versklaven zu lassen.« Sie gab ihm einen weiteren Kuss und registrierte zufrieden, dass er dieses Mal die Lippen geschlossen ließ. Sie drängte mit der Zunge dagegen und überwand seinen Widerstand, fuhr über seine Zähne und saugte schließlich seine Zunge sanft in ihren Mund. Ein zärtlicher, unendlich vorsichtiger Biss ließ ihn erneut aufstöhnen.

Sie liebkoste ihn weiter, saugte seinen männlichen Duft in sich hinein und geriet in eine Art Rausch. Das unaufgeräumte Zimmer mit den Metalpostern an den Wänden löste sich auf, verwandelte sich in eine Zauberhöhle aus Tausendundeiner Nacht, die von geheimnisvollen Flammen erhellt wurde. Sie war nicht länger Zeynep, Tochter von Fatma, ohne Zuhause oder Familie, zu denen sie gehörte. Sie war eine Dschinn, ein Geist aus der Dunkelheit, körperlos, uralt und mächtig. Sie biss in Jontes Hals, kümmerte sich nicht um seinen Schmerzseufzer und saugte, als ob sie ihm tatsächlich das Blut und die Lebenskraft rauben könnte. Er bäumte sich auf und zeigte ihr seine Kraft. Ah, dieser Mensch gehörte ihr! Er hatte sich in ihre Höhle verirrt, jetzt musste er sterben, ein Opfer ihrer Macht und verzauberten Schönheit.

Sie leckte über seine Brust und schlug ihre Zähne in seinen Nippel, riss daran, als wäre sie eine Pantherin, die Beute erlegte, und kümmerte sich nicht um seine Schmerzen. Er hatte nichts zu sagen. Er war ihr Sklave, nein, weniger als ein Sklave, ein Spielzeug ihrer Nachtfantasien und dafür bestimmt, von ihrer Hand einen süßen Tod zu sterben.

Sie richtete sich auf, bleckte die Zähne beim Lächeln und fuhr sich hungrig über ihren Bauch, ihre Brüste und zwischen ihre Beine. Das Verlangen loderte viel höher, als sie es kannte, brachte sie um den Verstand und trug sie mit sich in die feurige Dunkelheit.

Zärtlich legte sie ihre Hände um seinen Hals und drückte zu.

»Hast du Angst vor mir?«, wisperte sie verliebt und erhöhte den Druck.

Jonte gab ein ersticktes Geräusch von sich und nickte. In seinen Augen lag süße Furcht vor ihr, aber auch Vertrauen und ungläubige Erregung. Ein berauschender Cocktail.

»Das solltest du auch.« Zeynep beugte sich vor, biss mit den Fangzähnen in sein Ohr und bohrte sie tief hinein. »Du hast etwas in mir geweckt, was besser weitergeschlafen hätte. Jetzt musst du büßen, Mensch.«

Sie küsste sich Zentimeter für Zentimeter entlang seinem Brustkorb nach unten, bis sie seinen harten Schwanz erreichte. Der salzige Tropfen an der Spitze prickelte auf ihren Lippen. Zeynep saugte ihn in sich hinein, umspielte ihn mit Gaumen und Zunge und bohrte die Zähne in ihn, um ihn wieder sanft zu schütteln. Wieder stöhnte Jonte auf. Sie biss stärker zu. Seine Erektion wurde härter, wenn das überhaupt möglich war, und pulsierte. Wollte er etwa schon kommen? Wie konnte er es wagen? Sie hörte zu saugen auf und biss härter und härter zu, bis der Schmerz endlich bewirkte, dass er sich etwas zusammenzog.

Für eine Sekunde tauchte sie aus dem unermesslichen, weiten Meer in ihrem Innern auf. Ihre Orientierung löste sich auf. Die Sterne, die überall um sie zu fliegen schienen, machten es nicht leichter, ihr inneres Zentrum wiederzufinden. Sie zitterte plötzlich.

»Jonte, was passiert hier mit mir?«

»Sahibe?« Es gelang ihm nur undeutlich, das Wort zu formulieren. Seine glasigen Augen verrieten, dass er mindestens so hoch geflogen war wie sie. Er sah aus, als hätte er einen Joint geraucht.

»Ist schon gut.« Sie richtete sich auf. Das Zittern verflog, und ihr Mund verzerrte sich erneut zu dem Grinsen, das ihre Eckzähne freilegte. »Du gehörst mir, Sklave. Das ist alles, was du wissen musst. Und weil du mir gehörst, kann ich alles mit dir tun. Ich werde dich fertigmachen, dich unterdrücken, bis etwas in dir zerbricht und nichts mehr bleibt als deine Hingabe an mich. Und wenn ich möchte, wenn es mich erregt, dann … Dann kann ich alles mit dir tun. Alles. Hörst du?« Sie legte die Hände um seinen Hals und machte eine kurze Bewegung, als ob sie zudrücken würde.

Jonte zuckte zusammen.

»Wenn ich möchte, könnte ich dich sogar …« Sie sprach es nicht aus. Nicht mit Worten. Die Botschaft lag in ihrem Blick, floss zwischen seinen und ihren Augen hin und her, erfüllte sie mit Feuer und Leben und ließ Schweißtropfen über ihren Rücken hinabrinnen.

»Ihr dürft alles mit mir tun, was Ihr wollt, Sahibe.« Die Hingabe in seinen Augen erschreckte sie.

»Auch wenn es wehtut?«

»Was immer Ihr tut, kann mir nicht wehtun.«

»Dann bitte mich darum.«

»Worum?«

»Darum, dir wehzutun.«

»Bitte, Sahibe, füg mir Schmerzen zu. Ich liebe es, Eure Macht auf diese Weise zu fühlen.«

Sie lachte auf. »Klar doch, Schätzchen. Dreh dich auf den Bauch.«

Irgendwie brach das den Bann.

Jonte gehorchte.

Sie schlug zu. Ihre Hand klatschte auf sein Gesäß, und er stöhnte unterdrückt. Ihre Handfläche schmerzte. Sollte es nicht ihm wehtun statt ihr? Sie veränderte die Handhaltung, um ein Luftpolster zwischen Handfläche und Hintern zu erzeugen, und versuchte es erneut. Es funktionierte. Alles eine Frage der Übung. Abwechselnd schlug sie auf die linke und rechte Backe. Die Haut rötete und erwärmte sich. Allmählich hatte sie den Bogen raus. Sie schlug fester zu, fand einen Rhythmus und genoss ihn. Irgendwann brannte ihre Hand. Sie hielt inne und pustete darauf.

»Ihr könnt ruhig weitermachen, Sahibe.«

Zeynep packte ihn an der Schulter und riss ihn auf den Rücken.

»Willst du mir vorschreiben, was ich zu tun oder zu lassen habe, Sklave?«

Jonte grinste spitzbübisch. »Vielleicht? Wenn deine Hand müde ist, habe ich ja nichts zu befürchten, Sahibe.«

»Du kommst dir wohl schlau vor.«

»Bitte entschuldige, Sahibe.« Er grinste wieder. »Aber bis jetzt hast du mich nicht dazu gebracht, auch nur daran zu denken, um Gnade zu bitten.«

»Ach, ist es das, was du willst?«

Klatsch. Die Ohrfeige traf seine Wange dieses Mal ungebremst. Zeynep starrte ihre Hand erschrocken an. Hatte sie das wirklich getan?

Jonte blickte sie erstaunt an. Langsam kehrte das Lächeln zurück. »Das hat wehgetan.«

»Das sollte es auch … Sklave.«

Das Lächeln machte Platz für glückliches Erstaunen. »Wow, du bist echt hart.«

»Du willst um Gnade betteln müssen? Kein Problem. Bitte mich darum, dich auf deinen Schwanz zu schlagen. Oder auf deine Eier. Damit kriege ich dich in null Komma nix so weit.«

»Das kann ich nicht«, sagte Jonte und kniff die Augen zusammen. »Dich darum bitten? In meine privaten Regionen? Das ist nicht mehr lustig.« Seine Erektion zuckte, fiel aber nicht zusammen.

Zeynep nickte zufrieden. »Dann lass es.«

Bestimmt erwartete er, dass sie ihn bedrohte oder schlug, um ihren Willen durchzusetzen. Irgendetwas Brutales, das zeigen sollte, dass sie die Herrin war und er nur ein Sklave. Als ob sie so primitiv wäre. Wahre Macht lag nicht darin, sich mit Gewalt in das Herz eines Sklaven zu prügeln. Wahre Macht lag darin, wenn er tatsächlich daran glaubte, was er sagen sollte. Er hatte Angst davor, dass sie ihn auf den Schwanz schlug? Wunderbar. Er würde darum betteln, dass sie genau das tat. Sie wusste, dass sie ihn dazu bringen konnte.

Auf ihrem Nachttisch lag ein altes Papierbuch. Ein Band aus der *Sword and Sorceress*-Reihe von Marion Zimmer Bradley. Ihr Delfinlesezeichen steckte zwischen zwei Geschichten. Zeynep lehnte sich an die Wand und griff danach, um sich in eine andere Art von magischer Welt entführen zu lassen.

»Was ist los?«, fragte Jonte entgeistert.

Sie ignorierte ihn.

»Zeynep? Willst du jetzt allen Ernstes in diesem Buch lesen?«

Sie tat, als ob er nicht länger existieren würde, und blätterte auf die nächste Seite. Irgendwann würde sie die Geschichte erneut in Ruhe lesen müssen. Seite 98. Nicht vergessen. Da ging es weiter. Irgendwann, wenn es tatsächlich um die Geschichte ging und nicht um ein Machtspielchen. Das Gefühl der magischen Wunderhöhle kehrte zurück und hüllte sie ein. Jonte sollte spüren, dass er für sie nicht länger existierte.

»Zeynep? Um Gottes willen, das ist nicht lustig«, beschwerte sich Jonte.

»Der Sklave soll schweigen. Wenn sich der Sklave für zu gut dafür hält, die Sahibe um etwas zu bitten, was ihr Freude bereiten würde, interessiert sich die Sahibe nicht länger für seine Lust oder sein Wohlergehen.« Sie blätterte um, obwohl ihm klar sein müsste, dass sie in der kurzen Zeit niemals eine komplette Doppelseite lesen könnte.

»Soll das heißen, du machst dieses Theater, damit ich dich darum bitte, mich auf den …?«

»Schweig!« Sie hob den Blick vom Buch und bohrte ihn direkt in seine Augen. »Der Sklave soll nicht glauben, dass dieses Spiel nach seinen Regeln läuft. Er hat zu gehorchen, aber er hat sich geweigert. Darüber gibt es nichts zu diskutieren.« Sie hielt den Blickkontakt aufrecht, bis er den Blick abwandte.

Ihr Herz klopfte wie blöd. Was sie tat, war nicht abgesprochen. Würde er verstehen, dass es immer noch ein Spiel war? Das hier war anders als alles, was sie in den Domina-Pornos gesehen hatte. Subtiler. Gemeiner.

Erregender.

Jonte hatte nicht wirklich eine Chance, wenn er nicht das Safe-word sagte und damit das Spiel zu einem überhasteten Ende brachte. Wenn er es tun würde, wüsste sie nicht, wie sie reagieren würde. Enttäuscht? Frustriert?

Verständnisvoll?

Mit klopfendem Herzen starrte sie auf die Seite. Die Buchstaben verschwammen. Würde so etwas funktionieren?

Was für ein Chaos in ihrem Innern …

Jonte schwang die Beine über den Rand des Bettes. Zeynep schrak zusammen. Hatte sie ihm mit ihrer verrückten Forderung zu viel abverlangt? Wenn er nicht länger mitspielen wollte … Was sollte sie tun? Sich entschuldigen, weil sie Blödsinn von ihm verlangt hatte?

Wenn sie das täte, würde sie ihn anschließend nicht mehr dominieren können, spürte sie. Es war schwer genug, den Alltag hinter sich zu verlassen und sich in eine grausame Göttin zu verwandeln, die sich verhielt, als ob sie das Recht hatte, über einen gleichberechtigten Menschen zu herrschen. Wenn sie sich dann noch dafür entschuldigen müsste, was sie tat … Wie sollte ein normaler Mensch so etwas hinbekommen und sich hinterher erneut als unbesiegbare und allmächtige Herrin aufspielen? Das ging doch gar nicht.

Vor dem Bett ließ sich Jonte auf die Knie sinken. Sein Gesichtsausdruck zeigte, wie schwer es ihm fiel, aber seine Hände steckten immer noch in der Fesselung. »Sahibe, ich … Ich habe mich anmaßend verhalten. Das gehört sich nicht für einen Sklaven wie mich. Bitte verzeiht.«

Zeyneps Herzschlag setzte aus. Sie hielt die Luft an und musste sich zum Weiteratmen zwingen. Tat er das gerade wirklich?

Beiläufig blätterte sie eine weitere Seite in ihrem Buch um, während ihre Gedanken rasten. Am liebsten hätte sie das Spiel an dieser Stelle abgebrochen. Sie hatte gesiegt. Er unterwarf sich ihr. Ihre Macht über ihn ging über Schläge und Fesseln hinaus. Das erregte und ängstigte sie gleichermaßen. Mit nichts als Worten und einem billigen Psychotrick hatte sie ihn dazu gebracht, sich tiefer zu unterwerfen als je zuvor. Sie brauchte Zeit zum Nachdenken. Wie sollte sie damit umgehen?

»Sahibe, ich … Ich habe mich respektlos verhalten. Wenn Ihr es wünscht, bin ich bereit, die Strafe dafür auf mich zu nehmen. Bitte … Wenn es euch gefällt, bitte schlagt mich auf … Also, ihr wisst schon wohin. Ich kann es nicht aussprechen, aber bitte tut es. Ihr seid die Herrin. Ihr befehlt, nicht ich. Verzeiht bitte.«

Keine Zeit. Seine blauen Augen zerrten an ihr. Sie musste reagieren. Die ganze Zeit die Kontrolle behalten … Wie funktionierte das? Wie machten andere das? War sie dafür in Wahrheit nicht viel zu schwach?

Wenn sie ihm jetzt gestand, dass es ihr zu schnell ging, dass sie überfordert war … Jetzt, wo er so tief im Subspace schwebte, dass er sich überwunden hatte, sie darum zu bitten … Sie schuldete es ihm, weiterzumachen. Ganz egal, wie sehr sie sich davor fürchtete, wie sie sich während ihres Machtrauschs veränderte.

»Leg dich aufs Bett«, sagte sie leise, ohne besonderen Druck in der Stimme.

Jonte gehorchte.

»Du willst also, dass ich dich auf die Eier schlage? Mit voller Kraft?«

Eine Mischung aus Selbstekel und Erregung kochte in ihr hoch. Wenn er jetzt das Safeword sagen würde, würde sie dankbar abbrechen. Doch auf seinem Gesicht war keine Spur von Widerwillen. Er lächelte entspannt und glücklich, als ob sein Gehirn ihm den Trip seines Lebens verpasste. Und sie ... Obwohl sie sich schämte, zogen sich ihre Nippel zusammen, und sie wurde feuchter und feuchter.

SM war krank!

Jonte presste die Lippen zusammen und nickte. Holte tief Luft. »Ich vertraue dir, Sahibe. Wenn es dich glücklich macht ... Bitte schlag mich auf die Eier.«

Er hatte es so gewollt. Zeynep hob den Arm und ließ ihn mit aller Kraft niedersausen. Jonte sog scharf die Luft ein und riss die gefesselten Hände nach unten, doch er würde nicht rechtzeitig ankommen, um sich zu schützen. Kurz vor ihrem Ziel bremste Zeynep ab und verwandelte den Schlag in ein federleichtes Streicheln.

»Puh.« Jonte atmete hörbar aus und schien auf den Schmerz zu warten, der nicht einsetzte. »Für eine Sekunde habe ich geglaubt, du tust es wirklich.«

Die Anspannung wich von ihr. »Für eine Sekunde habe ich das auch geglaubt.« Sie lachte unsicher.

»O Zeynep ... Du bist unmöglich. Gib mir einen Kuss! Ähm, bitte ...«

Sie verschloss seine Lippen mit ihren und liebkoste seine Zunge mit ihrer. Damit verstieß er gegen das Gebot von vorhin. Egal. Sie war die Herrin. Wenn sie die Regeln ändern wollte, durfte sie es, auch ohne ihn vorher um Erlaubnis zu fragen. Wie gut er roch. Seine Pheromone hüllten sie ein und holten den Zauber zurück, wurden noch betörender durch die leichte Angstnote, die darin mitschwang. Er hatte sich vor ihr gefürchtet und sie gleichzeitig begehrt. Es fühlte sich an, wie nackt inmitten eines Flammenrings zu stehen, dessen Flammen über ihre Haut streichelten, ohne sie verbrennen zu können.

Sie hielt es keine Sekunde länger aus. Kondom für Jonte, und losvögeln. Jetzt. Sofort. Ungeduldig riss sie an ihren Kleidungsstücken, legte ihre Haut frei und streichelte sich selbst, um das dunkle Verlangen in sich zu befriedigen, doch es loderte nur immer greller empor. Beim Abstreifen ihres Höschens verlor sie das Gleichgewicht und fiel halb auf Jonte. Seine Haut glühte noch heißer als ihre. Obwohl er die Hände über dem Kopf ließ, reckte er sich ihr entgegen und schob die Hüfte nach oben. Sie umklammerte ihn und presste ihre Stirn an seine, als ob sie sich nie wieder begegnen würde.

Er glitt in sie hinein. Zeynep spannte ihr Becken an, um ihn intensiver zu spüren. Er war so hart. So groß. Es war herrlich, ihn in sich zu genießen. Wie konnte eine Frau freiwillig darauf verzichten und ihren Sklaven dazu verdonnern, auf ihre Stiefel oder Füße zu wichsen? Das würde sie nie verstehen. Nichts ging über einen harten Männerschwanz, der danach drängte, tief in sie zu stoßen, während der Mann sich mit einem Ausdruck äußerster Konzentration darum bemühte, nicht zu kommen und ihr Tempo nicht zu stören. Sie spannte ihre Beckenmuskeln an, lockerte sie und spannte sie erneut an. Es musste sich gut anfühlen, denn er wurde noch härter in ihr. Wie geil. Sie würde die ganze Nacht mit ihm vögeln, nie wieder aufhören, nie wieder. So wie jetzt sollte es immer sein. Vollkommene Sicherheit, vollkommenes Glück.

»Du gehörst mir, Sklave«, flüsterte sie, rieb mit ihren Brüsten über ihn und bewegte sich quälend langsam auf und ab. Sie wollte es für ihn und sie gleichermaßen in die Länge ziehen. Ungeduldig veränderte sie ihre Haltung, schob das Becken vor und zurück, bis sie den perfekten Eindringwinkel gefunden hatte. Jede Reibung, jede Berührung setzte ihr Inneres in Brand. Fast von allein glitt ihre Hand nach unten und liebkoste ihre Perle, um das lodernde Gefühl in ihrem Innern noch intensiver pulsieren zu lassen. Das Bewusstsein ihrer Allmacht berauschte sie genauso wie Jontes Nähe.

Er hielt die Luft an und stieß tiefer in sie. Sofort entspannte Zeynep ihre Muskeln und hörte auf, sich zu bewegen. War es zu spät? Hatte der Sklave sich nicht einmal genug unter Kontrolle, um mit seinem Höhepunkt zu warten, bis die Herrin so weit war?

»Wag es nicht«, zischte sie und streifte seine Wange erneut mit einem Streicheln, das beinah eine Ohrfeige war. »Du gehörst mir! Mir allein!«

Diese Worte, oder war es ihr Blick oder die Berührung, reichten aus. Jonte presste die Lippen zusammen und verzerrte das Gesicht, schüttelte den Kopf, um es zu verhindern, aber er war machtlos. Sein Körper bäumte sich auf. Er stieß tiefer in Zeynep als zuvor. Das Gefühl, zusammen mit dem Vibrieren seines Höhepunkts, trieb sie ebenfalls über die Grenze, obwohl sie zuvor geglaubt hatte, noch meilenweit von einem Orgasmus entfernt zu sein. Sie schnappte nach Luft. Wow!

Das glühende Gefühl floss wellenförmig durch sie hindurch, liebkoste ihren Bauch und kribbelte in ihren Brüsten. Hilfe! Es hörte überhaupt nicht mehr auf. Vor Schreck holte sie aus und verpasste Jonte eine letzte Ohrfeige, die einen weiteren Lustschauer durch sie laufen ließ. Jede neue Welle breitete sich weiter durch ihren Körper aus, auch wenn sie zunehmend schwächer wurden. Vage war ihr bewusst, dass ihr Becken sich wieder und wieder zusammenzog, ohne das glühende Gefühl von Erlösung verringern zu können.

Nur langsam realisierte sie, dass sie ihre Hand vor den Mund geschlagen und mit aller Kraft hineingebissen hatte. Noch schmerzte es nicht. Allmählich kehrte die reale Welt zurück. Zeynep wischte die Spucke von ihrer Hand am Laken ab und hoffte, dass Jonte es nicht merkte.

»Das war wunderbar.« Jonte löste seine Hände scheinbar problemlos aus ihrer Hemdfessel und zog sie an sich.

»Ich dachte, du wärst gefesselt?« Zeynep löste sich von ihm und richtete sich auf.

»War ich doch.«

»Anscheinend nicht richtig.« Sie rückte ein Stück von ihm ab und biss die Zähne aufeinander.

»Mensch, Zeynep, darauf kommt es nicht an. Ich war gefesselt von dir und deiner Ausstrahlung, reicht das nicht?«

Es ging zu schnell. Eben hatte sie noch als Göttin über Leben und Tod geherrscht, als dunkler Schattengeist aus einer Märchenhöhle über die Lust ihres hilflosen Sklaven – und jetzt befreite er sich aus ihren Fesseln, als würde es überhaupt nichts bedeuten? Adrenalin und Lust kreisten immer noch in ihren Adern, aber sie mischten sich mit etwas anderem, was sie zunächst nicht erkannte. Angst. Jonte war ihr nicht länger unterlegen. Ihre Fesselkünste taugten nichts.

Schlimmer noch, er wollte sie an sich ziehen. An seine Schulter. So, als ob er der starke Macher wäre, der sie beschützen musste.

Ihre Hände brannten immer noch davon, wie intensiv sie sie auf Jontes Hintern hatte fallen lassen. Die Erinnerung an ihr wildes Lachen vergiftete sie. Was für ein Mensch war sie, wenn sie sich davon erregen ließ, dass der Mann, den sie liebte, vor Schmerz aufschrie?

Jonte küsste sie auf die Schläfe und zog die Bettdecke hoch. Eine Zeit lang lagen sie nebeneinander. Das Schweigen tat wohl. Irgendwie hatte sich die Wärme des Liebesspiels tief in sie eingegraben, prickelte unter der Haut und ließ sie langsam in diesen schwebenden Zustand zwischen Wachen und Schlaf hinüberdämmern, in dem sich die Welt in goldenen Nebel verwandelte. Sie brauchte nichts mehr zu tun. Alle Gedanken lösten sich auf.

»Zeynep?« Jontes Stimme holte sie ein Stück zurück in die reale Welt.

»Hm?« Sie drückte sich enger an ihn, bewegte ihre Wange auf seiner Schulter hin und her. Kein Reden mehr. Sie war müde.

»Ich habe über das nachgedacht, was du mir wegen Marisa erzählt hast.«

Plötzlich war sie hellwach. »Wie meinst du das?«

»Dass du sie gern hast.«

»Dich habe ich gern. Hör auf, in unserem Bett von anderen Frauen zu reden.« Sie schälte eine Hand unter der Bettdecke hervor und legte den Finger auf seine Lippen.

»Du hast angefangen, von ihr zu reden. Und ich meine ...«

»Was?« Sie richtete sich auf. Musste er mit diesem Thema gerade jetzt ankommen und das zarte Gespinst ihrer Einschlafgedanken zerstören, während sie so dicht an ihn gepresst lag, dass sie kaum zwischen ihren und seinen Gedanken unterscheiden konnte?

»Wenn du sie gern hast und mit ihr auch SM spielen möchtest, warum versuchst du es nicht einfach? Andere haben auch Spielbeziehungen. Vielleicht wäre das für mich nicht so schlimm, wie ich im ersten Moment dachte. Ich will dich nicht einsperren, verstehst du?«

Zeyneps Herz machte einen Satz. Ade, Müdigkeit. Jetzt würde sie stundenlang wach liegen, über seine Worte grübeln und ihn dafür hassen, dass er ihr die Decke klaute. »Das ... Das kann ich nicht! Ich bin doch mit dir zusammen.«

»Das wärst du immer noch.«

»Und du wärst nicht eifersüchtig?«

Wenn das eine Falle war, mit der er ihre Treue auf die Probe stellen wollte, wäre das hinterhältig. Zeynep verscheuchte den Gedanken, dass sie es nach ihrer Manipulation mit dem Buch in der Session nicht anders verdienen würde.

Jonte zuckte mit den Schultern. »Ich weiß es nicht. Sie ist eine Frau. Auf einen Kerl wäre ich wahrscheinlich eifersüchtig, aber bei einem anderen Mädel?« Er grinste. »Vielleicht lasst ihr mich einfach mal zusehen?«

Zeynep griff nach dem Kissen und presste es auf sein Gesicht. »Du bist ja bloß scharf auf Lesbenaction live!«

Er schob das Kissen weg, lachte und zwang sie auf den Rücken. »Wäre das so schlimm?«

»Pfui, aus! Böser Sklave! Runter von mir, benimm dich!« Sie lachte ebenfalls.

Er biss sie in die Lippe. »Was, wenn ich das nicht will?«

Sie schlang die Beine um ihn und drückte sich gegen ihn. Verrückt. Das Verlangen nach ihm ließ einfach nicht nach, egal, wie oft sie miteinander schliefen. »Was, wenn ich dich jetzt, auf der Stelle, in mir spüren will?« Sie schlang die Arme um ihn und zog ihn enger an sich.

»Ich hab immer noch das Kondom auf!«

»Dann ab ins Bad mit dir, und komm schnell wieder! Und hör auf, in meinem Schlafzimmer von anderen Frauen zu reden!«

Ihr Herz klopfte viel heftiger, als es sollte.

9

ZARTE

Gefühle

Marisa fuhr mit dem großen Zeh durch den kleinen Flauschteppich, den Sebastian unter seinem Ikea-Couchtisch liegen
hatte. Ihre Kommilitonen Sebastian und Nico hatten es sich auf
dem Schlafsofa gemütlich gemacht. Cihad und sie saßen auf dem
Boden, jeder ein großes Kissen im Rücken. Der Laptop stand auf
dem Ikea-Tisch und wartete darauf, dass sie sich für einen Film
entschieden.

»Ich bin immer noch für *Star Wars*. Die alte Trilogie kann man
sich nicht oft genug ansehen.« Marisa griff nach ihrer Bierflasche
und nahm einen großen Schluck. Schon fast leer, dabei hatten sie
noch nicht mal mit dem ersten Film begonnen. Die Sache mit Zeynep schlug ihr auf die Nieren.

»Ich finde, wir sollten *Transporter* gucken. Aber dafür votiere
ich seit Monaten, und ihr seid nie einverstanden, also könnte ich
genauso gut die Klappe halten.« Cihad drehte sein Fantaglas in der
Hand.

»Und warum nicht *Elysium*? Bisher bin ich immer noch der Einzige, der den gesehen hat. Ihr habt alle keine Ahnung von Kultur,
meine Herren … und Damen.«

Marisa schaltete ab und ließ das Gespräch an sich vorbeiplätschern. Es tat gut, hier bei ihren Jungs zu sein. Keine Notwendigkeit, sich zu stylen und seriös zu wirken, wie sie es in der Schule müsste. Hier konnte sie einfach sie selbst sein. Ein Nerdmädchen, das mit Leidenschaft Physik studierte und manchmal vergaß, sich morgens die Haare zu kämmen. Sie besaß Lipgloss und Wimperntusche, aber ernsthaft Gedanken über Schminke hatte sie sich nie gemacht. Ob sie das ändern musste, wenn sie versuchte, eine Lehrerin am Gymnasium zu sein?

Am Ende einigten sie sich auf *Elysium*. Sebastian setzte den Laptop in Gang. Anschließend werkelten sie gemeinsam eine Viertelstunde an der verhedderten Verkabelung zu den kleinen Boxen auf dem Schreibtisch, auch wenn Marisa der ketzerische Gedanke durch den Kopf schoss, dass es schneller gegangen wäre, wenn sie die Boxen ausgekabelt und am Laptop neu angeschlossen hätten. So waren die Jungs halt. Für alles musste eine technische Lösung gefunden werden, egal, was der gesunde Menschenverstand empfahl.

Endlich flimmerte der Vorspann über den Laptopbildschirm. Marisa verlangte eine allerletzte Unterbrechung, um aufs Klo zu gehen und sich für die Dauer des Films sicherheitshalber gleich zwei Bier zu holen. Sebastian und Nico nahmen ihr die Flaschen nach kurzem Gerangel weg, und sie ging noch einmal.

»Der Nächste, der den Filmanfang verzögert, wird von mir erschossen«, erklärte Cihad.

»Ich hole meine Wasserpistole und helfe dir dabei.« Marisa prostete ihm zu.

Sebastian streckte die Hand nach der Maus aus.

»Halt, halt, ich brauch noch neue Fanta, ihr Idioten. Dann können wir anfangen.«

»Cihad!«

»Nur, weil ich kein so hoffnungsloser Alkoholiker bin wie ihr, müsst ihr mich nicht gleich diskriminieren.«

»Marisa, wo ist die Wasserpistole?«

Marisas Handy summte. »Scheiße, das ist Zeynep!«

Nico schlug sie auf den Kopf. »Klappe, sonst wirst du erschossen.«

»Ihr seid rücksichtslose Nerds und habt nicht die geringste Ahnung vom wahren Leben. Wenn euch eine schöne Frau anrufen würde, wärt ihr auch hin und weg. Nur wird das wahrscheinlich nie passieren.«

Nico nahm ein Kissen, schob es vor ihr Gesicht und riss ihren Kopf damit nach hinten. »Und jetzt gönnen wir dir das Vergnügen nicht, genau. Brauchst du länger, oder können wir mit dem Film anfangen?«

»Fangt ruhig an.« Marisa stand auf und nahm das Telefonat an, während sie den Raum verließ und die Tür hinter sich schloss. »Hallo, Zeynep. Was gibt es?« Woher kam nur dieses plötzliche Verlangen nach einer Zigarette?

»Ich ... Ich wollte nur fragen, wie es dir geht.«

»Mir geht's gut. Ich sitze hier mit meinen Jungs und habe Spaß.«

Ich brauche dich nicht, sollte das heißen. Ich sehne mich nicht nach dir und kann an etwas anderes denken als deinen schönen Mund und das Licht in deinen Glutaugen. Mein Leben ist ohne dich vollständig, und ich bereue, dass ich dir meine geheimsten Gefühle gestanden habe. Bitte mach es nicht kaputt, indem du es wieder kompliziert machst.

»Klingt gut.« Zeynep lachte unsicher. »Ich ... Ich hatte dich fragen wollen, ob du morgen Zeit hast. Sonntag ist vielleicht ein blöder Tag, um sich zu treffen, aber ... Na ja, wir könnten einen Kaffee trinken gehen. Und danach vielleicht ins Kino. Sie zeigen im Programmkino einen französischen Film über eine Klavierspielerin.« Der Wortschwall war aus ihr herausgebrochen, ohne dass Marisa eine Chance gehabt hätte, zu antworten.

Für einen Moment war sie sprachlos. Zeynep wollte mit ihr ausgehen?

»Ist alles in Ordnung?« Zeynep sprach zu schnell, wie immer, wenn sie nervös war. »Wenn du morgen keine Zeit hast, können wir auch … Ach, scheiße. Ich habe es versaut, oder?«

»Was denn versaut?«

»Das mit uns.«

»Keine Ahnung.« Marisa schluckte und straffte sich. »Also, ich hab morgen noch nichts vor. Von mir aus können wir ins Kino.« Sie lachte etwas zu laut.

»Eigentlich … wollte ich vor allem reden.«

»Wollen wir uns in der Cocktailbar in der Nähe vom Kino treffen? Mariacci, oder wie die heißt?«

»Um drei? Dann können wir um halb fünf in den Film.«

»Meinetwegen.«

Sie tauschten noch einige Belanglosigkeiten aus, dann legte Marisa auf.

Ihr Herz klopfte viel zu schnell. Es tat beinah weh. Bestimmt gab es eine harmlose Erklärung für das Gespräch. Etwas, was nichts mit dem zu tun hatte, was sie mit einem Mal hoffte und ihren Bauch dazu brachte, sich wild zusammenzuziehen.

Sie ging zurück zu den anderen. Das Kondenswasser auf ihrer Bierflasche war hinabgelaufen und hatte einen feuchten Ring auf dem Tisch gezeichnet. Es war völlig unmöglich, für sich zu behalten, was soeben geschehen war. »Zeynep will mit mir ins Kino«, verkündete sie laut.

»Scht, du verdeckst das Bild! Setz dich leise hin, die Boxen taugen nix. Ich will nichts verpassen«, sagte Nico.

»Du kennst den Film doch schon!«

»Deswegen ja.«

Marisa ließ sich auf den Boden sinken. Männer! Die hatten alle keine Ahnung von Gefühlen. Wenn Wiebke oder Sibylle von einem bevorstehenden Date erzählt hatten, war das auf dem Mädelsabend immer mindestens eine halbe Stunde durchgehechelt worden.

Cihad drückte kurz ihre Hand. »In welchen Film geht ihr denn?«

»Ins Programmkino. Zeynep möchte einen französischen Film über eine Klavierspielerin sehen.«

Er lachte auf. »Du musst sie echt lieben. So was tust du dir freiwillig an?«

»Ich muss an Geschmacksverirrung leiden. Am besten, du hältst jetzt die Klappe. Wenn ich morgen Kultur über mich ergehen lassen muss, will ich heute Nacht noch den einen oder anderen guten Film sehen.«

»Check.«

Am nächsten Morgen erwachte Marisa mit Brummschädel. Wahrscheinlich lag es nicht am Bier, eigentlich vertrug sie davon eine Menge, sondern an der Aufregung. Außerdem war es auf Dauer unbequem, mit einem Kissen im Rücken auf dem Boden zu sitzen und von Nico bei jeder Flüsterei mit Cihad auf den Scheitel geschlagen zu werden. Sie gähnte. Es war erst halb zehn. Bis zum Treffen mit Zeynep waren es noch viereinhalb Stunden. Wie sollte sie diese Zeit bloß durchstehen?

Sie quälte sich in eine sitzende Position, zog ihren Bademantel vom Schreibtisch heran und stand mühsam auf. Vielleicht war heute der richtige Tag für ein bisschen Mädchenkram. Beine mal wieder rasieren, eincremen, Lockenschaum in die Haare und so was. Sie besaß das nötige Zubehör seit Jahren, nutzte es aber so gut wie nie.

Auf dem Flur gähnte sie ein weiteres Mal. »Muss jemand aufs Klo? Sonst geh ich jetzt duschen.«

Keine Reaktion.

»Könnte eine Weile dauern! Ich will Haarkur reinmachen.«

Die anderen schwiegen immer noch. Marisa zuckte mit den Schultern, ging ins Bad und schloss sich ein. Also, mal sehen. Was gehörte zu einem kompletten Mädchen-Beauty-Programm? Am Ende auf jeden Fall Parfüm, aber das stand in ihrem Zimmer. Ob sie Wiebkes Rosenduschgel mit passender Bodylotion stibitzen durfte, oder würde die das merken?

Am Ende blieb sie bei ihrem sportlichen Duschzeug und dem billigen Shampoo von Rossmann. Zurück in ihrem Zimmer, stellte sie erstaunt fest, dass sie über eine Stunde im Bad verbracht hatte. Ihre Beine fühlten sich weich und glatt an, als sie über die frisch rasierte und eingecremte Haut streichelte. 11.43 Uhr. Wow. Wie hatte sie es geschafft, so viel Zeit totzuschlagen?

In das große Badehandtuch gehüllt, blätterte sie, zurück in ihrem Zimmer, durch ihre Anime-Sammlung, überprüfte ihren Facebook-Account auf Neuigkeiten, kämmte ihre nassen Haare und unterbrach alle paar Strähnen, um nach einem neuen Anime zu greifen. Auf einmal war es höchste Zeit zum Aufbruch, und sie war immer noch nicht angezogen oder geföhnt. Wie hatte das geschehen können?

Hastig zog sie sich an, griff nach dem erstbesten Shirt und knetete Volumenschaum in ihre Haare. Die würden auch unterwegs trocknen. Wilde Lockenmähne war genauso frisiert wie alles andere, was sie sich hätte ausdenken können. Scheiß auf die Kälte, die ihr die nasse Kopfhaut verbrennen würde. Schlüssel in die Hosentasche, Jeansjacke und Handtasche überwerfen, und los.

Am Ende erreichte sie den Treffpunkt zehn Minuten zu früh und musste fünfzehn Minuten auf Zeynep warten. Sie massierte das Handy mit schweißfeuchten Fingern, zu nervös, um irgendein Gratisspiel darauf zu zocken oder jemandem zu schreiben. Wo blieb Zeynep bloß? Hatte sie es sich anders überlegt?

Endlich kam sie angelaufen, mit erhitzten Wangen und ohne darauf zu achten, vor dem Überqueren der Seitenstraße nach eventuellen Autos Ausschau zu halten. »Es tut mir leid, dass du warten musstest, Marisa!«

»Kein Problem, bin auch gerade erst gekommen«, log Marisa. »Schön, dass du da bist.«

»Sei doch nicht so förmlich!« Zeynep riss sie in eine Umarmung, die enger war als sonst.

Marisa genoss das Gefühl ihrer Wärme, ihrer weichen Brüste an ihrem Oberkörper und die Hitze mühsam gebändigter Kraft, die Zeynep ständig auszustrahlen schien. Trotzdem zwang sie sich, ihre Freundin als Erste loszulassen, damit diese nicht das Gefühl bekam, sie müsse sich Marisa in irgendeiner Weise verpflichtet fühlen.

»Also, wo du jetzt da bist: Wohin wollen wir gehen?«

»Cocktailbar, hatten wir doch gesagt. Komm schon! Nicht, dass irgendjemand uns den letzten Tisch wegschnappt.« Zeynep bot Marisa ihren Ellenbogen an.

Marisa hakte sich ein und ging mit ihr. Ihr Herz pochte hart gegen ihre Rippen. Irgendetwas hatte sich verändert, oder sie verlor allmählich den Verstand. Sie hatte noch nie erlebt, dass Zeynep sich ihr gegenüber so liebevoll verhielt und so viel körperliche Nähe suchte.

Sie erreichten das Mariacci und fanden einen Zweiertisch am Fenster. Rund um sie herum tobten andere Gespräche, doch für Marisa verwandelten sich alle anderen Menschen in Hintergrundgeräusche. Zeyneps Nähe war das Einzige, worauf es ankam. Dieses Lächeln. Diese Haarsträhne, die sich immer wieder aus der wuscheligen Hochsteckfrisur stahl und von Zeynep zurückgestrichen wurde. Ihr Lippenstift, dessen leuchtende Farbe ihren edel geschnittenen Mund in eine verführerische Frucht verwandelte, bei der man nicht anders konnte, als daran zu denken, von ihr zu kosten …

Sie plauderten, bis ihre Getränke kamen, und stießen an. Wie üblich tauschten sie die Gläser, um sich gegenseitig von ihrem Cocktail probieren zu lassen, und Marisa verzog bei Zeyneps sahnig-süßem Getränk genauso das Gesicht wie Zeynep bei ihrer herb-säuerlichen Getränkevariante.

»Also, was wolltest du besprechen?«, fragte Marisa schließlich.

»Es … Es ist etwas, was ich mit Jonte besprochen habe. Wegen dir.«

Marisa bemühte sich um ein ausdrucksloses Gesicht, während ihr Magen sich ängstlich zusammenzog. »Das … Das klingt ernst. Los, mach es nicht so spannend!«

»Also, ich habe Jonte vorgestern von unserem Gespräch am Dienstag erzählt. Und davon, dass ich dich gern habe ... Anders als ihn, aber irgendwie genauso gern. Und dass ich dich gern dominieren würde.«

»Aha.« Etwas anderes fiel ihr nicht ein.

»Also, nur wenn du es auch möchtest, natürlich!« Zeynep zog die Unterlippe in den Mund und kaute darauf herum. Der Lippenstift schien es auszuhalten; er schimmerte mit der gleichen Intensität wie zuvor.

Marisa schluckte. »Ich glaube, auf Dauer würde ich damit nicht klarkommen.«

»Wie meinst du das?«

»Na ja, dass ihr einen auf glückliches Pärchen macht ... Und wenn du mal Lust auf ein bisschen fremde Haut hast, darf ich herhalten. Natürlich nur als Spielbeziehung.« Sie schluckte noch mal, doch der Kloß in ihrem Hals wurde nicht kleiner.

»So habe ich das nicht gemeint!« Zeynep krauste die Stirn, schüttelte den Kopf und nahm noch einen Schluck. »Das ist ... Das ist schwierig zu erklären. Ich habe gestern mit Jonte stundenlang darüber gesprochen. Wir haben im Internet recherchiert und so ... Sagt dir Polyamory etwas?«

»Nein.«

Sie biss sich auf die Lippen. »Ich glaube, ich bin so. Das ist ... etwas schwer zu erklären. Kennst du das, wenn man manchmal in mehr als einen anderen Menschen verliebt ist? Als Teenager zum Beispiel, wenn man gleichzeitig für einen Popstar und einen Jungen ... oder ein Mädchen ... aus der Nachbarklasse schwärmt?«

»So ein bisschen hatte ich das mal, ja ... Aber meistens bin ich nur in einen Menschen verliebt. Ich meine, Teenagerschwärmereien sind was anderes. Wenn ich jemanden liebe, dann will ich fest mit ihr zusammen sein. Das ist doch normal!«

»Bei Polyamory ist das auch so, dass man fest zusammen sein möchte«, erklärte Zeynep. »Aber bei Leuten mit Polyamory ... Gott, das klingt wie eine Krankheit … Also bei solchen Leuten ist das noch ein bisschen anders. Bei denen …«

Marisa stöhnte auf. »Bitte keine sozialwissenschaftlichen Vorträge!«

»Also gut, also gut. Ich wollte nur klarstellen, dass ich damit offenbar nicht allein auf der Welt bin. Es gibt noch andere, die sich so fühlen.«

»Du willst mit Jonte eine offene Beziehung haben?«

»Nein, das ist es auch nicht. Offene Beziehung heißt, dass man mit anderen Leuten Sex haben darf, aber nur denjenigen liebt, mit dem man zusammen ist. Ich habe erst gedacht, dass es vielleicht das ist, was ich möchte, aber … Das passt nicht zu mir. Du bist für mich viel mehr als eine Sexaffäre. Oder eine Spielbeziehung.«

»Ich fürchte, ich verstehe dich immer noch nicht. Was ist dann mit Jonte?«

»Den liebe ich auch.« Zeynep seufzte. »Ich fürchte, die meisten Leute können das einfach nicht nachvollziehen. Wenn du mir gleich erklärst, dass sich das für dich nach dem größten Humbug ever anhört, dann halte ich meine Klappe, entschuldige mich und geh meiner Wege. Aber …«

»Aber du hast mich lieb?«

»Genau.« Zeynep schlug die Augen nieder. »Ich glaube, bei mir funktioniert es andersherum als bei den meisten Leuten. Wenn andere jemanden gefunden haben, bei dem wirklich alles stimmt, wollen sie für den Rest ihres Lebens nur mit ihm zusammen sein. Oder zumindest verdammt lange. Bei mir dagegen … Wie soll ich das erklären?«

Marisa nahm ihre Hand. »Versuch es, Zeynep. Ich kann es mir nicht so richtig vorstellen, aber wir sind schon verdammt lange befreundet. Wäre doch lächerlich, wenn ich dich jetzt nicht ernst nehmen würde. Hast du bei mir doch auch, als ich dir von meinen Gefühlen erzählt habe.«

»Wenn ich jemanden liebe und es wirklich schön und passig ist … Dann wird mein Herz immer größer. Es sprudelt nur so aus mir raus. Wie eine Quelle, aus der immer mehr Liebe sprudelt, bis ich irgendwann das Gefühl habe, ich muss daran ersticken, wenn ich diese Liebe nur einem einzigen Menschen geben darf.«

»Häh?«

»Das ... Das mit Jonte und mir, das ist so schön. Ich glaube, deswegen ist es passiert. In mir ist diese Quelle aufgewacht ... Diese Liebe, die überall hinwill, übersprudelt, mich total über Bord haut. Und jetzt kommt es mir vor, als ob in mir tausend Türen aufgeben würden. Ich hab dich schon immer verdammt gern gehabt, Marisa. Ich hab mir das bloß nie eingestanden, weil ich ... Na ja, weil ich mehr hetero als bi bin und mir nicht vorstellen konnte, auf Dauer komplett ohne Männer in meinem Bett auszukommen. Aber du ... Du bist so schön, so sanft, so zart, deine Augen schimmern, wenn du mich ansiehst ... Und ich muss ständig an dich denken. Ich will dich küssen, in den Arm nehmen, rausfinden, wie man mit einer anderen Frau Liebe macht ... Aber nur, wenn du diese Frau bist.« Sie seufzte tief. »Und obwohl ich all das fühle, weiß ich genau, dass sich meine Gefühle für Jonte dadurch überhaupt nicht ändern. Im Gegenteil. Es kommt mir eher so vor, als ob meine Liebe für ihn mehr wird, je mehr ich an dich denke, und umgekehrt. So, als ob ich euch beide brauchen würde, um wirklich vollständig zu sein und auf die Art zu lieben, die zu mir passt.«

»O Mann. Klingt ziemlich verrückt.« Marisa hob ihr eiskaltes Glas und trank es mit einem Schluck fast leer. Es nützte nichts. Der Alkohol drang nicht schnell genug in ihren Kopf. »Darüber muss ich nachdenken.«

»Natürlich.« Zeynep presste ihre Hand eng zusammen. »Hauptsache, du denkst jetzt nicht schlecht über mich. Ich meine, ich will dich auf keinen Fall irgendwie ausnutzen oder zur Beziehungspartnerin zweiter Klasse degradieren oder so ... Dafür habe ich dich viel zu gern.«

Marisa holte tief Luft. »Krasse Sache.«

»Ich weiß.« Zeynep senkte den Blick. »Glaub mir, ich weiß auch nicht, woher das kommt. Vielleicht wäre es besser, wenn ich normal wäre. Aber ...«

Marisa drückte ihre Hand. »Erst mal Themenwechsel, würde ich sagen. Ich glaube, ich brauche noch einen Drink. Dieses Mal was Stärkeres. Gib mir Zeit zum Nachdenken, ja?«

»Alle Zeit, die du brauchst.« Das Leuchten kehrte in Zeyneps Augen zurück. »Hauptsache, du bist jetzt nicht böse auf mich.«

»Nein. Bin ich nicht.« Marisa winkte der Kellnerin. »Lass uns erst mal über was anderes quatschen, damit ich das alles sacken lassen kann, ja? Hast du was Neues von Sibylle gehört? Und woher hast du diesen Lippenstift?«

Nichts interessierte sie weniger. Trotzdem war sie dankbar für die aufregende und dramatische Geschichte, wie Zeynep ausgerechnet diesen Lippenstift in einem Geschäft gefunden hatte, das sie normalerweise nie betreten hätte, wo ein Mann sie ansprach, ob sie ihm ein Parfüm für dessen Freundin empfehlen könne, und dann unerlaubterweise mit der Nase Zeyneps Hals berührte, und wie sie den Lippenstift trotz dieses Drachens mit dem Mut einer weißen Ritterin erobern und am Ende nach Hause in ihr Schminketui entführen konnte.

Im Kino wählten sie eine Kuschelbank, also zwei Sitze, die nicht durch eine Armlehne voneinander getrennt wurden. Wie früher, wenn sie mit der Clique im Kino waren, zauberte Zeynep eine Flasche Cola und eine Chipstüte aus dem Rucksack. Marisa hatte keine Gelegenheit mehr zum Einkaufen gehabt und nur eine Tafel Schokolade eingepackt. Der alte Thrill, sich nicht von den Kartenkontrolleuren am Eingang erwischen zu lassen, funktionierte immer noch.

Natürlich nutzten sie die Werbung, um über die vorgestellten Produkte zu lästern. Marisa hatte sich gerade erst auf ihrem Platz zurechtgesetzt und angefangen, sich in die angenehme Trance des Nur-gucken-nicht-Denkens fallen zu lassen, da begannen bereits die Filmvorschauen.

»Huch?« Sie stupste Zeynep in die Seite. »Geht das hier immer so schnell?«

»Klar. Programmkino ist was anderes als diese kommerzielle Hollywoodscheiße drüben im Megaplex. Hier geht es um Kultur.« Zeynep hielt ihr die Chipstüte hin. »Willst du noch Cola?«

Marisa trank einen Schluck. Sie war sich überdeutlich des Gefühls von Zeyneps Oberschenkel an ihrem bewusst. Sonst hatten sie immer Sitzplätze gewählt, zwischen denen sich Armlehnen befanden, ganz abgesehen davon, dass sie bisher fast nie ohne Wiebke und Sibylle ins Kino gegangen waren. Heute war alles anders. Am liebsten hätte sie den Kopf an Zeyneps Schulter gelegt.

So viele Gedanken in ihrem Kopf. Alle widersprachen sich, stritten um Aufmerksamkeit, verlangten von ihr, sich zuerst hiermit, nein, damit, nein, mit ganz was anderem zu beschäftigen. Zeynep hatte sie gern, hatte sie gesagt. Anders als in einer Freundschaft, mit Bauchkribbeln und Dominieren und vielleicht sogar Liebe. Wie lange träumte sie schon davon, genau das von ihr zu hören?

Aber Zeynep hatte auch Jonte gern, und das würde so bleiben. Marisa würde niemals ihre Nummer eins sein, auch wenn sie sich schon seit Jahren kannten. Jonte hatte ihre Liebste zuerst geküsst, und der würde sie auch weiterhin küssen dürfen. Er würde vor ihr knien und ihre Stiefel küssen, weil er devot war und Zeynep dominant. Marisa würde keine Stiefel küssen. Niemals. Das war nicht ihr Stil.

Aber vielleicht könnte es ihr gefallen, neben Zeynep zu stehen und ihr die Peitsche zu reichen, wenn Jonte vor ihnen beiden auf dem Boden herumrutschen musste?

Und wieder dieser Schmerz in ihrem Herzen. Sie wäre nicht die einzige Frau in Zeyneps Leben. Okay, die einzige Frau schon, aber ... nicht der einzige Mensch. Ihr würde immer nur die Hälfte von Zeyneps Liebe gehören. War Zeynep bescheuert, so etwas von ihr zu verlangen? Wie egoistisch war es bitte, hinzugehen und zu sagen: Also, ich will dich ja haben, ich find dich heiß, aber neben dir will ich auch andere Menschen küssen und liebhaben und, und, und.

Das war ja nicht mal eine offene Beziehung. Wenn Zeynep gesagt hatte, sie liebte Marisa, aber sie wolle manchmal auch einen Kerl im Bett, weil sie eben auch auf Schwänze abfuhr … Wahrscheinlich wäre sie einverstanden gewesen – und hätte gehofft, dass dieser Fall niemals eintrat.

Aber das war es nicht, was Zeynep vorgeschlagen hatte. Die eigentliche Beziehung hätte sie weiterhin mit Jonte. Im Grunde wäre eher Marisa das Abenteuer, mit dem Zeynep ihre Beziehung auflockern durfte. War sie sich für so etwas nicht immer zu gut gewesen? Eine Hete, für die sie nicht mehr als ein Abenteuer mit Titten und glatter Haut war, war normalerweise ein absolutes No-Go für jede lesbische Frau. Wer sich auf so was einließ, buchte das gebrochene Herz gleich mit. Musste sie sich so etwas wirklich gefallen lassen?

Der Hauptfilm begann.

Zeynep rekelte sich, kam dabei näher an Marisa heran. Der Shampoo- und Zimtduft ihrer Haare stieg Marisa in die Nase, zusammen mit dem zarten und würzigen Duft von Zeyneps Haut. Man konnte davon verrückt werden. Zeynep hatte keine Ahnung, wie verführerisch sie roch, wie unwiderstehlich ihre Nähe wirkte. Ob ihr Herz auch so heftig pochte wie Marisas?

Zeyneps berührte Marisas Hand, zögernd, als ob sie sich vor einer Zurückweisung fürchtete. Eine heiße Welle schwappte durch Marisa. Ihr Mund wurde trocken. Es wäre so schön, diese Geste einfach zu erwidern, zärtlich mit dem Zeigefinger über Zeyneps Handfläche zu streichen … Aber durfte sie sich auf diese Weise wegwerfen an eine Frau, die ihre Gefühle niemals in voller Intensität erwidern würde? Seit so vielen Monaten, ach was, Jahren, liebte sie Zeynep und verbarg die Gefühle, so gut sie konnte. War sie wirklich bereit, sich auf eine Beziehung einzulassen, in der sie für immer nur zweite Wahl wäre? Erlaubte ihr Stolz das?

Sie erwiderte den Händedruck und spürte, wie Zeynep langsam ausatmete und eine Spannung aus ihrem Körper wich, die zuvor kaum merklich vorhanden gewesen war. War Zeynep etwa auch nervös?

Natürlich war sie das, beantwortete Marisa ihre unausgesprochene Frage. Zeynep hatte nicht erzählt, dass sie eine Spielbeziehung ohne tiefere Gefühle wollte. Im Gegenteil. Es hatte ziemlich schräg geklungen, aber Zeynep log nie. Das, was sie erzählt hatte, hatte sie ernst gemeint, zumindest darauf konnte sie sich verlassen.

Vielleicht musste man nicht immer alles durchanalysieren, überlegte sich Marisa. Natürlich war es ihr als Wissenschaftlerin lieber, wenn sie für alles einen Namen hatte, klar erkennbare Parameter, die sich auf die Gleichung Zeynep plus Marisa gleich Liebe zurückführen ließen … Aber die interessanten Gleichungen besaßen mehr als zwei Variablen. In der Mathematik und Physik wurde es erst dann wirklich spannend, sich damit auseinanderzusetzen.

Galt das auch für die Liebe?

Schluss mit diesen Gedanken, ermahnte sie sich. Liebe hatte nur sehr bedingt etwas mit Naturwissenschaften zu tun. Natürlich konnte man den Oxytocin-Gehalt im Gehirn messen, die erhöhte Pulsfrequenz und die Menge an Schweißproduktion auf der Handinnenfläche, aber … Am Ende zählte das nicht. Da kam es darauf an, was man fühlte. Und das Händchenhalten mit Zeynep verwirrte sie zwar, dennoch fühlte es sich abgrundtief richtig an. Zeynep und sie gehörten zusammen.

Sie ließ ihren Kopf an Zeyneps Schulter sinken. Zeynep setzte sich zurecht und legte den Arm um sie. Auf diese Weise verging der halbe Film. Marisa wagte nicht, sich zu bewegen, auch wenn ihr Rücken mehr und mehr protestierte und ihr linkes Bein allmählich einschlief. Das hier fühlte sich richtig an auf eine Weise, die weit über das hinausging, was sie mit dem bewussten Verstand steuern und lenken konnte.

Irgendwann spielte ihr Nacken nicht länger mit, und sie setzte sich auf.

Zeynep fasste sie an den Hinterkopf, zog sie zurück zu sich und küsste sie auf den Mund. Ihre Lippen waren warm und ein wenig rissig, schmeckten nach Erdbeerlipgloss und Sommer. Fast von allein fanden sich ihre Zungen, berührten sich und tanzten miteinander. Alle Verspannungen verflogen und lösten sich auf. Zeyneps zauberhafter Duft hüllte sie ein, trug sie mit sich und ließ ihre Probleme mit dem bevorstehenden Schulpraktikum und der Frage nach dem Studium weit hinter sich zurück.

Kaum merklich wurde Zeyneps Griff fordernder. Dominanter. Marisa schluckte und kämpfte schwach dagegen an. Zeynep nahm die andere Hand, presste Marisas Schultern gegen die Sitzlehne und zwang sie sanft zum Stillhalten. Jeder Widerstand in Marisa erstarb. Süße Schwäche füllte sie aus. Das Gefühl von Hingabe und Stolz war in der Realität hundertmal besser als in jeder Fantasie. Zeyneps Kraft brachte ihre Schwäche zum Vorschein, die Sanftheit und Weiblichkeit, die sie sich im Physikstudium den Jungs gegenüber nie erlaubt hatte, um sie nicht zu unerwünschten Flirtversuchen zu provozieren. Hier durfte sie ganz Frau sein, ganz Sanftheit und Hingabe, gespiegelt durch Zeyneps Stärke, und es war gut so.

»Ich liebe dich«, flüsterte sie, als Zeynep ihr eine Atempause gönnte.

»Ich liebe dich auch, Marisa. Es ist alles völlig anders als das, was ich als Mädchen zusammengeträumt habe, aber …«

»Pscht. Nicht so viel reden, hörst du?«

Zeynep küsste sie auf die Nasenspitze. »Wer von uns beiden ist hier die Dom?«

»Du natürlich, mein Liebling.«

»Also. Ich mache die Vorschriften, nicht umgekehrt. Und ich bestimme, dass du ab jetzt still zu sein hast, damit wir die anderen Kinobesucher nicht stören.«

»Hm-hm«, machte Marisa glücklich.

Zeynep zwang sie mit einer sanften Umarmung auf den Fußboden des Kinos, wo sie vor ihr kniete und zum ersten Mal das Glück genoss, als devote Frau ihrer Göttin knien zu dürfen. Natürlich war Zeynep nicht nur Göttin, sondern auch Freundin, ansonsten könnte sie ihr niemals auf diese Weise vertrauen … Aber sie spürte bis ins Mark ihrer Knochen, dass Zeynep mit ihrer Hingabe verantwortungsvoll umgehen würde.

Sicher war es nicht normal, was sie hier taten, nicht so, wie bei anderen Leuten üblich … Aber was war schon normal? Marisa schlang die Arme um die Frau, die sie liebte, und erwiderte den Kuss. Der warme Duft von Zeyneps Schoß hüllte sie ein.

10

DER BLICK IN JONTES

Augen

Am nächsten Tag traf sich Zeynep nach der Uni mit Jonte, um ein paar Stunden mit ihm zu verbringen, bevor sie sich zum Cocktailabend mit den Mädels aufmachte. Seit Beginn des Studiums war dieser Wochenauftakt eine feste Konstante in ihrem Leben geworden. Trotzdem wäre heute alles anders als früher.

Am Samstag, im ruhigen Gespräch mit ihrem Schatz, war ihr alles so plausibel erschienen. Natürlich war es möglich, mehr als einen Menschen zu lieben. Natürlich liebte sie Marisa schon lange, auch wenn das etwas ganz anderes war als die Gefühle, die sie mit ihrem neuen Freund verbanden. Und die Erkenntnis, dass Jonte ihr diese Gefühle erlauben würde, dass es ihn nicht unerträglich störte, wenn ihr Herz groß genug für zwei Menschen war – oje, das klang schrecklich verkitscht –, hatte sie berauscht.

Heute jedoch, im Neonlicht der Uniflure, zweifelte sie an allem. Das Gefühlsbad am Wochenende hatte sie ausgelaugt. Jonte hatte sie wiederholt versichert, ihn durch und durch zu lieben, damit er sich nicht vernachlässigt fühlte. Marisa hatte sie in aller Aufrichtigkeit erklärt, dass ihre Gefühle für sie weit über das hinausgingen, was man in einer Spielbeziehung teilte. Konnte man seine Tage damit verbringen, nichts weiter zu tun als zu lieben? Wurde das auf Dauer nicht tierisch anstrengend?

Heute in ihren Vorlesungen und im Seminar war es kaum möglich gewesen, sich auf den Stoff zu konzentrieren, den ihre Dozenten sich zu vermitteln bemühten. Immer wieder kehrte das Gefühl von Marisas Lippen auf ihren zurück, gefolgt von dem Gefühl der ganz leicht stoppeligen Wange Jontes, gefolgt von der Erinnerung an das hastige Lufteinziehen Marisas, gefolgt vom Klang von Jontes Stimme, als er sie als ihr Sexsklave darum bat, sie mit aller Kraft auf seinen Schwanz zu schlagen, gefolgt von der süßen Hilflosigkeit Marisas, gefolgt von dem geilen Gefühl von Jontes Schwanz in ihr, gefolgt von …

Für ein Wochenende war das ganz schön viel. Eigentlich brauchte sie jetzt erst mal eine Woche Ruhe, um all diese Eindrücke zu verarbeiten. Nur, dass niemand ihr diese Zeit gönnen würde. Nach dem Seminar, das ihren Vorlesungstag abschloss, würde sie nicht in Ruhe in die Bücherei gehen. Jonte wartete darauf, wenigstens ein oder zwei Stunden mit ihr zu verbringen, und beim Mädelstreff würde Marisa sie erneut mit diesen hungrigen Augen ansehen. Sibylle und Wiebke würden Fragen stellen.

Konnte man sich nicht vom Liebesleben krankschreiben oder beurlauben lassen, wenn einem alles zu viel wurde?

Sie klingelte bei Jonte. Er hatte montags nur zwei Vorlesungen am Vormittag und den Nachmittag frei, also ließ Zeynep ihren Nachmittag ausnahmsweise ausfallen. Natürlich hatte Jonte angeboten, sie in ihrer Wohnung zu besuchen, aber aus irgendeinem Grund wollte sie das nicht.

»Da bist du ja.« Er gab ihr einen Begrüßungskuss. »Schön, dass du kommen konntest.«

Sie legte die Arme um ihn und küsste ihn zurück. Sicher war es schön, dass sie kommen konnte, aber so wirklich eine Wahl hatte sie wohl kaum. Gestern hatte sie mit Marisa herumgeknutscht, nachher würde sie sie wiedersehen … Jonte sollte auf keinen Fall das Gefühl bekommen, dass er vernachlässigt wurde.

Außerdem freute sie sich wirklich, ihn zu sehen. Seine Umarmung war ein warmes Licht, das durch und durch ging. Wieder diese Geborgenheit, die sie immer durchströmte, wenn sie seinen guten Duft einatmete. Es war gut, ihn zu lieben, von ihm geliebt zu werden.

Und doch … Konnte ein Mensch von zu viel Liebe verrückt werden? Ständig nur noch dieses Fließen, dieses Zusammengehören, diese Ehrlichkeit … Sich öffnen … Vertrauen … Zuhören, sich auf den anderen einlassen …

Verlor man irgendwann aus den Augen, wer man selbst war, wenn man nicht mehr dazu kam, sich in seiner eigenen Wohnung auszuruhen, die Vorhänge zuzuziehen und das Telefon abzuschalten?

Sie begleitete Jonte in die Küche seiner WG und half ihm dabei, Brote zum Abendessen zu schmieren und Kaffee zu machen. Sie musste ihm endlich vernünftige Tees schenken, dachte sie, zusammen mit einem Sieb und einer anständigen Kanne. Immer nur Kaffee zum Abendessen war nicht gut, aber Teebeuteltee schmeckte ihr nun mal nicht. Und irgendwann musste sie ihm beibringen, dass man am Ende eines Arbeitstages besser etwas Richtiges aß. Brote zum Abendessen waren so … so typisch deutsch!

Sie setzten sich gegenüber an den großen Küchentisch. Eigentlich wäre sie lieber mit ihm in sein Zimmer gegangen. In dieser WG mit vier Bewohnern konnte ständig jemand in die Küche platzen und sie in ein Gespräch verwickeln. Einerseits war das schön, weil man so nicht allein war, andererseits sehnte sie sich gerade heute nach etwas Ruhe und Zurückgezogenheit.

»Und, wie war es gestern mit Marisa?«, fragte er, kaum dass sie den ersten Bissen von ihrem Käsebrot genommen hatte. »Gestern am Telefon warst du ziemlich kurz angebunden.«

Das war der zweite Grund dafür, dass sie lieber mit ihm in sein Zimmer gegangen wäre. Dieses Gespräch ging außer ihnen beiden niemanden etwas an, und die Küchentür ließ sich nicht vollständig schließen.

»Es war schön«, sagte sie schließlich und merkte, wie lahm es klang. Vergeblich suchte sie nach den richtigen Worten, die den Abend beschreiben konnten, ohne dass er sich doof fühlte, weil er ausgeschlossen war.

»Also ... ist sie einverstanden? Hat sie verstanden, worum es dir geht?«

»Irgendwie schon.« Zeynep zögerte.

Viel geredet hatten sie nicht. Okay, sie hatte Marisa im Mariacci erklärt, was sie fühlte und wie es in ihr aussah ... Aber Marisa hatte nicht viel geantwortet. Im Kino hatten sie gekuschelt. Viel mehr als gekuschelt. Wenn sie Single wäre und so etwas mit einem Mann geschehen wäre, würde sie jetzt davon ausgehen, dass sie zusammen waren.

Bedeutete das, dass Marisa und sie jetzt ein Paar waren?

»Ich glaube, man muss sehen, wie sich das alles entwickelt«, sagte sie schließlich. »Im Internet hört sich das mit Polyamory so toll an. Offenheit, Ehrlichkeit, viel Liebe ... In der Realität ist das viel riskanter. Ich habe Angst, dass ich Marisa damit verletze, dass sie in Wahrheit doch eine monogame Beziehung mit mir möchte.« Sie schlug den Blick nieder. »Und ich habe Angst, dass ich dir wehtue, wenn ich ehrlich bin. Du bist so ein besonderer Mann ... Du verdienst eine Freundin, die ganz und gar für dich da ist. Oder?«

Er nahm ihre Hand und versuchte zu lächeln. »Andere Männer würden mich beneiden, wenn sie erfahren, dass meine Freundin bi ist und sich auch noch mit einer anderen Frau trifft.«

Zeynep lachte auf und schlug nach ihm.

Er wich aus. »Nein, ehrlich, ich habe das am Samstag ernst gemeint. Natürlich ist es für mich eine komische Vorstellung, dass du eine andere Frau datest ... Aber ich durfte Marisa ja kennenlernen. Sie ist eine schöne Frau, und sie hat dieses gewisse Etwas. Ich kann verstehen, dass sie dir gefällt.«

»Gefällt sie dir etwa auch?«, fragte Zeynep misstrauisch.

»Und wenn es so wäre? Hättest du damit ein Problem?« Er grinste.

Sie schluckte. Vor der Frage hatte sie sich bis zu diesem Augenblick gedrückt. Hätte sie damit ein Problem? Bis zu diesem Punkt hatte sie ihr Beziehungskonstrukt noch nicht durchgespielt. Im ersten Moment war tatsächlich ein schmerzhafter Stich durch ihren Bauch gezuckt. Wäre sie eifersüchtig, wenn Jonte und Marisa zu zweit etwas unternahmen? Sich vielleicht sogar küssen würden?

»Ich glaube, ich könnte überhaupt nicht ab, wenn du dich hinter meinem Rücken mit einer anderen Frau treffen würdest«, sagte sie schließlich. »Und sonst … Das weiß man nie vorher, oder?«

»Nee, stimmt schon.« Jonte griff sanft nach ihrer Hand und wurde ernster. »Und, wie war es gestern mit Marisa? Ich bin neugierig. Keine Ahnung, ob ich gleich vor Eifersucht am Rad drehe oder mich für dich freue, dass du einen schönen Abend hattest … Aber wenn wir es nicht versuchen, also das mit der Ehrlichkeit, dann können wir es gleich lassen, oder?«

»Stimmt.« Zeynep erwiderte den Händedruck. »Also, wild rumgeknutscht haben wir nicht … Oder doch? Sie kniete am Ende jedenfalls auf dem Boden zwischen den Sitzen vor mir und hatte die Hände auf dem Rücken. Gewissermaßen mentales Bondage.«

Jonte schluckte. Sein Lächeln wirkte etwas bemüht. »Ausgezogen habt ihr euch noch nicht, oder?«

Sie schüttelte den Kopf. »Nee, um Gottes willen! Eigentlich wollte ich nur mit ihr reden, aber das mit dem Knutschen … Das entwickelte sich irgendwie. Ich hoffe, das ist okay für dich?«

»Klar.« Er nickte etwas zu stark und überzeugt. »Und worüber habt ihr noch geredet? Seid ihr jetzt zusammen?«

»Ich weiß es nicht.« Zeynep musterte ihren Teller und das halb aufgegessene Brot. »Auf jeden Fall war es schön, dass ich ihr gegenüber auch zärtlich sein durfte, statt diese künstliche Wand in mir aufzubauen, dass ich um jeden Preis seriös und normal mit ihr umgehen muss. Ich habe sie lieb, das ist leider so. Das ausleben zu dürfen … Es hat gutgetan.«

»Kann ich mir vorstellen.«

»Außerdem duftet ihre Haut nach Vanille. Und wenn sie einen mit diesem devoten Blick ansieht, so voller Hingabe … Dann funkeln ihre Augen, als wären Sterne darin.«

»Da kriege ich ja richtig Lust, zu switchen.« Jonte lachte. »Immer nur devot sein ist auf Dauer langweilig, aber dich zu dominieren, traue ich mich nicht. Vielleicht hat Marisa ja mal Lust auf eine Session zu dritt?«

»Überfordere sie nicht gleich! Wir haben gestern zum ersten Mal darüber geredet, dass wir ein polyamouröses Beziehungsmodell ausprobieren könnten. Das ist für uns alle Neuland – und du denkst an nichts anderes als Lesbenaction in deinem Schlafzimmer?«

»Hey, ich bin auch nur ein Mann!«

»Und mein Sklave, wenn ich dich daran erinnern darf.« Sie hob den Fuß unter dem Tisch und glitt mit ihren bestrumpften Zehen an der Innenseite seines Oberschenkels entlang. »Deswegen erwarte ich, dass du dich benimmst.«

»Haben wir nicht eben noch auf Augenhöhe geredet, Sahibe?«

»Haben wir. Und sobald du das Safeword sagst, kehrt die Augenhöhe zurück. Aber gerade finde ich, dass du eine Strafe dafür verdienst, dass du bei einer so wichtigen Sache wie der Zukunft unserer Beziehung völlig schwanzgesteuert an eine andere devote Frau in deinem Schlafzimmer denkst.« Sie fuhr mit den Zehen zwischen seine Beine, glitt über die Beule in seinem Schritt und drückte sanft zu.

Jonte stöhnte auf. »Was du tust, ist unfair, Sahibe! Du weißt, dass ich deine Füße liebe und verehre. Wenn du damit an dieser Stelle herumspielst, kann ich wieder die ganze Nacht nicht schlafen.«

Sie biss sich auf die Lippen, als sie realisierte, dass sie das ein Stück weit auch getan hatte, um ihn von Marisa abzulenken. Auf was für ein Spiel hatte sie sich hier bloß eingelassen? Zwei Menschen gleichzeitig lieben. Das konnte nur in einer Katastrophe enden, egal, wie sehr man sich vornahm, von Anfang an ehrlich miteinander umzugehen.

Oder? Gab es tatsächlich einen Weg, wie eine so ungewöhnliche Liebesgeschichte wie ihre funktionieren könnte?

Die Küchentür klappte auf. Zeynep nahm ihren Fuß hastig wieder nach unten. Eine schlanke Frau mit kurzen roten Haaren kam herein, die sie bisher noch nicht kennengelernt hatte.

»Hallo«, grüßte sie kurz. »Ich bin Saskia, schön, dich kennenzulernen. Lass uns ein anderes Mal quatschen, ja? Ich brauche gerade unglaublich dringend ein Feuerzeug.«

»Hi Saskia, ich bin Zeynep.« Zeynep hob die Hand und ließ sie sinken, als sie registrierte, dass die andere zu hektisch für eine normale Begrüßung war.

»Was ist denn los?«, fragte Jonte.

»Ach, ich habe Jennifer ans Bett gefesselt und kriege meine Kerzen nicht angezündet. War hier in der Schublade nicht irgendwo ein Feuerzeug?«

»Frag mal bei Claudio, dessen neue Freundin ist Raucherin.«

»Danke!« Saskia verließ die Küche und ließ die Tür hinter sich ins Schloss fallen.

Zeynep starrte Jonte erstaunt an. »Hat sie das gerade wirklich gesagt?«

Er zuckte mit den Schultern und grinste verlegen. »Sie hat sich verändert, seit sie mit dieser Balletttänzerin zusammen ist. Aber insgesamt würde ich sagen, es tut ihr gut.«

»Ich finde mein Feuerzeug nicht, und mein Schatz liegt gefesselt auf dem Bett«, wiederholte Zeynep nachdenklich. »Heißt es nicht, dass man gefesselte Leute niemals allein lassen soll?«

»Tja, Theorie und Praxis …« Er griff nach ihrer Hand. »Was meinst du? Lust auf ein bisschen mehr Praxis?«

Zeynep entzog sich ihm. »Tut mir leid, aber ich muss langsam wirklich los. Die anderen warten sonst auf mich.«

»Natürlich.« Ein Schatten huschte über sein Gesicht, den sie zu ignorieren beschloss.

»Sehen wir uns morgen zum Mittagessen in der Mensa?«

»Klar.«

Sie umarmten sich. Zeynep drückte ihn extralange an sich.

11

IM

Irish Pub

Die Kellnerin verschwand um die Ecke und ließ Marisa und Cihad allein auf dem Sofa neben dem künstlichen Kaminfeuer zurück. Hinter zusammengerolltem roten Seidenpapier und kunstvoll drapiertem Reisig brannte Licht in der Feuerstelle. Ein Effekt, den Marisa gern in ihrer eigenen Wohnung installieren würde, weil er so viel Behaglichkeit verbreitete.

»So, wie war das jetzt? Du hattest gestern ein Date mit Zeynep?«, fragte Cihad.

Sie nickte. »Wir waren im Kino. Schwer anspruchsvoller französischer Kunstfilm, das habe ich dir doch erzählt.«

»Und war es … na ja, ein normaler Kinobesuch? Oder was Richtiges?«

Sie wiegte den Kopf und rieb ihre Nase. »Ich wünschte, ich könnte dir das beantworten. Wir haben auf jeden Fall geknutscht.«

Cihad schlug die Faust in die flache Hand. »Ich wusste es! Du verbreitest schon den ganzen Tag dieses heimliche Strahlen. Mindestens eintausend Becquerel.«

»So viel? Ich hätte maximal auf hundert getippt.« Marisa lachte.

»Dann eben hundert Prozent Strahlung. Auf jeden Fall bist du schwer radioaktiv.«

»Du bist süß.«

Sie schwiegen. Um die Zeit war extrem wenig los im Irish Pub. Die nette Kellnerin kam schneller als erwartet mit Marisas Bier und Cihads Limonade. Der lange Tag in der Uni hatte sie durstig gemacht, und sie trank ihr Glas mit einem Schluck halb leer.

»Und was ist mit diesem Freund von Zeynep?«, bohrte Cihad nach. »Macht sie Schluss? Oder hat sie es schon?«

Da war sie wieder, die Frage, vor der Marisa sich den ganzen Tag gedrückt hatte. »Das ist nicht so einfach zu erklären«, sagte sie lahm.

»Verstehe.« Cihad rückte unmerklich von ihr ab. »Das Haus, die Kinder, die gemeinsame Vergangenheit, was würden die Leute sagen … Oh, ich vergaß, sie haben noch keine Kinder.«

»So was ist es nicht.« Marisa senkte den Blick.

»Sag nicht, sie ist schwanger von dem Kerl!«

»Kannst du mal aufhören, die ganze Zeit von Kindern zu reden? Du hörst dich an wie meine Mutter!« Marisa trank ihr Glas leer und knallte es auf den Tisch.

Er schwieg.

»Es tut mir leid.«

Er zuckte mit den Schultern. »Ist schon okay.«

»Nein, ist es nicht. Heute in einer Woche beginnt mein Schulpraktikum, während ihr euch alle im Labor amüsieren dürft. Dann muss ich mich jeden Tag mit nervigen Teenagern rumschlagen. Ich hab absolut keinen Bock, Lehrerin zu werden! Nach dem Abi war ich so froh, die Schule endlich hinter mich gebracht zu haben.«

»Kann es sein, dass du dich davor drückst, mir zu erzählen, was mit Zeynep und ihrem Kerl ist?«

»Das mit dem Praktikum kotzt mich wirklich an.«

»Komm, komm, das ist eine Ausrede. Wenn du Physik ernsthaft als Hauptfach studieren willst, ist das ein Gang ins Dekanat und fertig. Das ist kein Problem.«

»Wenn es so einfach wäre.«

»Ist das dein neuer Lieblingssatz?«

Sie seufzte.

Es war wirklich nicht so leicht. Mama wünschte sich Enkelkinder. Und Mama war der Ansicht, dass ein klassischer Frauenberuf es für Frauen leichter machte, für die Kindererziehung in Teilzeit zu gehen. Anderswo ruinierte man sich mit Kindern automatisch die Karriere, hatte Mama gesagt. Das war sicher nicht falsch. Eine kluge Frau wählte lieber einen Frauenberuf, in dem sie nach der Babypause ohne Hindernisse weiterarbeiten konnte, als einen Männerberuf, in dem sie nach einer Schwangerschaft weg vom Fenster war.

Warum hatte Mama ihren Brüdern nicht ebenfalls solche Ratschläge erteilt, als es um die Berufswahl ging? Sucht euch lieber einen langweiligen Job, in dem ihr später in Teilzeit gehen könnt, um ein guter Papa zu sein. Kleine Kinder brauchen ihren Vater, also plant das bei eurer Berufswahl mit ein.

»Ist wohl eher so, dass mein Leben momentan sowohl in der Liebe wie auch beruflich ein einziges Chaos ist.«

»Und du flüchtest von einem Problem zum anderen, weil du dich bei keinem davon traust, endlich nach Lösungen zu suchen.«

Sie grinste ihn an. »Kann schon sein.«

»Ich bin nicht besser … Vor einem Jahr hast du mich ständig in den Arsch getreten, ich solle mich bei unseren Freunden und meiner Familie endlich outen. Ich bin auch nicht mutig.«

»Wir sind schon ein feiger Haufen, was? Ich mag dich trotzdem.«

Die Kellnerin hatte offenbar Marisas leeres Glas gesehen, jedenfalls kam sie wieder und fragte, ob sie ihnen noch etwas bringen dürfe. Cihads Glas war noch fast voll. »Noch ein Bier«, sagte Marisa. Sofort grummelte ihr Magen. »Ach, was soll's … Ich nehme auch noch eine große Ladung Pommes. Mit Ketchup, Mayo und hausgemachter Soße bitte.«

»Alles klar.« Die Kellnerin nahm ihr Glas mit, ohne sich die Bestellung zu notieren.

»Also, was ist jetzt mit Zeynep und dir?«

»Hast du schon mal von Polyamory gehört?«

»Nee, was ist das? Klingt wie eine chemische Verbindung.«

»Geht tatsächlich um eine Art von Verbindung … Gewissermaßen ein Dreiermolekül. Also, das ist etwas kompliziert, aber Zeynep meint …«

Marisa erzählte stockend von Zeyneps seltsamem Vorschlag. Eine offene Liebesbeziehung mit zwei weiteren Menschen wolle sie führen, weil sie Marisa und Jonte gleichermaßen gern habe. Das hieß, Marisa könne mit ihr zusammen sein, aber habe kein Recht, auf Jonte eifersüchtig zu werden.

Etwas, was schwierig zu werden versprach.

»Für mich klingt das ziemlich schräg«, meinte Cihad. »Wie eine Ausrede für Bindungsunfähigkeit.«

»Was soll ich sagen?« Marisa blickte auf ihre Fingernägel. »Ich weiß selbst nicht, was ich davon halten soll.«

»Meiner Meinung nach macht es sich Zeynep damit bequem. Hast du mal darüber nachgedacht, wie egoistisch das von ihr ist? Andere Leute haben niemanden, der sie liebt, und sie will gleich zwei.«

»Stimmt schon.« Sie dachte wieder an das drohende Praktikum in der Schule, auf das sie keine Lust hatte und zu dem sie nur ging, um ihre Mutter nicht zu enttäuschen. »Andererseits ist Egoismus manchmal vielleicht nicht die schlechteste Entscheidung. Ich könnte mehr davon vertragen.«

»Dann geh zu Zeynep und sage ihr, dass du keine Lust darauf hast, mit ihr nur eine Beziehung zweiter Klasse zu führen.«

»Ich dachte eher an das Praktikum.«

»Du bist unverbesserlich.«

Sie lachten.

Die Pommes wurden in einem Körbchen geliefert, dessen Größe jedes Kind an Ostern zu Begeisterungsausbrüchen verführt hätte. Gemeinsam machten sie sich darüber her. Marisa realisierte, dass sie seit Zeyneps Abschiedskuss nichts mehr gegessen hatte. Kein

Wunder, dass sie sich kribbelig fühlte! Während sich ihr Magen füllte, wurde sie allmählich ruhiger.

»Ich glaube, du hast recht«, sagte sie schließlich. »Ich werde Zeynep sagen, dass ich mit einer Beziehung zweiter Klasse nicht einverstanden bin. Das gestern war ein Fehler, aber noch können wir zurück.«

Cihad nickte und fuhr mit einem Pommesstäbchen durch alle drei Soßentöpfchen, bevor er es in den Mund steckte. »Ich denke, das ist das Richtige.«

»Ih, hör auf damit, du vermischst alles!« Marisa zog den Korb zu sich. »Außerdem sind das meine Pommes.«

»Du kannst mich doch nicht verhungern lassen, während du dich vollstopfst.« Cihad zog den Korb zurück. »Kein Wunder, dass Zeynep sich nicht auf eine monogame Beziehung mit einer solchen Egoistin einlässt.«

Marisa zuckte zusammen.

»Scheiße, das sollte ein Witz sein. Entschuldige bitte.« Er schob die Pommes zu ihr. »Hier, als Wiedergutmachung. Den Rest darfst du allein aufessen.«

»Ist schon okay.« Sie griff mechanisch in den Korb, stopfte sich den Mund voll und kaute mechanisch.

»Ach Mensch, ich weiß doch auch nicht, was ich dir raten soll.« Cihad nahm sanft ihre Hand. »Soll ich Jonte anbaggern, damit Zeynep spürt, wie es ist, wenn man jemanden teilen soll, den man liebt?«

»Untersteh dich. Damit wird es bloß noch komplizierter.«

»Auch wieder wahr. Andererseits … Sieht Jonte gut aus?«

»Er ist blond, aber nicht schlecht gebaut.«

»Stimmt ja, habe ich dich schon mal gefragt. Schade, auf Blond stehe ich nicht.« Es klang bedauernd. »Sonst wäre es das perfekte Arrangement, meinst du nicht?«

Sie lachte. »Wenn du einen Kerl anbaggern willst, brauchst du dafür keine Erlaubnis von mir. Such dir einen, der dir gefällt, und tu es einfach.«

»Wenn das so einfach wäre …«

»Probiere es. Ich wette, sobald du den ersten Schritt gehst, kommt der Rest von ganz allein. Du kannst doch nicht dein Leben lang darauf warten, dass dir jemand die Erlaubnis gibt, es auf deine Weise zu leben, oder? Ansonsten ist es vorbei, bevor du richtig damit angefangen hast.«

»Ich hasse es, wenn du predigst.«

»Tja … Gute Ratschläge für andere zu erteilen ist leichter, als sich selbst daran zu halten.«

Ihr Telefon bimmelte. Es war der Klingelton, den sie exklusiv für Zeynep eingerichtet hatte. Von einer Sekunde auf die andere war sie hellwach und spürte nichts mehr von der Müdigkeit am Ende des langen Unitages. »Hallo? Zeynep?«

»Hallo, mein Liebling!« Zeynep klang viel zu glücklich. »Wo bist du? Wir vermissen dich hier.«

»Au weia.« Marisa schlug sich auf den Mund. »Ich habe unseren Mädelsabend völlig vergessen. Ich … Ich musste mit Cihad etwas wegen Physik besprechen, deswegen sind wir noch in den Irish Pub gegangen. Der hat mal wieder nicht verstanden, was in der Vorlesung drankam, und morgen hab ich während der Übung dazu Pädagogik und kann ihm nicht helfen …« Es erstaunte sie, wie schnell die erfundene Ausrede über ihre Lippen kam.

»Wegen Physik, ja?« Cihad knuffte sie in die Seite.

Marisa schob seine Hand weg und krümmte sich zusammen, damit er nicht anfing, sie zu kitzeln. »Wir haben einen großen Korb Fritten vor uns stehen … Da kann ich nicht ohne Weiteres abhauen. Vor allem, weil der Mistkerl zu dumm ist, um die einfachste Formel zu verstehen, und ich nicht riskieren will, dass er am Semesterende durchfällt. Sonst hab ich niemanden mehr, dem ich mich während der Vorlesungen überlegen fühlen kann.« Sie streckte Cihad die Zunge raus.

Er stieß ihr den Ellenbogen in die Seite. Sie hob die Hand, als ob sie ihn ohrfeigen wollte.

»Klar, das ist natürlich wichtiger.« Zeynep klang enttäuscht.

»Sag ihr, dass du dich nicht mit einer Beziehung zweiter Wahl zufrieden gibst«, flüsterte Cihad ihr ins Ohr. Sein Atem kitzelte.

Marisa schob ihn weg, als wäre er ein lästiges Insekt. »Was hältst du davon, wenn wir stattdessen morgen in der Mensa mittagessen gehen?«

»Da kann ich nicht. Bin schon mit Jonte verabredet.«

»Oh.« Für eine Sekunde spielte Marisa mit dem Gedanken, Cihad sitzenzulassen und sich auf der Stelle zum Mädelsabend zu begeben, um Zeynep wenigstens kurz zu sehen. Noch einmal in ihren dunklen Augen versinken … Den zarten und würzigen Duft ihrer Haut bei einer Abschiedsumarmung in sich hineinsaugen …

Nein. Damit würde sie gar nicht erst anfangen. Wenn sie sich darauf einließ, alles stehen und liegen zu lassen und zu springen, wenn Zeynep pfiff, degradierte sie sich tatsächlich zur Beziehungspartnerin zweiter Klasse.

»Was hältst du von Mittwochmittag?«, fragte sie stattdessen. Das war ein annehmbarer Kompromiss. Mittwochs aß sie normalerweise zwar mit Cihad, aber das würde er verstehen.

»Klingt gut. Wollen wir uns zehn vor zwölf im Eingang bei der Treppe treffen?«

»Gerne.«

»Und dann …« Zeynep hustete. »Dann ist da noch etwas, was ich dich heute Abend fragen wollte. Persönlich und so. Aber bevor du das Wochenende jetzt anders verplanst … Hast du Lust, dass wir uns am Samstag treffen? Zu zweit etwas unternehmen, tanzen gehen oder … SM-Session oder so?«

Ihr Bauch kribbelte. Trotzdem zwang sie sich, stark zu bleiben. Session? Wo sie eben noch beschlossen hatte, Zeynep beim nächsten persönlichen Treffen zu sagen, dass sie sich nicht auf eine Beziehung zweiter Klasse einlassen würde?

»Am Wochenende kann ich nicht«, sagte sie und biss sich kurz auf die Unterlippe, damit der Schmerz sie daran erinnerte, stark zu bleiben. »Nächsten Montag geht mein Praktikum los. Deswegen wird es höchste Zeit, mich in die Lehrbücher der Schüler zu vertiefen.«

In Wahrheit hatte sie weder Unterrichtsmaterialien mitbekommen, noch wusste sie, in welcher Altersstufe sie unterrichten würde. Alles, woran sie sich von der Schule erinnerte, war die enorme Lautstärke. Trotzdem wollte sie nicht, dass Zeynep das Gefühl bekam, frei über ihre Zeit verfügen zu können. Sie wollte nicht nur als Lückenbüßer für die Abende dienen, an denen Jonte keine Zeit hatte.

»Klar, kann ich verstehen. Arbeit geht vor. Aber lass uns dann das Wochenende darauf fest einplanen, ja?« Zeynep zögerte kurz. »Ich hab dich doch lieb! Du fehlst mir schon jetzt, mein Schatz.«

Was sollte sie darauf antworten? Marisas innere Vorbehalte schmolzen dahin. Sie wusste, dass sie hart bleiben sollte, aber die Welle aus Liebe und Lust, die in ihr hochloderte, überschwemmte ihre Bedenken wie einen Sandkuchen an der Gezeitenlinie. »Ich habe dich auch lieb«, sagte sie und wunderte sich über das Glück, das diese Worte in ihr auslösten. »Und ich freu mich schon auf unser Wochenende.«

»Dann fühl dich mal virtuell niedergeknutscht, mein Schatz. Hoffentlich sehen wir uns morgen in der Uni! Sonst bis übermorgen in der Mensa.«

»Bis hoffentlich morgen!« Sie legte auf. Vorfreude und Nervosität ließen ihre Fingerspitzen kribbeln. Ihre Unterlippe schmeckte metallisch, so heftig hatte sie darauf herumgebissen.

»Oh, oh, oh«, sagte Cihad und schüttelte den Kopf.

»Was ist?«

»Sehr konsequent hat sich das nicht gerade angehört.«

»Ich weiß.« Sie senkte den Kopf. »Konsequenz ist nicht gerade meine Stärke. So ist das wohl bei devoten Menschen. Wenn meine Göttin etwas befielt, dann springe ich.«

»Meinst du nicht, dass du es dir damit zu bequem machst?«

»Kann schon sein.« Sie kuschelte sich an ihn. »Aber ich habe sie furchtbar lieb.«

Cihad schüttelte den Kopf und legte den Arm um sie. »Wirklich verstehen werde ich das wohl nie … Aber wenn es dich glücklich macht? Versprich mir nur eins, ja?«

»Was denn?«

»Wenn sie dir das Herz bricht, gehst du endlich mit mir zu einer schwul-lesbischen Party, damit wir beide jemanden finden können, der uns glücklich macht.«

»Das können wir trotzdem machen.«

»Aber …«

Sie schlang einen Arm um seine Taille und drückte ihren Kopf fester an seine Schulter. »Zeynep macht mich glücklich. Ich habe keine Ahnung, warum das so ist. Vielleicht hängt das damit zusammen, dass ich devot bin und es mich anturnt, wenn meine Göttin mich leiden lässt, ich weiß es nicht. Am Ende kann man nicht alles mit Wissenschaft erklären. Mein Bauch ist jedenfalls absolut überzeugt davon, dass es richtig ist, wenn ich sie liebe. Sie liebt mich auch. Das weiß ich einfach.«

»Wenn du meinst.« Es klang zweifelnd.

Sie seufzte. »Glaub mir, ich zweifle genug. An allem. In fünf Minuten sehe ich das bestimmt wieder anders …«

»Frauen.« Cihad schüttelte den Kopf. »Ich weiß schon, warum ich von euch die Finger lasse. Setz dich lieber wieder richtig hin, die Kellnerin guckt schon.«

Marisa richtete sich auf und grinste. »Keine Alibi-Freundin für dich? Super. Das ist dein erster Schritt zum öffentlichen Coming-out.«

»Du bist doof.«

»Du auch. Deswegen passen wir so gut zusammen.«

»Ich glaube, du hattest zu viel Bier. Alkohol legt die Denkrezeptoren lahm, ich weiß schon, warum ich die Finger davon lasse. Die letzten Pommes sind für mich.«

»Spinnst du? Ich habe sie bezahlt!«

»Pft. Das ist keine wissenschaftlich exakte Aussage. Bisher hat niemand dafür bezahlt. Die Rechnung wird erst am Schluss präsentiert, wenn ich ein deutsches Sprichwort zitieren darf.«

»Gib sie her!«

Sie rangelten um das Körbchen, bis es Marisa aus den Händen glitt und die restlichen Kartoffelstäbchen sich auf Cihads Schoß verteilten.

»Scheiße! Die Fettflecken gehen nie wieder raus.«

»Das kommt davon, wenn man gierig ist und mehr will, als einem zusteht.«

»Das sagt die Richtige!«

12

HERZ-
klopfen

Zeynep ließ das Handy sinken und starrte auf das graue Beton-plattenpflaster neben dem Eingang zum *New Mexico*. Sie sollte es nicht zu Herzen nehmen, ermahnte sie sich. Natürlich hatte Marisa das Recht, sich mit einem Kommilitonen zu treffen und über ihren Physik-Kram zu quatschen. Dass Marisa den Mädelstreff deswegen ausfallen ließ, war bisher noch nie vorgekommen. Trotzdem. Es war ihr gutes Recht, auch wenn Wiebke und Sibylle über ihr Fehlen genauso traurig wie Zeynep sein würden. Na ja, fast so traurig.

Marisa wollte sie auch am Wochenende nicht treffen.

Bedeutete das, dass sie keine Lust mehr hatte? Hatte Marisa am Telefon verletzt geklungen, als Zeynep erwähnt hatte, dass sie sich morgen mit Jonte zum Mittagessen treffen würde? Vielleicht hoffte Marisa heimlich, dass die Beziehung früher oder später scheitern würde und sie Zeynep dann für sich allein hätte.

So, wie sie es vermutlich schon monatelang erträumt hatte, bevor Zeynep und Jonte sich zum ersten Mal geküsst hatten.

Sie steckte ihr Handy in die Tasche und zwang sich zu einem Lächeln, als sie zurück in die Kneipe ging.

»Gibt es Probleme?«, fragte Sibylle mitfühlend.

Offenbar überzeugte ihr Lächeln nicht ausreichend. »Nein, alles in Ordnung«, sagte Zeynep schnell und setzte sich wieder.

Die beiden anderen sollten fürs Erste besser nichts von dem Chaos erfahren, das Zeynep mit ihrer übereilten Kinoeinladung ausgelöst hatte. Am Wochenende war alles so klar erschienen, so selbstverständlich, als ob sie die Antwort auf alle Fragen ihres Lebens gefunden hatte. Ein wildes Hochgefühl hatte sie erfüllt, als ob alle Probleme ihres alten Lebens sich in Staub verwandelt hatten, weil sie endlich den Mut gefunden hatte, zu ihren Gefühlen für Marisa und Jonte gleichermaßen zu stehen.

Wie es aussah, hatte sie sich stattdessen zu den Problemen ihres alten Lebens neue aufgeladen.

»Kommt sie noch?«, fragte Wiebke.

»Nee, sie muss mit einem Freund für die Uni lernen und hat vergessen, uns Bescheid zu sagen.«

»So, so.« Sibylle grinste. »Ein Freund. Das ist das erste Mal, dass ich mitkriege, dass Marisa jemanden datet. Wäre schön, wenn es für sie endlich mal klappt.«

»Nein, es ist …« Zeynep biss sich auf die Lippen. Hatte Marisa den anderen noch nicht erzählt, dass sie vom anderen Ufer war?

Bis zu dem Tag auf der Wiese vor der Uni hatte Zeynep es auch nicht mit Sicherheit gewusst, rief sie sich in Erinnerung.

»Sag nicht, du bist eifersüchtig auf den Mann.« Wiebke zwinkerte. »Marisa wird dich weiterhin anhimmeln, da bin ich mir sicher.«

»Wie meint du das?«

»Komm, man muss blind sein, um nicht zu bemerken, dass Marisa eine Schwäche für dich hat und tierisch eifersüchtig war, als du Jonte mitgebracht hast. Sag bloß, das ist dir niemals aufgefallen?«

»Äh …« Au weia, was sollte sie antworten?

Es gab wenig auf der Welt, was niedlicher war als Marisas Gesichtsausdruck, wenn sie aus den Augenwinkeln zu ihr sah und eine Mischung aus Sehnsucht und Hingabe ausstrahlte. Bestimmt hatte sie manchmal auch provoziert, um Marisa zu weiteren Zuneigungsbekundungen zu verlocken. Was also sagte sie jetzt? Wenn sie alles abstritt, wäre das Marisa gegenüber unfair. Wenn sie dagegen zugab, dass sie am Wochenende mit Marisa herumgeknutscht hatte …

Das wollte ihre Freundin bestimmt nicht.

»Komm, es ist nur fair, wenn Marisa jetzt auch mit einem Typen anbandelt«, fuhr Wiebke fort. »Immerhin hast du ihr Jonte vor ein paar Wochen auch demonstrativ unter die Nase gerieben.«

»So ein Blödsinn.« Zeynep fühlte die Hitze in ihrem Gesicht aufsteigen. Hoffentlich sahen die anderen sie nicht erröten. »Die lernen bloß für Physik. Ihr wisst doch, wie ehrgeizig Marisa ist. Und selbst, wenn da mehr sein sollte … Ich gönne es ihr. Aber ich glaube nicht daran.«

»So, so.« Sibylle grinste.

Wiebke zwinkerte. »Physik lernen. Sollen wir Marisa nächstes Mal fragen, was bei ihren … experimentellen Gleichungen herausgekommen ist?«

Zeynep schüttelte den Kopf und hoffte, dass ihr Kopf sich nicht in eine Tomate verwandelt hatte. »Themenwechsel, würde ich sagen. Ihr hattet eindeutig zu viel Alkohol.«

Wiebke schlürfte ihr Glas leer und winkte der Kellnerin. »Heute habe ich endlich das Thema für meine Bachelorarbeit bewilligt gekriegt, das ich wollte.«

»Gratuliere!« Sylvia hob ihr Glas.

»Cheers. Auf Theano und deine künftige Doktorarbeit.« Zeynep blickte auf den spärlichen Rest Cocktail und die vielen Eiswürfel im Glas. Wenn sie jetzt anstießen und sie ihn austrank, müsste sie noch etwas bestellen, obwohl gähnende Leere ihr Konto beherrschte. Mist.

»Erst mal ist es nur die Bachelorarbeit«, schwächte Wiebke Zeyneps Prognose ab.

»Egal. Auf Theano!«

Sie stießen an. »Wahrscheinlich werde ich beim Grünberg härter schuften müssen als bei der Svenström. Er will, dass ich jede Woche zu ihm komme und ihn auf dem Laufenden halte … Er bewertet auch strenger. Aber dafür lerne ich auf diese Weise viel mehr.«

»Puh, jede Woche? Das wäre nichts für mich. Da kriegt der genau mit, wenn du erst drei Wochen vor Abgabe mit der Recherche beginnst.« Sibylle legte den Kopf schief.

Zeyneps Gedanken schweiften ab, während Wiebke etwas über die antike Philosophin erzählte, die sich in einer Männerdomäne behauptet und Wissenschaft gelehrt hatte. War sie die Einzige, die dabei an Marisa denken musste?

Samstag in zwei Wochen. Bis dahin würde noch viel Zeit vergehen. Ob Marisa ihr erlauben würde, sie bei diesem Treffen zu fesseln, vielleicht noch weitere Dinge mit ihr anzustellen?

Natürlich konnte sie genauso gut auf die Idee kommen, die Dreierbeziehung platzen zu lassen. Der Gedanke stach in Zeyneps Herz, als ob er ein Messer wäre, das ihr physischen Schaden zufügen könnte. Bisher hatte sie es als selbstverständlich angenommen, dass sie Marisa jederzeit haben konnte, realisierte sie. Hatte sie sich egoistisch verhalten, weil sie dieses Geschenk all die Jahre angenommen hatte, ohne dafür etwas zurückzugeben?

Obwohl sie sich einzureden versuchte, dass sie Marisa mit ihrer Freundschaft und ihren Gesprächen ebenfalls viel gegeben hatte, verdichtete sich die böse Überzeugung in ihrem Innern, dass das nicht genug war. Vielleicht hätte es ausgereicht, wenn sie weiterhin vorgetäuscht hätte, dass die Freundschaft mit Marisa nur eine ebensolche war, ohne tiefere Gefühle und dieses bohrende Herzklopfen, wann immer sie sich ansahen.

Diese Leute, die im Internet behaupteten, dass Polyamory funktionierte, dass sie sogar seit Jahren in stabilen Mehrfachbeziehungen lebten … Die mussten gelogen haben. Etwas so Kompliziertes konnte niemals auf Dauer glattgehen.

Ihre Schläfe pulsierte. Sie wischte sich über die Stirn. Vermutlich zerstörte sie ihre Freundschaft mit einem solchen Gespräch ebenfalls. Sie war die letzte Egoistin. Und warum dachte sie im Moment mehr an Marisa als an Jonte? Weil sie Marisa schon länger kannte? Dafür war Jonte der Erste gewesen, mit dem sie eine Liebesbeziehung begonnen hatte. Er verdiente, auch in ihren Gedanken die Nummer eins zu sein. Nur, dass sie damit wiederum ihrer besten und liebsten Freundin unrecht tat.

Egal, was sie tat, egal, was sie dachte, sie verletzte damit einen Menschen, den sie liebte. Wie hatte sie bloß so tief sinken können? Damit hatte sie drei Menschen in Verwirrung gestürzt. Höchstwahrscheinlich würde es mit Tränen und Einsamkeit enden, und die Schuld dafür lag allein bei ihr.

»Lach mal«, forderte Wiebke und streckte die Hand aus, um Zeynep an die Nase zu stupsen.

Zeynep wich aus. »Ein andermal.«

Schlimm, dass sie dieses Mal nicht mal ihren besten Freundinnen von ihren Problemen erzählen konnte. Sonst hatte sie alles mit ihnen geteilt, von der Sorge wegen HIV nach dem abgerutschten Kondom nach einem One-Night-Stand bis zu der betrunkenen und glücklicherweise niemals umgesetzten Idee, mit einem tiefen Dekolleté ins Büro eines Professors zu gehen und ihn zu erpressen, ihr entweder die erhoffte Eins zu geben oder eine Anzeige wegen sexueller Belästigung zu kassieren.

Wiebke zog einen Flunsch. »Du siehst aus, als hättest du Liebeskummer. Hat Jonte eine andere?«

»Blödsinn.« Zeynep zwang sich zu einem Lächeln. »Mit Jonte und mir ist alles in Ordnung.«

Zumindest hoffte sie das.

Was, wenn er tatsächlich eine andere hätte? Und von ihr erwartete, dass sie das genauso selbstverständlich akzeptierte, wie er Marisa akzeptiert hatte?

Wäre sie dazu in der Lage?

Natürlich fragte Zeynep Marisa nicht, ob sie die Beziehung beenden wollte. Wenn sie sich mittags in der Uni trafen, begrüßte Marisa sie jedes Mal mit einem scheuen Kuss auf den Mund und einer Umarmung, die für normale Freundinnen etwas zu lang war. Dann nahmen sie sich an den Händen und suchten nach einem Tisch, an dem sie sich während des Essens oder Quatschens tief in die Augen sehen konnten.

Manchmal kam es Zeynep beinah ein wenig unspektakulär vor. Niemand kam auf sie zu, um ihr eine Strafpredigt wegen Bigamie zu halten, niemand bemerkte auch nur, dass in ihrem Leben etwas Ungewöhnliches vorging. Von Zeit zu Zeit hatte sie das Gefühl, dass sie platzen würde, wenn sie nicht endlich jemandem erzählen konnte, wie sehr sich ihr Leben in den vergangenen Wochen verändert hatte. Mit Jonte oder Marisa konnte sie nicht darüber reden. Wenn sie einen von ihnen traf, achtete sie stets darauf, nicht zu viele Worte über den anderen zu verlieren, um niemandes Gefühle zu verletzen. Da Marisa sonst ihre engste Ansprechpartnerin für jede Veränderung im Leben war, schmerzte sie dieses Schweigen mehr, als sie erwartet hätte.

Bei wem hätte sie ein offenes Ohr, Trost und Verständnis finden können? Weder Wiebke noch Sibylle sollten es fürs Erste erfahren, darüber waren sich Marisa und sie unausgesprochen einig. Ihren kleinen Brüdern würde Zeynep niemals etwas über ihr Liebesleben erzählen, zu ihrem Vater hatte sie seit Jahren keinen Kontakt mehr. Blieb nur noch ihre Mutter … Niemals. Anne würde nicht verstehen, worum es ging, dafür war sie zu dumm und zu selbstmitleidig und … nicht daran denken. Solange sie sich erinnern konnte, hatte sie sich eher gefühlt, als würde sie als Tochter die Verantwortung für das Wohlergehen der Mutter tragen. *Anne, hast du wieder Wodka gekauft. Nein? Und woher kommt diese Flasche? Orangensaft ist in Ordnung, aber trink ihn doch bitte ohne dieses Gift!*

Meistens hatte sie nicht mal diskutiert, als sie noch zu Hause lebte. Es tat zu weh, wie sich Annes Gesicht in eine dämonische Fratze verwandelte oder sie weinerlich darum flehte, dass ihre Tochter das Zeug nicht in den Ausguss kippte. Deswegen hatte sie die angefangenen Flaschen heimlich bis fast zur Neige ausgekippt und zurück in den Eckschrank gestellt. Bis vor einem halben Jahr hatte sie sich gezwungen, diese Besuche jedes Wochenende zu wiederholen. Allein schon ihren Brüdern zuliebe. Als Ibrahim ihr jedoch im Oktober gesagt hatte, er hasse ihre Besuche, weil Anne davor und danach jedes Mal ausrastete, hatte sie beschlossen, dass es irgendwann genug sein musste.

Nein, mit ihrer Mutter würde sie definitiv nicht über das Chaos mit Marisa und Jonte sprechen, das in jüngster Zeit erschreckend normal und bieder wirkte. Genauso wenig, wie sie umgekehrt mit Jonte oder Marisa über ihre Mutter sprechen wollte.

Am Wochenende, das den Übergang der Vorlesungszeit zu den Semesterferien brachte, traf sie am Freitagabend Jonte, übernachtete bei ihm und zog das Liebesspiel nach dem Aufwachen bis in die frühen Nachmittagsstunden. Hinterher lagen sie erschöpft auf dem Bett und naschten Gummibärchen, bis der verschlafene Geschmack in Kombination mit der süßen Zähigkeit des künstlichen Fruchtaromas in ihrem Mund Zeynep ins Badezimmer zum Zähneputzen trieb.

Sie frühstückten zusammen mit Saskia und ihrer Freundin Jennifer, während der Rest von Jontes WG sich in der Weltgeschichte herumtrieb. Zeynep war erstaunt, wie selbstverständlich die beiden Frauen mit ihrer Liebesbeziehung umgingen. Sie hatte sich für vorurteilsfrei gehalten und realisierte nur langsam, wie fremdartig ihr die Vorstellung von zwei Frauen erschien, die miteinander ins Bett gingen. Fremdartig, aber faszinierend.

Fast war sie froh, dass Marisa an diesem Wochenende noch keine Zeit hatte und ihr noch eine Woche blieb, um sich an den Gedanken zu gewöhnen.

13

IM

Praktikum

Anders als in ihrer eigenen Schulzeit saß Marisa auf der hintersten Bank im Physikraum und überblickte Schüler und Lehrer gleichermaßen. Herr Seitner demonstrierte ein Experiment mit einem Holzeisenbahnwägelchen und einer schiefen Ebene. Gähn. Kaum zu glauben, dass sie für den Stoff des Gymnasiums in Physik ganze fünf Jahre brauchen würden, während zu Beginn des Physikstudiums alles in zwei Tagesveranstaltungen wiederholt und danach als bekannt vorausgesetzt wurde. Wie viel Zeit dieser Lehrer sich damit ließ, dass seine Schüler die einfachsten Gleichungen entwickeln und herleiten sollten!

Zumal es die Schüler nicht sonderlich zu interessieren schien.

Die rothaarige Louise, ihre blonde Freundin Lisa und die anderen zwei Mädchen, die Marisa bei ihrem ersten Besuch hier vor dem Schultor getroffen hatte, hatten sich Plätze in der vorletzten Reihe gesucht und versuchten ständig, Marisa in ein Gespräch zu verwickeln. Marisa hatte sie zweimal aufgefordert, nach vorn zu blicken, seitdem ignorierte sie sie und konzentrierte sich auf ihre Mitschrift der Unterrichtsstunde. Am Ende des Praktikums musste sie fünfzehn eigene Stunden gegeben haben und zwanzig Protokolle anderer Stunden aufschreiben. Besser, sie fing mit den Protokollen in der ersten Woche an, hatte Herr Seitner empfohlen, bevor die Vorbereitung ihrer eigenen Stunden ab der zweiten Woche sie zu sehr beschäftigen würde.

Marisa seufzte. Die Tuschelei der Mädchen vor ihr, die pikierten Blicke über ihren Rücken nach hinten, die ihre weiße Bluse und schwarze Weste streiften und ihr ein weiteres Mal das Gefühl gaben, falsch angezogen zu sein … Lag es am Geruch nach altem Teenagerschweiß, der sich unauslöschbar in die Gänge der Schule eingegraben hatte, dass sie sich so fehl am Platz fühlte wie mit vierzehn Jahren? Gerüche konnten Erinnerungen triggern.

Ein Junge aus der zweiten Reihe auf der anderen Raumseite warf einen Papierball und traf Louise zielsicher auf die Stirn. Louise quietschte auf. Es klang genau wie das Geräusch, das die Fashion-Queen aus Marisas eigener Schulklasse gemacht haben könnte, um den Unterricht zu stören und allen zu zeigen, dass sie schön genug war, um von den Jungs beachtet zu werden. Mit einem Mal hasste Marisa das Mädchen.

Was wollte sie hier?

Sie ertappte sich dabei, nicht länger dem Unterricht zu folgen, sondern wie früher aus dem Fenster zu sehen. Ihr Stift protokollierte den Stundenverlauf so automatisch wie sonst den Inhalt einer Vorlesung. Fliegende Papierbälle gehörten genauso dazu wie Grimassen, Getuschel, Blicke auf die Praktikantin (also sie) und das Genörgel und Gejammer, als Herr Seitner endlich eine einfache Formel an die Tafel schrieb und die Schüler ihren Block herausholen sollten. Mindestens die Hälfte hatte keinen dabei.

»Kann ich ein Blatt von dir haben?«

»Das hast du letztes Mal schon gefragt, du Wichser! Du nimmst immer nur und gibst nie was ab.«

»Pft, von dir will ich überhaupt keins. Leck mich, dann bist du schuld, wenn ich eine Fünf in der Arbeit schreibe.«

»Willst du stattdessen ein Blatt von mir?«

»Pft, wer will schon was haben, was du angefasst hast, du Streber? Schreib ich halt nicht mit. Ich finde Physik eh zum Kotzen.«

Ein strenger Blick von Herrn Seitner brachte die Schüler zum Schweigen.

Marisa schob die Zungenspitze zwischen die Zähne und schrieb, so hastig sie konnte. Ob dieses Gespräch das war, was die Professoren bei der Praktikumsnachbewertung lesen wollten? Auf jeden Fall zeigte es deutlich, wo die Schwierigkeiten lagen, wenn man Physik unterrichten wollte. Ob ein kluger Lehrer zu Beginn der Stunde einen Block an den Eingang zum Fachraum legte, aus dem sich bei Bedarf jeder ein Blatt nehmen könnte?

Andererseits ergäbe das eine Rennerei, viele Möglichkeiten, sich gegenseitig zu schubsen, und der Schüler mit dem »Pft« würde vermutlich trotzdem nicht mitschreiben.

Weil er zu dumm war, Physik zu verstehen.

Sehnsüchtig blickte sie aus dem Fenster. Damals hatte sie Bäume aus dem Fenster des Klassenzimmers gesehen. Bäume hinter einem Zaun. Freiheit, die man sich erst noch erkämpfen musste. Sie hatte sich vorgestellt, dass hinter diesen Bäumen ein unerforschter Wald darauf wartete, dass sie ihr altes Leben hinter sich ließ.

Damals hatte sie viel geträumt. Eine andere Wahl hatte sie nicht. Der Schulunterricht langweilte sie jeden Tag, ihr Kopf ratterte einfach zu schnell, um sich auf das langsame Niveau einzulassen, das die Lehrer vorgaben. Vermutlich enthielt ein Schulgebäude genug bohrende Langeweile für eine mittlere Großstadt. Die Schüler, die den Stoff nicht verstanden, schalteten ab, weil sie den unverständlichen Zusammenhängen an der Tafel ohnehin nicht folgen konnten. Die, die alles verstanden, langweilten sich, weil sie ständig gebremst wurden. Das Mittelfeld langweilte sich auch, weil erste Erfahrungen in der Liebe oder mit Alkohol interessanter waren und das wahre Leben in den Pausen und nach der sechsten Stunde stattfand.

Damals hatte sie noch nicht darüber nachgedacht, wie sehr diese allgegenwärtige Langeweile sich auf die Lehrer übertrug, die Monat für Monat und Jahr für Jahr die gleichen, wissenschaftlich oft längst überholten Unterrichtsinhalte vermitteln mussten.

Immerhin gab es inzwischen für Marisa ein Leben nach der sechsten Stunde, das sich sehen lassen konnte. Am Samstag würde sie sich mit Zeynep treffen. Zu zweit. Bei ihr zu Hause. Vielleicht waren es die Teenagerpheromone in der Luft, die dieses ängstliche Lustgefühl in ihr auslösten, wegen dem sie sich kaum auf den Unterricht und ihr Protokoll konzentrieren konnte.

Wie früher als Mädchen träumte sie sich aus dem Fenster, zwischen den Bäumen auf dem Schulhof hinauf in den Himmel und in die Arme der Frau, die sie liebte. Bald würde Zeynep sie festhalten, küssen, fesseln, liebkosen und … Es würde herrlich werden. Nur sie beide. Vier Tage noch. Wie bescheuert von ihr, dass sie sich am Samstag nicht mit ihrer Freundin hatte treffen wollen. Natürlich hatte sie zu Hause nichts für ihr Praktikum oder die Uni getan, sondern sich die ganze Zeit vorgestellt, wie Zeynep Zeit mit Jonte verbrachte.

Die Schüler wurden hektisch und begannen damit, ihre Unterlagen zusammenzupacken.

»Nicht so ungeduldig«, sagte Herr Seitner. »Die Stunde beende immer noch …« Es schellte mitten in seinen Satz hinein. Seine Macht über die Klasse war groß genug, dass die Schüler nicht auf der Stelle hinausrannten, aber sie saßen in Sprunghaltung und starrten ihn an. »Also gut. Heute keine Hausaufgabe. Ich wünsche euch eine schöne Pause.«

Sie stürmten hinaus, ohne ihn oder Marisa eines Blickes zu würdigen.

Marisa stand auf und kam langsam nach vorn.

»Und?«, fragte Herr Seitner. »Es war keine spezielle Vorführstunde, ich weiß. Bei einem Unterrichtsbesuch von der Uni muss das alles bestimmt ein bisschen grandioser wirken.«

»Ich fand, es war eine sehr gelungene Stunde«, sagte Marisa brav, was er von ihr zu hören hoffte, und erwähnte nicht, dass sie bei mindestens der Hälfte der Schüler ein Handy unter dem Tisch gesehen hatte. »Außerdem war sie handlungsorientiert, es gab ja ein Experiment.«

Das war tatsächlich etwas, was sie an der Uni vermisste. Abgesehen von Laborpraktika lief dort alles sehr theoretisch ab.

»Na dann … Helfen Sie mir, das Experiment abzubauen?«

»Natürlich.«

Gemeinsam mit ihrem Praktikumsmentor räumte Marisa die Einzelteile zurück in den Materialraum und ließ sich die Sammlung zeigen. Das Goethe-Gymnasium besaß eine sehr gut erhaltene und reichliche Materialsammlung, und anders als befürchtet stand kein zugestaubtes Skelett aus dem Biologiebereich hinter den Schränken.

ZWEI ERSTE

Male

Endlich wurde es Samstag. Zeynep verbrachte den Vormittag damit, all die herumliegenden Lehrbücher, Heftromane, Schminkutensilien, rosa Kuscheltiere und vor allem die Tampons wegzuräumen, die vor zwei Wochen durch ihre winzige Wohnung gerollt waren, als sie die Packung versehentlich von der Ablage im Bad gestoßen hatte. Sie hatte gedacht, längst alle gefunden zu haben, aber die kleinen Biester versteckten sich hartnäckig zwischen Bettpfosten und Wand, hinter der Spüle in ihrem schmalen Flur und einer verkroch sich sogar in der Spitze ihrer Lieblingsschuhe. Wie er es dorthin geschafft hatte, blieb schleierhaft.

Zu Mittag verputzte sie hastig zwei Schälchen süßer Cornflakes, bevor sie sich an den Abwasch der vergangenen vier Tage machte, die nicht zusammenpassenden Teller in den kleinen Hängeschrank über der Spüle und die angeschlagenen Tassen sorgfältig dort herumsortierte, damit ihr beim nächsten Öffnen der Schranktür nichts entgegenfiel. Puh. Langsam lichtete sich das Chaos. Sie brachte den Müll nach unten, sortierte den uralten Staubsauger zwischen den Kleiderbügeln und Krimskramskartons hinter dem Kleiderschrank hervor und saugte gründlich. Anschließend bezog sie das Bett neu und saugte erneut, weil sie nicht daran gedacht hatte, dass das Abendessen im Bett, das sie sich regelmäßig nach einem harten Tag gönnte, Krümel auf dem Laken hinterließ.

Um 14 Uhr klebten Stirn und Rücken vor Schweiß, und sie war immer noch nicht dazu gekommen, Küchenzeile, Bad und die Ablagen im Zimmer zu putzen. Langsam wurde die Zeit knapp. Das Nachmittagslicht betonte die Staubflecken auf den Fenstern, um die sie sich nicht mehr kümmern konnte, wenn sie noch duschen wollte. Mist. Marisa war schrecklich ordentlich. Kein Wunder, die hatte nie für eine komplette Familie aufräumen und putzen müssen und dabei einen Hass auf den Geruch von Putzmittel entwickelt.

Kurz vor 17 Uhr rubbelte Zeynep ihre Haare trocken, überprüfte das dezente Make-up und die Form ihrer Augenbrauen im Spiegel und atmete erleichtert aus. Jeans und bordeauxroter Pulli mit Modeschmuckkette und passenden Ohrringen stellten sicher nicht den klassischen Domina-Look dar, aber sie sah adrett aus und würde Marisa hoffentlich gefallen. Fertig. Jetzt konnte ihre Liebste kommen.

Um Viertel nach fünf, Marisa müsste längst da sein und hatte sich immer noch nicht gemeldet, goss sich Zeynep einen Cappuccino mit zusätzlichem löslichen Espressopulver auf, um gegen die Müdigkeit anzukämpfen. Das Teekännchen wartete auf dem Allzwecktisch in der Zimmerecke, von dem sie den Laptop und alles, was ans Studium erinnerte, zugunsten von drei nicht zusammenpassenden Kerzen und einem alten Trockenblumenkranz entfernt hatte. Es sollte romantisch wirken.

Wenn sie gestern daran gedacht hätte, weiße Teelichter zu kaufen, könnte sie heute Kerzenwachsspielchen mit Marisa machen. Oder Wäscheklammern. Genau, sie hätte Wäscheklammern besorgen können. Scheiß auf das Monatsende, dafür konnte man das Konto auch mal überziehen. Ob Marisa Lust hatte, irgendwann mit ihr in den Sexshop zu gehen und weiteres Spielzeug einzukaufen, zum Beispiel einen Strapon? Irgendwann, wenn sie beide reich und berühmt wären und sich eine Villa an der Elbe leisten konnten oder so.

Momentan war alles, was über das rote Baumarktseil unter ihrem Bett hinausging, ohnehin viel zu teuer.

Es klingelte. Endlich! Ängstliche Erwartung verdrängte die Müdigkeit und brachte ihre Hände zum Schwitzen. Sie erreichte die Tür mit drei Schritten, ohne den Boden zu berühren, jedenfalls schien es ihr so. Der Summerknopf vibrierte unter ihren Fingern. Es schien endlos zu dauern, bis Marisa den Flur betrat, von dem die Studentenwohnungen abgingen, und sich umsah.

»Hier bin ich!« Zeynep trat auf den Flur und winkte ihr zu.

»Zeynep!« Marisa machte zwei Laufschritte, besann sich und ging in normalerem Tempo auf sie zu.

Zeynep ließ die Tür offen, lief ihr entgegen und wirbelte sie zur Begrüßung herum. »Ich freu mich so! Hab schon gedacht, du hast es dir anders überlegt.«

»Nee, ich bin bloß zu blöd, mich zu schminken.« Sie drückte Zeynep einen warmen Kuss auf die Lippen.

Zeynep umfasste ihre Oberarme und betrachtete sie. »Wieso, sieht doch gut aus.«

Gut war untertrieben. Marisas Augen strahlten in einem geheimen Feuer, in dem sich Angst und ungläubige Erwartung mischten. Ihre dunklen Lippen schwangen sich verlockend und schimmerten selbst im trüben Kunstlicht des Flurs. Die dunklen Haare kringelten sich um ihre Schultern, die feinen Linien des Halses betonten die stolze Haltung ihres Kopfes, und ihre Wangen glühten.

»Ich habe ja auch alles wieder abgewaschen.« Marisa lachte. »Ich bin nicht der Typ für Schminke, das weiß ich seit Jahren. Keine Ahnung, warum ich es ausgerechnet heute probieren wollte.«

Zeynep küsste sie erneut, dieses Mal auf die Wange. »Du siehst schöner aus als die meisten Frauen nach drei Stunden beim Visagisten. Hiermit verbiete ich dir für die Zukunft, Make-up zu tragen. Ich will nicht, dass irgendwas mich daran hindert, diesen Anblick zu genießen.«

Marisa knickste und zwinkerte. »Ist das ein Befehl, meine Lady?«

»Ähm, komm erst mal rein.« Sie blickte sich auf dem Flur um.
»Die Nachbarn freuen sich bestimmt, wenn ich hier draußen das
mit dir anstelle, was ich heute für dich geplant habe.«

Wenn sie denn etwas geplant hätte. Alle Szenarien, die sie sich
im Vorfeld zurechtgelegt hatte, konnten sie nicht überzeugen und
führten in die Irre. Am Ende hatte sie sich jedes Mal gefragt, ob es
möglich wäre, Marisa etwas Derartiges anzutun, oder ob sie vor
Scham im Boden versinken würde. Es wäre neu. Es wäre aufregend.
Es wäre eine schreckliche, furchtbare, unerträgliche Katastrophe.
Sie würde versagen. Sie hatte es nicht drauf. Marisa würde durch-
schauen, dass sie nicht verdiente, dass jemand sie liebte.

Sie schloss die Tür hinter sich und drehte den Schlüssel im
Schloss um, damit der Rest der Welt draußen blieb und sie nicht be-
lästigte. Dieser Abend war nur für sie. Nicht mal theoretisch wollte
sie in Erwägung ziehen, dass jemand von außen auf die Idee käme,
sie zu stören. Wo auch immer es hinführte – es war etwas, was nur
Zeynep und ihrer Liebsten gehören sollte.

Ganz kurz schoss die Erinnerung an ein schmerzverzogenes
Männergesicht mit blauen Augen und blonden Haaren durch ihren
Kopf, doch sie verdrängte es.

»Wow, so ordentlich war es bei dir noch nie!« Marisa blickte sich
anerkennend um.

»Ähm, ja. Ich hätte früher wohl auch putzen sollen, wenn ich
wusste, dass du kommst, hm?«

»Du bist ein Faulpelz, das weiß ich doch.« Sie zwinkerte.

»Wenn ich mal reich bin, gönne ich mir einen Putzsklaven.«

»Oje, nicht, dass du irgendwann mit deinen herrschaftlichen
Pflichten durcheinanderkommst. Ein Putzsklave, eine devote
Freundin, und dann auch noch Jonte …«

Das Schweigen dauerte eine Sekunde zu lange.

»Lass uns Tee trinken«, sagte Zeynep schließlich. »Ich habe extra
für dich Kerzen rausgekramt. Voll atmosphärisch, siehst du?«

»Stimmt, das ist echt schön.« Marisa setzte sich unbeholfen.

Es fühlte sich an, als wären sie Fremde. Zeynep schenkte ihnen Tee in die kleinen, liebevoll gehegten Tässchen ein, die Marisa ihr vor zwei Jahren zum Geburtstag geschenkt hatte. Sie hätte Sekt besorgen müssen, wurde ihr klar. Oder etwas Härteres, mit Obstsaft zum Mischen.

»Irgendwie habe ich eine Aversion gegen Alkohol zu Hause«, entschuldigte sie sich, obwohl Marisa nichts gesagt hatte.

»Ist doch in Ordnung.« Marisa nippte von ihrer Tasse. »Deine Tees sind immer super.«

»Na ja, zum Lockerwerden halt. Weil wir doch heute … Du weißt schon.« Zeynep rieb mit dem Finger über die juckende Nasenspitze.

»Du meinst, wir müssten uns betrinken, bis wir alle Hemmungen verlieren und übereinander herfallen?« Sie rollte mit den Augen. »Das ist nicht dein Ernst, Zeynep.«

Sie lachte los. »Scheiße, ich weiß doch auch nicht, wie das laufen soll.« Sie starrte in ihre Tasse. Leer. Die kleinen Tässchen hielten nicht lange.

Marisa seufzte und schenkte nach. »In meiner Fantasie gab es irgendwie nie verlegenes Schweigen. Da haben wir uns blind verstanden. Ich meine, wie lange sind wir befreundet?«

»Ich weiß es nicht mehr. Lange auf jeden Fall.« Zeynep nahm einen Schluck. Die zweite Tasse war eine Nuance zu bitter. Zu viel Ziehzeit oder zu viel Tee? Nächstes Mal müsste sie noch besser darauf achten, den Geschmack ideal zu komponieren.

Vielleicht hatte sie es einfach nicht drauf. Jonte neckte sie oft genug damit, dass sie eine schlechte Domme war.

Marisa stupste sie mit dem Fuß an. »Hey, und unsere Freundschaft hat sogar überlebt, dass dein erster Freund mich nicht zu seiner Silvesterparty eingeladen hat und du trotzdem hingegangen bist.«

Zeynep lächelte. »Ich hätte wissen müssen, dass du mir diese Geschichte nie verzeihst. Normalerweise schmierst du sie mir immer erst im Dezember aufs Brot, wenn du mich zwingen willst, zu einem Videoabend mit Science Fiction zu kommen, statt irgend-wohin tanzen zu gehen.«

»Du tanzt doch eh nie. Das ist für dich bloß ein Vorwand, um dich zu betrin…« Sie biss sich auf die Lippe und schüttelte den Kopf. »Zeynep, ich bin nervös. Ich habe die ganze Woche davon geträumt, dich wiederzusehen, endlich mit dir … du weißt schon. In meinem Kopf war alles so grandios und aufregend. Und jetzt sitze ich hier und komme mir irgendwie lächerlich vor. Als ob die Mauer zwischen uns noch höher ist als früher.« Eine Mulde auf ihrer Wange zeigte, dass sie die Wangeninnenseiten zwischen die Zähne zog.

»Geht mir genauso.« Zeynep war froh, dass Marisa es aussprach.

»Und was machen wir jetzt? Ich meine, außer Tee trinken?«

»Keine Ahnung.«

»Hey, du bist die Domse!«

Und genau darin lag das Problem. Zeynep war dominant. Die-jenige, die die Verantwortung dafür trug, dass es allen gut ging. Ihr Leben lang war das die Rolle gewesen, die sie ausgefüllt hatte. Die starke Zeynep, die immer wusste, wo es langging. In letzter Zeit sehnte sie sich zunehmend danach, auch einmal die Kontrolle abzugeben. Natürlich war das unmöglich. Sie hatte dieses Experi-ment namens Polyamory begonnen und trug die Verantwortung dafür, dass es gelang und weder Jonte noch Marisa emotional ver-letzt wurden.

»Heißt das, du möchtest, dass ich dich heute dominiere?« Zey-nep zwang sich zu einem Lächeln, auch wenn sie lieber zugegeben hätte, wie unsicher sie sich fühlte. Nachdem sie fast zwei Wochen lang gezweifelt hatte, ob Marisa ihr überhaupt auf diese Weise nahe-kommen wollte, fiel es ihr schwer, mit einem Mal die Erlaubnis zu besitzen. Jonte wehzutun ging leichter. Er war ein Mann. Die waren belastbarer, zumindest was körperlichen Schmerz anging. Marisa war im Vergleich dazu entsetzlich zierlich. Ihr Anblick lud eher dazu ein, sie zu beschützen, als sie zu dominieren.

Marisa lächelte schüchtern. Das kaum erkennbare Leuchten in ihren Augen flammte auf, das Zeynep seit über einem Jahr verfolgte. »Ich wäre zumindest neugierig. Wenn ich ehrlich bin, habe ich im Praktikum manchmal darüber nachgedacht, wie es wäre.«

Zeynep nickte, schüttelte den Kopf und schluckte. »Weißt du, was mir auffällt? Mit Jonte habe ich von Anfang an über seine und meine Fantasien geredet. Da wusste ich ungefähr, was ihm gefiel, und er wusste, worauf er sich bei mir einstellen konnte. Du und ich ... Wir kennen uns zwar schon seit Jahren, aber über Kopfkino haben wir irgendwie nie geredet.«

»Das stimmt.« Marisa gluckste. »Früher hätte ich dich mit so was nicht belästigen wollen.«

»Und ich wollte verhindern, dass du es in den falschen Hals kriegst.«

Sie blickten sich an. Wärme breitete sich im Raum aus. Es waren keine Teelichter nötig, begriff Zeynep. Vermutlich hätte sie nicht mal ihre Wohnung aufräumen müssen. Dass Marisa heute bei ihr war, bedeutete Romantik genug.

Ein Lächeln entspannte ihr Gesicht. »Hast du Lust, heute ein bisschen Bondage auszuprobieren? Ich meine, ich bin kein Vollprofi, aber ...«

»Bondage klingt aufregend.« Marisa lächelte. »Muss ich irgendetwas dafür tun?«

»Nicht zappeln und dich nicht wehren«, sagte Zeynep trocken. »Das heute wird nicht nur für dich das erste Mal.«

»Ich dachte, du hast schon ...«

Sie schüttelte den Kopf. »Kein Bondage. Sagen wir einfach ... gewisse andere Leute mögen das nicht so wie ich. Außerdem sind die hübschesten Bondages, die man im Internet lernen kann, ohnehin für Frauenkörper.«

»Also gut.« Marisa kreiste mit den Schultern und hauchte Zeynep einen Kuss zu. »Soll ich mich ausziehen?«

Die Luft im Zimmer erhitzte sich schlagartig.

Zeyneps Wangen brannten. »Du meinst, deine Unterwäsche passt zusammen?«

»Deine nicht?«

»Doch.« Zeynep senkte den Blick. »Meine auch.«

Sie räumten den Tisch gemeinsam ab. Marisa verschwand im Bad, während Zeynep das Baumarktseil unter dem Bett hervorholte und das YouTube-Tutorial auf ihrem Handy ein letztes Mal ablaufen ließ. Hoffentlich passierte ihr kein Fehler und sie blamierte sie sich nicht zu Tode mit ihren mangelnden Erfahrungswerten am lebenden Objekt.

Als Marisa aus dem Bad kam, stockte Zeynep der Atem. Sie trug ein dunkelgrünes Wäscheset, das mit hellgrüner Spitze und je einem feinen Satinschleifchen verziert war. Um ihren Hals lag eine filigrane Silberkette mit einem Anhänger in Form des Pi-Symbols. Die Haare hatte sie lose auf dem Hinterkopf hochgesteckt. Ihre langen, schlanken Beine waren nackt bis auf ihre Ballerinas. »Passt es so?«, fragte sie und streckte die Brüste in einer eigentlich für sie untypischen Geste nach vorn.

»Du siehst … Also, das ist … wow!« Zeynep fühlte sich in ihrer Jeans und dem Pulli plötzlich massiv underdressed.

»Also, was hast du mit mir vor, geliebte Herrin?«

Zeynep räusperte sich und schluckte. »Also, komm rein. Am besten, du stellst dich in die Mitte des Raums, so, und lässt die Arme erst mal locker an den Seiten hinabhängen. Ich versuche jetzt die Dragon-Tie-Sleeve.«

»Alles klar.« Marisa stellte sich vor Zeynep. Ein betörender Duft stieg aus ihrem Dekolleté auf und vernebelte die Sinne. Blumig, moschusartig und unwiderstehlich weiblich. War das Parfüm oder der natürliche Geruch von Marisas Haut?

»Dreh dich bitte um, Liebling.« Zeynep küsste sie auf die Wange.

»Natürlich, entschuldige bitte.«

Zeynep knotete das Seil zusammen und verheddert sich fast nicht darin. Gut, dass sie zumindest den Anfang der Fesselung im

Vorfeld oft genug geübt hatte. Es war schwer genug, sich nicht von den glatten Schultern direkt vor ihr ablenken zu lassen, nicht die Arme um Marisa zu legen, sie an sich zu ziehen und sie sanft in den Nacken zu beißen.

»Bitte die Arme etwas seitlich vom Körper heben … nein, nicht so viel. Das reicht.«

»Alles klar.«

Sie streifte die Schlingen über Marisas schlanke Arme, verweilte mit den Fingerspitzen etwas zu lang auf ihrer Haut und saugte weiterhin den zarten Duft in sich hinein. Stammte diese Spur von Vanille aus ihren Haaren? Schlinge für Schlinge knotete sie und zog Marisas Arme damit enger auf dem Rücken zusammen, bis sie die Handgelenke erreichte und einen Sicherungsknoten machte. Den Rest des Seils führte sie zwischen Marisas Beinen hindurch und knotete ihn vorn an die Schlinge entlang ihrer Schultern.

»Fertig?«, fragte Marisa leise. In ihren Augen stand Glück und ungläubiges Erstaunen.

»Wie fühlt es sich an?« Zeynep streichelte über ihre Arme, ihren Rücken, ihren Bauch und hielt kurz unter ihren Brüsten inne.

»Als würdest du mich überall umarmen und festhalten. Unglaublich geborgen.«

»Mein Schatz!« Zeynep schloss sie in die Arme und legte ihre Stirn an Marisas. Wärme strömte zwischen ihnen hin und her. »Du hast keine Ahnung, wie glücklich ich bin.«

»Und ich erst!«

Zeynep merkte, wie ihre Anspannung abfiel. Warum hatte sie sich davor gefürchtet, nicht gut genug zu sein? Niemand verlangte von ihnen, perfekte oder kompliziert durchgeplante SM-Szenarien durchzuexerzieren. Diese Nacht gehörte ihnen. Alles, was sie tun musste, war Marisas Nähe zu genießen. Sie streichelte Marisas Rücken, erreichte ihre Hände und spürte, wie diese sich um ihre schlossen.

»Du gehörst mir«, flüsterte sie ihrer Liebsten ins Ohr. »Mir ganz allein.«

»O Zeynep!«

Sie umfasste Marisas Hintern und half ihr, sich trotz der auf den Rücken gefesselten Hände auf die Knie zu begeben. Dort zog sie Marisa enger an sich, die sich an ihre Schulter sinken ließ, ohne sich im Geringsten zu sträuben, obwohl sie damit ihr Gleichgewicht völlig verlor und vollständig davon abhängig war, dass Zeynep sie hielt und nicht fallen ließ. Ihr Vertrauen und ihre Hingabe berauschten Zeynep. Sie küsste Marisa auf den Augenwinkel, zog die Spange aus ihren Haaren und fuhr durch ihre unordentlichen Locken.

Marisa machte ein glucksendes, undefinierbar glückliches Geräusch.

»Ich liebe dich«, flüsterte Zeynep.

»Und ich dich erst!«

In den kommenden Wochen gewöhnte sich Zeynep daran, so gut wie keine Freizeit mehr zu besitzen. Die meiste Zeit fühlte sie sich glücklicher als je zuvor. Liebe, Zärtlichkeit und faszinierende sexuelle Experimente füllten jeden Tag ihres Lebens. Sie hätte sich nicht entscheiden können, ob Marisas oder Jontes Lächeln bei jedem Wiedersehen süßer strahlte. Sie ging mit Marisa ins Kino und mit Jonte ins Konzert, saß mit Jonte im Park und lief mit Marisa Inliner, knutschte mit Marisa in der Disco und mit Jonte im Kunstmuseum. Jedes gelungene Date mit einem ihrer Liebsten spornte sie an, das nächste Treffen mit dem anderen noch einen Tick besser zu gestalten. Keiner sollte das Gefühl bekommen, dass sie den anderen möglicherweise bevorzugte. Es kam ihr vor, als befände sie sich permanent in einem leichten Trancezustand.

Manchmal fragte sie sich, wann dieser Rauschzustand enden und der Kater einsetzen würde. Solche Gedanken ließen sich nicht vermeiden, wenn sie aus einem Sekundenschlaf hochschreckte und verdattert auf ihre Aufzeichnungen starrte, die keinen Sinn zu ergeben schienen. Dann biss sie die Zähne zusammen, konzentrierte sich und überwand den Tiefpunkt.

Ihre Besuche in der Bibliothek wurden seltener. Manchmal belog sie ihre Liebsten und behauptete zu lernen, wenn sie sich in Wahrheit in ihrem Bett verkroch und Schlaf nachholte, den sie bei ihrem aufregenden Privatleben versäumt hatte. Sie schämte sich dafür, redete sich aber ein, dass es sich um harmlose Notlügen handelte. Etwas, wofür sie andere Menschen früher verachtet hatte. Jonte und Marisa mussten bereits jetzt so häufig auf sie verzichten, weil sie sich mit dem jeweils anderen traf ... Es wäre gemein, ihnen einen Abend für nichts weiter als ein wenig Schlaf oder Zeit mit einem guten Buch wegzunehmen.

Trotzdem. Das waren Kleinigkeiten, die das Hochgefühl nicht trüben konnten, das sie die meiste Zeit durchflutete.

Wenn sie durch die Uni ging, wurde sie häufiger als früher angesprochen und angeflirtet. Es war, als ob die viele Zärtlichkeit, die sie ihren Liebsten gab und von ihnen erhielt, ihre Ausstrahlung veränderte und anziehender für andere Menschen machte. Kein Wunder. Liebe war keine statistische Größe. Wer viel davon zu geben hatte, wurde anziehend für andere Menschen, die ebenfalls Liebe geben konnten.

Die Härte, die sie früher beim Blick in den Spiegel manchmal in ihren Augenwinkeln entdeckt hatte, verschwand und wurde durch Zuversicht und Stolz ersetzt. Kein Wunder. Wenn sie das Bedürfnis danach verspürte, hart zu anderen zu sein, gab es in ihrem Leben gleich zwei Menschen, die sich darüber freuten, von ihr sexuell dominiert zu werden. Nachdem sie diese Seite von sich jahrelang unterdrückt hatte, kam es ihr vor wie ein Ausflug ins Schlaraffenland.

Allmählich kristallisierte sich ein Wochenrhythmus heraus, in dem sie Marisa am Montag nach dem Mädelstreff, am Donnerstag und am Samstag sah und bei ihr übernachtete. Die Abende des Dienstags, Mittwochs und Freitags gehörten Jonte. Zwischendurch huschte Zeynep nach Hause, um frische Kleidung zu holen, zu duschen und die Unterlagen für die Uni zu wechseln. Aus irgendeinem Grund fühlte es sich für sie nicht richtig an, Jonte und anschließend Marisa bei sich übernachten zu lassen. Die beiden hätten den Duft der Haut des jeweils anderen auf ihrer Bettwäsche gerochen.

Die Ferien gingen zu Ende. Eines Tages erwischte sie sich dabei, in der Pause zwischen zwei Seminarveranstaltungen in der Unitoilette auf der geschlossenen Klobrille zu sitzen und zu weinen. Sie wusste nicht warum. Alles war gut. Überall um sie herum war Liebe. Sie wurde bekuschelt, geküsst und in den Arm genommen. Hatte sie sich nicht ihr ganzes Leben nach einem solchen Zustand gesehnt? Von frühster Kindheit an, wenn sie gesehen hatte, dass andere Kinder Mütter hatten, die nicht den ganzen Tag an der Flasche hingen und sich darauf verließen, dass ihre Tochter Haushalt, Einkäufe und Wäsche für alle erledigte?

Trotzdem flossen die Tränen unaufhaltsam und lautlos. Ihr Körper zitterte und wurde von Krämpfen geschüttelt, bis sie die Füße zu sich zog und sich in Fötushaltung zusammenkauerte. Mechanisch griff sie zur Toilettenpapierhalterung und putzte sich die Nase, bevor neue Tränen flossen. Sie schämte sich. Hoffentlich bekam niemand diesen Zusammenbruch mit. Doch egal, wie sehr sie sich ermahnte, dass sie sich zusammenreißen und allen existierenden Göttern für das unverdiente Glück in ihrem Leben danken sollte – das Zittern setzte sich fort.

Irgendwann, sie fühlte sich, als hätte sie einen Marathonlauf hinter sich, breitete sich große Leere in ihr aus. Nur ein Gedanke blieb zurück und schälte sich aus dem Chaos in ihrem Kopf heraus: Sie hatte kein Zuhause mehr. Und wie in ihrer Kindheit hatte sie erneut die Rolle der Frau übernommen, die sich um alle kümmerte und ihre eigenen Bedürfnisse zurückstellte.

Natürlich sah die Situation von außen betrachtet völlig anders aus, aber … Sie schlief jede Nacht in einem anderen Bett. Das Gefühl abgrundtiefer Müdigkeit … Wie lange drückte sie sich bereits vor der Erkenntnis, dass es so wie bisher nicht weitergehen konnte?

Es war Mittwoch. Dieser Tag gehörte an und für sich Jonte. Egal. Sie holte ihr Handy aus der Tasche und tippte eine Nachricht für beide: *Lieber Jonte, liebe Marisa. Ich merke, dass unser bisheriges Arrangement zu sehr an meinen Kräften zehrt. Gerade hatte ich auf der Toilette vor lauter Müdigkeit einen Heulanfall. Können wir uns heute Abend zu dritt treffen und nach einer Lösung suchen? Ich liebe euch beide. Zeynep.*

Ich liebe euch beide. Endlich hatte sie es gesagt.

Direkt nach dem Absenden hatte sie das Gefühl, dass jemand ein tonnenschweres Gewicht von ihren Schultern hob. Ihr wurde schwindelig. Das kleine Mädchen, das sie einmal gewesen war, sah sie mit großen, erstaunten Augen an.

Ich dachte, man darf nicht um Hilfe bitten, weil ohnehin niemand kommt, sagte die Kleine.

Zeynep ging in die Knie und nahm das Kind in den Arm. Ihre Arme schlossen sich um Leere. Sie zwinkerte und schüttelte den Kopf. Nichts. Alles bloß Einbildung. Es wurde höchste Zeit, dass sie wieder ausreichend Schlaf bekam.

In ihrem eigenen Bett.

Zeynep wurde das Gefühl nicht los, dass Marisa Jonte misstrauische Blicke zuwarf und Jonte ihre Kurven umgekehrt etwas aufmerksamer beäugte, als ihr lieb war, aber niemand ließ sich dazu herab, den anderen anzufauchen oder im Café eine hässliche Szene vom Zaun zu brechen. Immerhin.

Sie schilderte den beiden ihr Problem. »Und jetzt steh ich da und merke: So wie jetzt geht es nicht weiter. Lieben tu ich jeden von euch. Das ist immer noch so, und wenn ich mich entscheiden müsste, wüsste ich nicht, was ich tun sollte. Aber … wenn ich weiterhin jede Nacht in einem anderen Bett schlafe, breche ich irgendwann wirklich zusammen.«

»Du Arme.« Marisa griff nach ihrer Hand und hielt inne. Prüfender Blick zu Jonte.

Jonte erwiderte den Blick, legte den Kopf schief und streckte die Hand ebenfalls nach Zeynep aus.

Zeynep musste sich beherrschen, um nicht erneut in Tränen auszubrechen. »Ihr seid echt süß.«

»Tja. Was machen wir?« Jonte zog die Augenbrauen zusammen. »Sonntag bis Dienstag bei Marisa, Mittwoch bis Samstag bei mir? Dann schläfst du immer noch ständig woanders. Oder du erlaubst endlich, dass wir auch bei dir pennen.«

»Dann muss ich ja aufräumen.« Zeynep zog Luft durch die Nase hoch. Eigentlich musste sie die Nase putzen, aber wenn sie dafür in die Tasche griff, müsste sie einem von beiden ihre Hand entziehen.

»Ich komm mir schäbig vor, wenn ich im gleichen Bett erst mit einem von euch und dann mit dem anderen schlafe.«

»Kann ich verstehen.« Jonte schlug sich mit der anderen Hand vor den Mund. »'tschuldigung, Marisa, das sollte nicht so klingen wie …«

»Schon klar.«

Sie schwiegen.

Zeynep drückte die Hände, die ihr angeboten wurden, so fest sie konnte, ohne brutal zu wirken. Was für einen Schlamassel sie sich eingebrockt hatte!

»Ich glaube, wir haben keine andere Wahl, als die Tage zu reduzieren«, sagte Marisa. »Es gefällt mir nicht, aber es erscheint mir wissenschaftlich gesehen als die einzig sinnvolle Lösung. Wenn ich ehrlich bin, habe ich in den vergangenen Wochen nicht darüber nachgedacht, was es für dich bedeuten muss, so viel unterwegs zu sein. Ich habe genug Freizeit und Zeit für mich allein, wenn du bei Jonte bist … Und ja, es ist mir manchmal zu viel Alleinsein. Aber wenn du daran zerbrichst, Zeynep, nützt es uns auch nichts.«

»Das ist doch auch Mist. Dann seid ihr beide ständig allein«, sagte sie leise.

»Mir fällt eine dritte Lösung ein«, meinte Jonte. »Vielleicht hilft die dir, ein wenig Druck rauszunehmen? Wir könnten häufiger mal etwas zu dritt unternehmen. Als fester Tag oder hin und wieder. Was meint ihr dazu? Marisa?«

Es war das erste Mal bei diesem Treffen, dass er seine Konkurrentin direkt ansprach. Zeynep fiel ein kleiner Stein vom Herzen. Vielleicht fanden sie tatsächlich einen Weg, der funktionieren würde?

Am Ende entschieden sie sich, einmal die Woche etwas zu dritt zu unternehmen. Am Wochenende würde Zeynep weiterhin einen Tag mit Marisa und einen mit Jonte verbringen, außerdem würde sie sich mit jedem an einem Abend in der Woche treffen. Es sollte schließlich gerecht zugehen.

Am folgenden Dienstag trafen sie sich bei Pizza Hut vor dem großen Cineplex. Marisa und Jonte hatten einstimmig beschlossen, dass sie keinen anspruchsvollen Kunstfilm, sondern den neuen Science-Fiction-Streifen ansehen wollten. Technobabble und explodierende Raumschiffe. Für Zeynep bedeutete das Aussicht auf zwei Stunden bohrende filmische Langeweile, aber es war ihr egal. Wenn Marisa und Jonte sich einig waren, zählte das mehr als alles andere.

Sie holten ihre Karten früh genug, um vor dem Film in Ruhe eine Pizza zu essen. Zeynep bestellte sich eine Spezialmischung mit Champignons, Ananas, Bacon, Mais, einem darübergeschlagenen Ei und extra viel Tabasco. Die anderen erklärten sie für verrückt.

»Oder ist sie schwanger? Jonte, möchtest du mir etwas beichten?«, witzelte Marisa.

»Ich war's nicht, ich benutze immer Gummi. Marisa, hast du ein Geheimnis, von dem ich wissen sollte?«

Erleichtert griff Zeynep nach den Händen ihrer Liebsten und drückte sie. »Jonte, du hattest schon schlechtere Ideen als diese Unternehmungen zu dritt. Mir geht es schon viel besser.«

Er zuckte mit den Schultern. »Man fürchtet sich meistens nur vor dem, was man nicht kennt. Und ich müsste schön blöd sein, wenn ich mich nicht darüber freuen würde, mit zwei so schönen Frauen auszugehen.«

»Marisa, wie läuft eigentlich dein Praktikum? Gibt es was Neues?«

Ihre Freundin schüttelte den Kopf.

»Ich dachte, du wolltest gern Lehrerin werden?« Jonte beugte sich über den Tisch zu ihr.

15

WARUM TUST DU ES NICHT

einfach?

J onte dachte, sie wolle Lehrerin werden? Marisa hätte am liebsten laut aufgelacht. »Hat Zeynep dir das erzählt?«

»Na ja, dass du das Praktikum machst.« Er senkte den Blick. »Ich habe nicht weiter nachgefragt.«

Natürlich nicht. Genauso wenig, wie Marisa nachfragte, wenn Zeynep etwas über Jonte erzählte. Vermutlich benahm er sich bei seinen Treffen mit Zeynep ebenfalls so, als ob Marisa nicht existieren würde. Zum ersten Mal konnte sie wirklich nachvollziehen, wie schwierig die Situation für Zeynep sein musste. Sie teilte das Leben eines Menschen, der ihr viel bedeutete, und musste alles für sich behalten, sobald sie den zweiten wichtigen Menschen traf. Kein Wunder, dass sie vergangene Woche einen Nervenzusammenbruch erlitten hatte.

»Und du wirst Ingenieur?«, fragte sie deswegen. »Da hast du bestimmt einige Grundlagenveranstaltungen besucht, die ich auch hatte.«

»Wie es aussieht, hat Zeynep eine Schwäche für Naturwissenschaftler.« Er zwinkerte.

Eigentlich war es nicht lustig, trotzdem lachten Marisa und Zeynep simultan los.

»Ich wünschte, ich wäre eine«, sagte sie, als sie sich wieder beruhigt hatten und ihre Getränke serviert wurden.

»Naturwissenschaftlerin? Bist du doch.«

Sie schüttelte den Kopf. »Ich habe mich nicht getraut. Zu viele Zweifel. Du weißt ja, Frauen und MINT-Fächer ... Da hat man später oft Schwierigkeiten mit der Karriere, sagt man. Meine Mutter meinte, Lehrerin wäre sicherer.«

»Klar, gut bezahlt ist es auf alle Fälle, und kündigen können sie dich auch nicht so schnell.«

»Vor allem bin ich mit Sicherheit nicht gut genug, um es in der theoretischen Physik bis an die Spitze zu schaffen ... Oder zumindest bis zu einem eigenen Forschungsauftrag irgendwann.«

Jonte wiegte den Kopf. »Da muss ich widersprechen ... Wenn ich darf und dir damit keinen Glaubenssatz zerschreddere?«

»Klar.« Sie rieb ihre Handflächen gegeneinander. Seltsam, plötzlich schwitzte sie.

»Meine Erfahrung ist, dass Frauen in dem Bereich oft besser sind als Männer, weil sie sich im Regelfall dreimal überlegt haben, ob sie das Fach tatsächlich studieren wollen. Das führt dazu, dass sich nur die Frauen dafür entscheiden, die wirklich Talent dafür besitzen. Deswegen haben sie normalerweise das Zeug dafür, es bis nach oben an die Spitze zu schaffen. Sie trauen sich bloß nicht immer.«

Scheiße. Ihre Fingerspitzen fühlten sich kalt und glitschig an. Sie trank einen Schluck Cola und hatte das Gefühl, dass die Schwerkraft ihr das Glas aus den Händen zerren wollte. Bevor sie etwas verschüttete, stellte sie es schnell ab. »Meinst du echt, ich hätte das Zeug dazu?«

»Wie viel ist zwei plus zwei?«

»Häh?«

»Du hast es. Also, das Zeug dafür, es an die Spitze zu schaffen. ›Häh‹ ist die typische Naturwissenschaftlerantwort auf diese Frage. Lehrer und Normalsterbliche antworten mit ›vier‹, aber jeder, der sich mit höherer Mathematik beschäftigt, braucht einen Taschenrechner für diese Aufgabe.«

Sie lachte. »Langsam verstehe ich, warum Zeynep dich mag.«

»Geht mir genauso. Also, mit dir.«

Zeynep lehnte sich demonstrativ nach hinten und kippelte mit dem Stuhl. »Lasst euch von mir nicht aufhalten, aber sagt Bescheid, wenn ich störe und ihr euch ein Zimmer nehmen wollt.«

Marisa lachte und schlug die Hand vor den Mund. Das war natürlich Blödsinn, sie war lesbisch und blieb es. Trotzdem erinnerte Jonte sie in vieler Hinsicht an ihre Nerd-Freunde. Er gehörte zur gleichen Art Mensch. Natürlich wollte sie sich nach wie vor nicht vorstellen, dass Zeynep mit ihm schlief, aber …

»Also, warum wechselst du nicht zur Physik?«, fragte Jonte. »Ist das dieser kleine Traum, den man sich nie erfüllt, damit man sein Leben lang sagen kann: Wenn ich damals gewollt hätte, würde ich heute den Nobelpreis kriegen?«

Sie erschrak. »Glaubst du, dass ich das schaffen könnte? Den Nobelpreis in Physik?«

»Wenn du Lehramt studierst, sind die Chancen dafür eher gering, würde ich sagen.« Er zwinkerte.

»Ich kann mein Studienfach nicht einfach ändern«, sagte sie leise. »Meine Mutter würde einen Herzinfarkt kriegen, wenn sie davon erführe. Sie wünscht sich so sehr, dass ich endlich einen sicheren Job habe und Kinder bekomme. Weil sie so darunter gelitten hat, als mein Vater arbeitslos wurde.«

»Kinder? Ich dachte, du bist le…« Er presste die Lippen zusammen. »'tschuldigung, nicht nachgedacht. Das war taktlos von mir.«

»Nee, du hast ja recht. Die Vorstellung, dass ich mit einem Mann … Sorry, das ist eh nichts für mich.«

Konnte es sein, dass sie sich in Wahrheit davor drückte, den Studiengang zu wechseln, weil sie damit das Coming-out vor ihrer Familie ebenfalls hinauszögerte?

»Ich stell mir gerade vor, wie ich meiner Mutter sage: ›Mama, pass auf. Ich studiere kein Lehramt mehr, aber sorg dich nicht; wenn ich mal Kinder kriege, kümmern sich meine Freundin und ihr

Freund darum. Freust du dich, dass ich jetzt versuchen kann, nach dem Nobelpreis zu greifen?‹« Kaum auszudenken. Mama würde einen Herzinfarkt kriegen.

»Moment, Moment«, unterbrach Zeynep. »Ich habe auch keine Lust, später den großen Babysitter zu machen! Ich habe mich früher ständig um meine Brüder gekümmert. Das reicht für mehr als ein Leben.«

Ihre Köpfe drehten sich zu Jonte. »Was seht ihr mich so an?«, wehrte er ab. »Klar, ich mag Kinder, aber …«

»Dann ist es beschlossene Sache«, schnitt Zeynep ihm das Wort ab. »Hugh. Die große Lady Dominus hat gesprochen. Du kümmerst dich um unsere Kinder, und wir machen Karriere.«

»Ihr spinnt doch.« Jonte verschränkte die Arme. »Das ist eine weibliche Verschwörung gegen mich. Nur, weil ich devot bin, heißt das nicht, dass ich mir alles gefallen lasse. Wahrscheinlich verdiene ich später ohnehin viel mehr als ihr.«

»Aha, devoter Mann als Familienernährer mit zwei Frauen, ja?« Zeynep griff in seine Haare und kraulte sie. »Vergiss bloß nicht, wo dein Platz ist, Lieblingssklave.«

»Und was ist mit mir, Lieblingsherrin?« Marisa streckte die Beine aus und klemmte Zeyneps Fuß zwischen ihren Schuhen ein.

Sie seufzte übertrieben. »Ihr seid ein eifersüchtiger Haufen, wisst ihr das? Du bist natürlich meine Lieblingssklavin. Gut, dass ich euch da wenigstens gendern kann, sonst würde es echt kompliziert werden.« Sie beugte sich vor und gab erst Jonte und dann Marisa einen Kuss.

Marisa registrierte aus den Augenwinkeln, dass Pärchen und Gruppen von den Nachbartischen ihnen verstohlene Blicke zuwarfen. Ein seltsames Hochgefühl erfüllte sie. Sie war nicht länger allein. Natürlich war ihr Arrangement ungewöhnlich, nicht das, was man von einer normalen Beziehung erwartet … Die Leute guckten immer. Sie würden auch gucken, wenn Marisa eine monogame lesbische Beziehung führen würde, sie würden auch gucken, wenn sie als einzige Frau an einem Gymnasium Physik in der Oberstufe im Leistungskurs unterrichtete. Davon durfte man sich nicht irritieren lassen.

Sie würden auch gucken, wenn sie eines Tages die Stufen zur Verleihung des Nobelpreises emporschritt.

Jonte hatte gesagt, wenn sie sich ganz auf ihr naturwissenschaftliches Studium konzentrierte, würde sie es als Frau bis an die Spitze schaffen. Sie wäre besser als die meisten Männer in ihrem Studiengang. Hatte er das ernst gemeint? Bestimmt nicht. Das war lediglich ein Versuch, sie aufzumuntern. Andererseits … Bisher hatte sie sich vor der Erkenntnis gedrückt, dass sie besser als Cihad war. Auch Nico hatte sie bisher in fast allen Übungen übertroffen, und Sebastian … Der war ebenbürtig, aber im Gegensatz zu ihr hatte er sich bisher ausschließlich auf das Physikstudium konzentriert.

Wenn sie sich nicht mehr mit langweiligen Pädagogikvorlesungen bremste – würde sie ihn dann übertreffen? Die Vorstellung wärmte und beflügelte sie. Keine langweiligen schiefen Ebenen in der achten Klasse mehr, stattdessen Quarks Gluonen, Strings und Neutrinos … Ihr Blut schien zu vibrieren.

»Eigentlich müssten wir uns auch mal anders zu dritt treffen«, rutschte es ihr heraus, wegen der Spießer am Nachbartisch vielleicht etwas zu laut. »Was haltet ihr von einem flotten Dreier mit SM?«

Jontes Gesichtszüge entgleisen.

Zeynep schlug die Hände vors Gesicht, aber Marisa hatte das Rot in ihren Wangen trotzdem gesehen.

»Das hast du nicht wirklich gesagt, oder?« Jonte sortierte die Gabel von der linken in die rechte Hand und zurück.

»Habe ich?«

Zeynep nuschelte etwas, was durch die vors Gesicht geschlagenen Hände kaum zu verstehen war.

»Ich verstehe dich nicht«, sagte Marisa.

»Ich erwähnte ganz bescheiden, dass wir uns in einem öffentlichen Restaurant befinden. Es sind Kinder anwesend.«

»Eben hat es dich nicht gestört, mit zwei Leuten gleichzeitig Händchen zu halten.«

»Es schadet Kindern nichts, wenn sie sehen, dass Leute sich gernhaben. Solange ich dich nicht bis auf die Unterwäsche entkleide …«

Marisa blickte über ihre Schulter, wo das junge Heteropaar mit den zwei Kindern bisher ihrer Aufmerksamkeit entgangen war. »Scheiße, sorry. Hab nicht aufgepasst. Aber ich glaube, die Eltern leiden mehr als ihre Kinder, wenn die Welt bunter ist, als sie es sich erträumen, oder?«

»Marisa, du bist postpubertär. Sieh zu, dass du dich endlich von deiner Mutter abnabelst, damit du nicht länger der ganzen Welt beweisen musst, wie rebellisch du bist.« Zeynep grinste.

Marisa wusste nicht, welcher Teufel sie ritt, aber sie drängte weiter. »Also hast du Schiss. Traust du dir nicht zu, zwei Leute gleichzeitig zu dominieren? Kann ja nicht weit her sein mit deiner Dominanz, Schätzchen.«

In Zeyneps Augen flackerte der dominante Funkelblick auf, den Marisa so liebte. »Ist das eine Herausforderung, Skl…« Sie blickte hastig zu dem Nachbartisch mit den Kindern und korrigierte sich. »… Marisa?«

»Vielleicht?« Marisa schlug die Augen extra groß auf.

»Bitte mich um nichts, was dir über den Kopf wachsen könnte … Marisa.« Die Betonung des letzten Wortes machte überdeutlich, was es eigentlich heißen sollte.

»Soll ich etwa Angst haben?«

»Ts.« Zeyneps Augen funkelten humorvoll. Sie machte eine Geste und Kopfbewegung, als ob Marisas Satz ihr weniger als nichts bedeute. »Jonte, was meinst du dazu?«

»Was? Worum geht es? Ich habe geistig abgeschaltet, als Marisas Unterwäsche erwähnt wurde.« Seine Augen funkelten.

»Jonte!«

»Was denn? Ich kann nur verlieren. Wenn ich meiner Freundin sage, dass ich Marisa nackt sehen will, verprügelt die mich, dass ich mindestens eine Woche nicht mehr sitzen kann.« Er grinste. »Zumindest hoffe ich das.«

»O Mann … Kann der Kerl auch noch etwas anderes, als herumzuwitzeln?« Zeynep blickte Marisa scheinbar hilfesuchend an.

»Warum fragst du mich das? Du hast ihn dir ausgesucht, leb mit ihm. Wobei …«

»Was?«

»Man könnte tatsächlich auf die Idee kommen, dass er für seine Sprüche eine Strafe verdient.«

»Irgendwie schon.« Zeynep schüttelte den Kopf. »Ihr zwei meint das nicht ernst, oder? Ihr witzelt herum, um mich in Verwirrung zu stoßen, damit ich im Boden versinke, wenn ich an die Leute an den Nachbartischen denke, und dann, wenn ich anfange, die Idee zu genießen, ruft ihr laut ›April, April‹.«

»Wie kommst du darauf?«

»Und als Termin für die Session schlagt ihr rein zufällig den 1.4. vor, ja?«

»Der war schon.« Marisa grinste.

»Jonte! Die will mich ärgern.«

»Bestraf sie.«

»Pft. Nehmt euch zu zweit ein Zimmer, wenn euch das glücklich macht. Ich esse jetzt meine Pizza.« Sie schüttete erneut Tabascosoße über ihr mit Käse und Ei überbackenes Machwerk und schnitt ein Stück ab.

Jonte beugte sich verschwörerisch zu Marisa. »Ich könnte einen Kommentar bringen, wie gut sie darin ist, scharfe Dinge in den Mund zu nehmen, aber wenn ich das laut sage …«

Zeyneps Gesicht rötete sich. Sie kaute ihre Pizza und schien gegen den Impuls zu kämpfen, sie vor Lachen zurück auf den Teller zu spucken.

»Zu viel Tabasco?«, neckte Marisa. »Da hast du den Mund wohl zu voll genommen.«

Zeynep kaute konzentriert, schnitt seltsame Grimassen und schluckte ihren Bissen endlich hinunter. »Ihr wollt wohl rausfinden, ob ich mich traue, bestimmte Körperteile von euch mit Tabasco zu behandeln.«

Jonte schlug die Hände vor seinen Schritt.

Zeynep grinste. In ihren Augen funkelte der teuflisch böse Schalk, den Marisa so liebte. »Also gut, ich mache es. Ihr wollt eine Dreiersession? Ihr kriegt sie. Aber ihr werdet leiden, das verspreche ich euch, weit schlimmer als ihr euch heute vorstellen könnt. Selbst schuld. Ihr hättet mich nicht provozieren sollen.«

Marisa rollte mit den Augen und zwinkerte Jonte zu. »Sollen wir jetzt Angst haben?«

»Marisa!« Zeynep klang weniger dominant als verletzt. »Lass uns endlich essen. Der Film fängt bald an.«

»'tschuldigung.« Marisa nahm ihr Besteck und widmete sich ihrer unberührten Pizza. »Auf jeden Fall lieb von dir, dass du mit in den Science-Fiction-Film kommst.«

»Ja, ja, das Leben einer Herrin ist hart und entbehrungsreich. Ich weiß auch nicht, warum ich mir das antue und euch nicht einfach befohlen habe, mit ins Programmkino zu kommen.«

»Darüber nachgedacht hast du«, sagte Jonte. »Ich weiß genau, dass du es von uns verlangt hättest, wenn momentan ein Film laufen würde, der dich interessiert. Tu nicht so heiligmäßig.«

»Können wir endlich essen?« Allmählich klang Zeynep gereizt. »Natürlich.«

Statt einer Antwort schnitt sich Marisa ein neues Stück Salamipizza ab. Du meine Güte. Wie es aussah, hatte sie sich um Kopf und Kragen geredet. Aber es tat gut, mit den beiden zu lachen.

An diesem Abend warf sie sich von einer Seite auf die andere und drückte ihre Nase in das lavendelduftende Kopfkissen. Hätte sie einem Dreierexperiment zugestimmt? Und jetzt hatte sie selbst den Vorschlag ausgesprochen. Was für ein Irrsinn.

Jonte war viel netter, als sie erwartet hatte. Nach dem kurzen Treff auf dem Mädelsabend hatte sie ihn nicht mehr gesehen. In ihrer Fantasie hatte sie ihn zu einem bösartigen, pickligen Vollidioten hochstilisiert, der es darauf anlegte, ihr ihre Liebste zu stehlen. In Wahrheit sah er nicht schlecht aus, wenn man auf Männer stand. Das tat sie nicht ... Aber als heterophob konnte man sie ebenfalls nicht bezeichnen. Vor allem hatte Jonte diese Worte gesagt, die sie nie vergessen würde.

Du kannst es bis ganz nach oben schaffen.

Der Satz brannte sich in ihr Herz, ihren Bauch und erfüllte sie mit wilder Freude und Aufregung, in die sich ungläubige Dankbarkeit mischte. Das Gefühl von Jontes rauer Wange bei der Abschiedsumarmung brannte immer noch auf ihren Lippen.

Marisa wanderte mit der Hand in ihren Slip und massierte mit der anderen ihre Brüste. Zeynep, Jonte und sie. Was für ein Chaos. Wenn sie zu dritt wären ... Was würden sie miteinander anstellen?

Ein Blitz zuckte durch ihren Unterleib. Sie stemmte das Becken nach oben und spannte die Muskeln an, um ihn festzuhalten.

Sie befand sich mit Zeynep und Jonte auf einer einsamen Insel. Ein tropischer Sturm hatte sie davongetragen, als sie im Urlaub mit einem kleinen Boot zum Rudern hinausgefahren und in eine Unterwasserströmung geraten waren. Die Farbe des Wassers hatte sich verändert, vom dunklen Grau der deutschen Nordsee über das bleierne Tiefblau des Atlantiks bis zu einem Türkis, dessen Leuchten unter der sengenden Karibiksonne beinah schmerzte. Jetzt saßen sie in Robinson Crusoes Paradies fest.

Ein weißer Strand lud dazu ein, im Mondlicht herumzulaufen oder das Salzwasser nach einem Bad in der Lagune im Sonnenschein trocknen zu lassen. Auf Palmen wuchsen Kokosnüsse, Papayas, Orangen, Bananen und irgendwo vermutlich auch fertig geröstete Kakaobohnen, immerhin war das hier die perfekte Insel. Ein kleines Äffchen hatte Marisa zu seinem Liebling auserkoren, verfolgte sie un-

ermüdlich mit seinen keckernden Liebesbekundungen und brachte ihr Kokos- und Macadamianüsse.

In den ersten Tagen nach ihrer Notlandung hatten sie junge Palmen gefällt und aus Rindenbast Taue gedreht, um sich ein gemütliches Baumhaus zu bauen. Hängematten warteten auf einen behaglichen Schlummer, und Fackelhalterungen sorgten in den Ästen für Atmosphäre. Ihre warme deutsche Kleidung hatten sie Stück für Stück abgelegt, auch wenn sie als Schutz vor zersplitterten Steinen und scharfen Pflanzenkanten ihre Turnschuhe anbehielten.

Zeynep trug die zerfetzten Reste ihrer abgeschnittenen Jeans, die ihren Hintern und ihren flachen Bauch zur Geltung brachten, und ein rotes Poloshirt, das sie vom Jeansknopf bis kurz unter die Brüste aufgerissen und dort zusammengeknotet hatte. Ihre Haare lösten sich aus den ordentlichen Flecht- oder Hochsteckfrisuren, mit denen sie normalerweise ihr wildes Temperament zu tarnen versuchte, und bildeten eine wilde Mähne. Marisa trug ebenfalls Shorts und ein leuchtend cyanfarbenes Spaghettiträgertop.

Auf die Frage, was Jonte tragen sollte, wollte Marisa nicht viele Gedanken verschwenden. Wichtiger war die Kleidung, die Zeynep von ihr zu tragen verlangte. Immerhin war Zeynep ihre Göttin, genau wie von Jonte, und im Zweifelsfall schuldeten sie ihr beide Gehorsam. Genau. Jonte trug eine Badehose, nichts weiter. Oder einen Tanga. Irgendetwas, was seinen Status als Sklave unterstrich. Wie die Feldsklaven im alten Ägypten war er für die groben körperlichen Arbeiten zuständig. Glücklicherweise besaß die Sonne dieser speziellen Südseeinsel eine besondere Kraft, die seine Haut sanft bräunte, statt ihn in ein knallrotes Krebsimitat zu verwandeln, um das sich Marisa und Zeynep am Ende noch kümmern müssten.

Jonte war ihr gemeinsamer Diener, zuständig für grobe Arbeiten und dafür, Zeynep die Füße zu massieren. Bei den Massagen gehörte es zu Marisas Aufgaben, sich ihren Schultern, ihren schmalen und durchtrainierten Armen und vielleicht sogar ihren Brüsten zu widmen.

Wenn Jonte unterwegs war, um zu jagen oder Holz heranzu-
schaffen, lagen Marisa und Zeynep in ihren Hängematten, tranken
selbstgemachte Cocktails aus dem Saft der Inselfrüchte und hielten
sich an den Händen. Über ihnen spielte der Südseewind in den Blät-
tern der Palmen und streichelte ihre Haut. Das Licht drang teilweise
durch die Palmwedel und flackerte im Rhythmus ihres Tanzes im
Wind auf ihren halb geschlossenen Augen. Sie hatten alles, was sie
brauchten. Es gab keinen Grund, zu kämpfen oder sich mit etwas
herumzuquälen.

Eines Tages folgten Zeynep und sie dem kleinen Bach nach oben,
um seine Quelle zu finden. Sie entdeckten einen Teich mit einem
Durchmesser von zwei oder drei Körperlängen, durch dessen klares
Wasser man bis auf den Grund sehen konnte. Es gab keine Fische,
die ihnen zwischen den Beinen herumglitschen konnten. Nur klares,
reines Wasser, angenehm kühl in der tropischen Hitze, und ohne das
Salz, das nach einem Bad im Meer normalerweise die Haut verklebte.

»Lass uns endlich wieder die Haare waschen«, sagte Zeynep be-
geistert.

»Sollen wir nicht erst Jonte Bescheid sagen?«, fragte Marisa, auch
wenn sie das eigentlich nicht wollte.

»Ach, der kennt den Teich bestimmt längst. Und wenn nicht, sagen
wir ihm heute Abend Bescheid.«

Nur, dass es bereits Abend wurde, realisierte Marisa in diesem
Moment. Das Licht nahm die magische Färbung der frühen Abend-
stunden an, wenn die bläuliche Färbung der Luft es aussehen ließ, als
ob sich hinter jedem Baum eine Tür in ein magisches Wunderland
verbarg. Marisa und Zeynep zogen sich aus, legten ihre wenige Klei-
dung auf einen Stein am Ufer und tauchten ins Wasser ein. Die frische
Kühle raubte ihnen für einen Augenblick den Atem, dann lachten sie
und spritzten sich gegenseitig nass. Der juckende Film aus Schweiß
und getrocknetem Meerwasser löste sich endlich. Marisa griff nach
ihrem Spaghettiträgertop, das eine Wäsche so dringend benötigte wie
sie selbst, tauchte es ins klare Wasser und rieb sich damit die Beine

ab. Ein himmlisches Gefühl. Zeynep tat es ihr nach und holte sich ebenfalls ihr T-Shirt zu Hilfe.

Sie halfen sich gegenseitig, mit ihren Kleidungsstücken den Rücken abzuschrubben. Nachdem der Rest der Sachen ebenfalls gewaschen wurde und zum Trocknen über einige Zweige gehängt war, vertiefte sich das Blau der Dämmerung. In der heraufziehenden Dunkelheit fielen leuchtende Punkte von den Palmen und schwebten grünlich schimmernd um sie herum.

»Sind das Glühwürmchen?«, fragte Zeynep atemlos.

»Sieht ganz so aus.«

Rücken an Rücken drehten sie sich im Kreis und bestaunten dieses Wunder der Natur. Zeyneps nasse Haare kringelten sich auf Marisas Schultern. Sie sog den Duft der Nacht ein, tropische Blumen, Salz in der Luft, die Reinheit des Wassers und ein leichter Algengeruch.

Plötzlich spürte sie Zeyneps Brüste an ihrem Rücken. Zeynep hatte sich umgedreht. Sie schlang die Arme um ihren Bauch, drückte Marisas Hintern an sich und küsste sie in die Halsbeuge. Marisa warf den Kopf nach hinten, um die zärtliche Berührung und das Gefühl von Ausgeliefertsein noch intensiver zu genießen. Zeynep streichelte sie, zwickte ihre Nippel und liebkoste sie direkt danach, damit der Schmerz nachließ, fuhr über ihre Hüften, ihren Hintern, wagte sich zwischen ihre Beine und streichelte die Innenseite ihrer Oberschenkel. Marisa verlor die Orientierung. Alles, was zählte, war Zeyneps Nähe, ihre zarte und doch fordernde Hand, die sanften Bisse in ihre Schultern, Ohrläppchen und Zeyneps vorwitzige Zunge, die sie neckte und lockte.

Die Lust, die sich am Anfang ihrer Fantasie nur zögernd in ihrem Körper ausgebreitet hatte, loderte hoch. Marisa fuhr mit dem Finger durch die Feuchtigkeit zwischen ihren Beinen, massierte ihre Brüste und kniff sich hinein. Sie unterbrach sich und griff in ihre Nachttischschublade. Mit dem für Zeynep bereitliegenden Seil fesselte sie ihre Füße aneinander, um das Gefühl von Ausgeliefertsein wenigstens ein Stück in die Realität zu tragen. Zwei Holzwäscheklammern an den Nippeln sorgten für süßen Schmerz, der sich in den kommenden Minuten langsam steigern würde. Wenn sie wollte, konnte sie zudrücken. Außerdem verbot sie sich, für mindestens fünf Minuten die Hand ins Höschen zu stecken oder ihre Perle durch den Stoff hindurch zu streicheln. Der bloße Gedanke an das Verbot reichte, um süße Schauer durch sie hindurchlaufen zu lassen. Nein! Nicht dort anfassen. Nur am Bauch, an den Beinen, Brüste, hm, waren Brüste erlaubt?

In ihrem verzauberten kleinen Teich auf der Südseeinsel zwang Zeynep Marisa inzwischen, vor ihr auf die Knie zu gehen und sie unter Wasser an der Stelle zu lecken, die an Marisas Körper für die kommenden Minuten verboten war. Marisa holte tief Luft, legte den Kopf in den Nacken und fiel auf die Knie. Glücklich gehorchte sie ihrer Göttin, gab ihr Bestes und hielt auch in ihrem realen Bett die Luft an, solange sie konnte. Erst, als ihr schwindelig wurde, tauchte sie in ihrer Fantasie auf und japste dort genauso nach Luft wie in der Realität.

Zeynep lächelte. »Habe ich dir erlaubt, aufzutauchen?«

Marisa schüttelte den Kopf und sah zu Boden.

Ein Klaps traf ihre Brust. »Dann entschuldige dich!«

Marisa tauchte unter, schwamm zum Boden des Teichs und drückte Zeynep unter Wasser einen Kuss auf jeden Fußspann. Mit der Hand an der Nase küsste sie sich dann entlang Zeyneps Bein nach oben, bis sie erneut die Stelle zwischen ihren Beinen fand und Zeynep leckte, bis sie vor Sauerstoffmangel um ein Haar das Bewusstsein verlor.

Es genügte, erfuhr sie, als sie nach oben tauchte. Ihre Liebkosungen hatten ausgereicht, um Zeynep zum Höhepunkt kommen zu lassen. Trotzdem verdiente sie eine Strafe, behauptete Zeynep lächelnd, denn sie habe von Marisa nur eine Entschuldigung verlangt, keinen Höhepunkt.

In der Mitte des Teichs befand sich ein flacher Felsen, der vermutlich bereits von Anfang an dort gestanden hatte. Unter dem inzwischen schwarzen Nachthimmel, beleuchtet vom Sternenlicht, dem zunehmenden Mond und den umherschwirrenden Glühwürmchen, musste Marisa sich rücklings auf den Felsen legen und die Arme über dem Kopf ausstrecken.

Zeynep schwamm um sie herum, umfasste jedes Hand- und Fußgelenk und drückte es an eine Stelle. »So bleibst du liegen«, befahl sie.

Marisa nickte. Ihre Nippel schmerzten von den Wäscheklammern einer anderen Welt, aber es berührte sie nicht. Ungläubig ließ sie zu, dass Zeynep zwischen ihre Beine abtauchte und sie mit Händen und Zunge verwöhnte. In der realen Welt beschloss sie, dass die fünf Minuten vergangen sein mussten, und half mit ihren Fingern nach, um die dumpf pulsierende Lust an ihrem geheimen Ort weiter anzufachen. Zeynep brachte sie zweimal kurz vor die Schwelle zum Höhepunkt und ließ von ihr ab. Beim dritten Mal hörte sie bereits vorher auf und hob den Kopf, als ob sie lauschen würde.

Marisa wurde unruhig. »Was ist?«

Zeynep ignorierte sie und wandte sich einem Gebüsch zu. »Jonte! Komm raus da!«

Erschrocken rollte sich Marisa von dem Stein zurück ins Wasser, prustete die Nase frei und schlug die Arme vor die Brüste. »Hat er uns beobachtet?«

»Sieht ganz so aus«, knurrte Zeynep. »Das werden wir ihm austreiben!«

Keine Rede mehr davon, dass Marisa für irgendwelche minimalen Delikte eine Strafe verdiente. Auf einmal hieß es »wir«.

Marisas Herz schlug schneller. »Was soll ich tun?«

»Das kommt darauf an, was mein Sklave macht. Jonte! Ich sage es zum letzten Mal, komm endlich raus aus deinem Versteck!«

Nur ein leises Rascheln von Blättern war zu hören.

»Den schnappen wir uns!« Zeynep stapfte aus dem Wasser und schlüpfte hastig in ihre Turnschuhe. Neben einem Stein lag ein zusammengerolltes Seil, das sie ebenfalls ergriff und sich um den Oberkörper warf, wo es sich zwischen ihre Brüste schmiegte. »Komm, Marisa!«

Marisa war nur knapp hinter ihr und beeilte sich, sie einzuholen. Gemeinsam liefen sie durch die Nacht. Das Mondlicht schimmerte auf ihren Körpern. Jonte versuchte, davonzulaufen, doch er stolperte über eine Wurzel und fiel hin. Bis auf seine Shorts war er genauso nackt wie Zeynep und Marisa. Er drehte sich auf den Rücken und hob die Hand, um sich zu bewegen. Seine Bewegungen erinnerten Marisa an einen Löwen, stark und gefährlich. Nicht unattraktiv. Zum ersten Mal seit Langem hatte sie das Gefühl, dass ein Mann ebenfalls ein interessanter Sexualpartner sein könnte. Zumindest, wenn sie ihn sich mit Zeynep teilte.

»Jonte, Jonte, Jonte.« Zeynep stemmte die Arme in die Seiten und schüttelte den Kopf. »Was soll ich nur mit dir anstellen?«

»Bitte verzeiht, meine Ladys.« Er senkte den Kopf. »Der Anblick war einfach zu schön.«

Zeynep griff unter das umgehängte Seil und hob es über den Kopf. Ihre Brüste hoben und senkten sich mit der Bewegung. »Dir ist natürlich klar, dass wir dich dafür bestrafen müssen.«

»Aber …«

»Keine Widerrede. Marisa, nimm das Seil und fessele seine Hände im Nacken.«

Marisa gehorchte. Jonte blickte aus den Augenwinkeln auf ihre Brüste, liebkoste ihren Körper mit seinen Blicken und lächelte, als er fertig verschnürt am Boden lag. Es gefiel ihr, und das überraschte sie. Vielleicht lag es daran, dass er wehrlos war. Wenn Männer eine Frau ansahen, die ihnen gefiel, hatte es oft etwas Bedrohliches, als ob sie es kaum erwarten könnten, ihre Grenzen zu übertreten und sie anzufassen. Jonte dagegen bewunderte ihre weibliche Kraft, ohne etwas von ihr zu fordern.

Er hatte ihr gewünscht, dass sie mit dem bescheuerten Lehramtsstudium aufhörte und nur noch Physik studierte.

»Gefällt es dir, zuzusehen, wenn Marisa und ich uns küssen?«, fragte Zeynep Jonte mit leiser Stimme, in der dunkle Bedrohung mitschwang.

Jonte nickte. »Ihr beide seid so schön!«

»Komm her«, sagte Zeynep zu Marisa. »Jonte, du musst leider die Augen schließen, ansonsten peitschen wir dir nachher den Hintern mit Dornenranken blutig. Aber ein bisschen was sollst du ebenfalls davon haben.«

Sie bat Marisa, sich auf Jontes andere Seite zu stellen, und umarmte sie über den liegenden Mann hinweg. Stirn an Stirn verharrten sie einen Augenblick, bevor Zeynep Marisa in die Haare griff, ihren Kopf in den Nacken zog und sie hart und leidenschaftlich küsste. Zeynep fasste Marisa an die Brüste, drückte ihre Nippel zusammen und drehte, bis Marisa um ein Haar aufschrie und im Angesicht des süßen Schmerzes auf die Knie fiel.

Sie richteten sich auf und blickten herab. Jonte schloss hastig die Augen, aber es war zu spät.

»Ich habe eine andere Idee.« In Zeyneps Augen funkelte teuflischer Schalk. »Wenn wir zurück in der Zivilisation sind, bleibt Jonte weiterhin unser Sklave. Du studierst endlich Physik, ich werde die beste Rechtsanwältin der Welt – und er bleibt zu Hause und kümmert sich um den Haushalt. Dann kannst du dich endlich darum kümmern, den verdammten Nobelpreis für Physik abzugreifen.«

Die Worte gingen ihr durch und durch. Marisa zog die Wäscheklammern von beiden Nippeln gleichzeitig ab. Der dumpfe Schmerz verwandelte sich in ein scharfes Ziehen, als das Blut zurückfließen wollte. Marisa biss sich auf die Unterlippe, um nicht aufzuschreien, warf sich auf die Seite und wärmte ihre Nippel mit den Händen, um den Schmerz etwas zu lindern. Länger hätte sie die wirklich nicht drauflassen dürfen!

Ihr Schmerz sank auf ein erträgliches Level, und die Lust kehrte mit doppelter Intensität zurück. Der Gedanke, dass Zeynep ihr tatsächlich als Lady und Göttin ihres Lebens befahl, das ungeliebte Lehramtsstudium aufzugeben, ging durch und durch. Sie massierte weiter, erinnerte sich an den Blick in Zeyneps Feueraugen, das Gefühl von kaltem Südseewasser auf ihrer Haut …

… und kam schließlich zum Höhepunkt.

In dieser Nacht schlief sie tief und friedlich wie seit Wochen nicht mehr.

16

Nervosität

Einen Dreier. Mal eben so. Zeynep tauchte unter und schwamm vier Züge unter Wasser, bevor ihr die Luft ausging. Die Vorstellung kribbelte, da half auch das kalte Wasser des Fünfzigmeterbeckens nicht. Das Öffnen und Schließen der Beine schien die Lust zu intensivieren, die sich dumpf und kribbelig eine Handbreit unter dem Bauchnabel versteckte und beim Spiel mit ihren Fantasien weder mit Fingern noch mit Vibrator zu erwischen war. Marisa. Und Jonte. Zusammen in einer Session.

Hatte sie Marisas Namen gerade zuerst gedacht? Müsste sie nicht zuerst an Jonte denken, immerhin war er Freund Nummer eins?

Sie atmete falsch und bekam den Mund voller Chlorwasser. Wütend drehte sie den Kopf zur Seite und spuckte es aus, streckte die Hände aus und schwamm erneut unter Wasser. Es kühlte ihre Wangen und Stirn, auch wenn es das Chaos nicht aus ihren Gedanken spülen konnte. Ein Dreier. Natürlich war das nur ein Scherz gewesen. Natürlich. Warum also hatte Jonte nach dem Besuch im Kino ernsthaft danach gefragt, wann sie sich dafür treffen wollten? Warum hatte Marisa wie ein albernes Mädchen gekichert und gesagt, dass sie für den kommenden Samstag noch unverplant sei?

Es war ihre eigene Schuld, beschimpfte Zeynep sich selbst. Sie hatte erklärt, dass sie sich davon überfordert fühlte, die beiden zu häufig zu treffen. Sie hatte sich gewünscht, häufiger etwas zu dritt zu unternehmen.

Aber doch kein SM! Das … Das war etwas Privates und Intimes, was sie nur mit dem Menschen teilen wollte, den sie liebte.

Nur, dass sie Jonte und Marisa gleichermaßen liebte. Vielleicht nicht auf die gleiche Art und Weise, beide waren extrem unterschiedliche Charaktere, aber …

Und mit denen wollte sie eine gemeinsame Session machen? Eine Session, in der Zeynep dafür verantwortlich wäre, dass alles funktionierte, dass beide sich sicher und geborgen fühlten und niemand versehentlich abstürzte oder so? Waren die von allen guten Geistern verlassen? Das konnte niemals funktionieren. Niemals. Sie hatte Angst. Was da alles schiefgehen konnte …

Eine Dreiersession. Wie zog man so was überhaupt auf? Sollte sie beide fesseln und einem von beiden Wäscheklammern auf die nackte Haut setzen, damit er sich nicht langweilte, während sie mit dem anderen herumschmuste?

Natürlich eignete sich Eifersucht dazu, einem Menschen emotional wehzutun, aber genau das sollte nicht passieren. Beide sollten sich geborgen fühlen und darauf vertrauen, dass Zeynep die Kontrolle behielt und sie trotz der mit SM verbundenen sanften und süßen Schmerzen am Ende auffing.

Was, wenn etwas schiefging?

Sie würde absagen müssen. Eine Session, in der sie Marisa und Jonte gleichermaßen dominierte, ging über ihre Kräfte. Es war schwer genug, die Verantwortung für einen Menschen zur gleichen Zeit zu tragen.

Hoffentlich wären die beiden nicht enttäuscht.

An diesem Abend arbeitete Jonte intensiv an einer Hausarbeit, die er in zwei Tagen abgeben musste. Zeynep leistete ihm Gesellschaft und las, bis sie das Gefühl bekam, platzen zu müssen, wenn sie weiterhin mit ihren Gedanken allein war. Als sie die Stimmen von Jontes Mitbewohnerin Saskia und ihrer Freundin Jennifer aus der Küche hörte, ging sie rüber, um ihnen Gesellschaft zu leisten.

»Hi Zeynep! Du willst dich bestimmt mit uns zusammen betrinken, wenn Jonte dich langweilt. Soll ich für dich auch einen Cocktail mischen?« Die zierliche Jennifer lächelte sie an. Das Hennarot ihrer fließenden langen Haare bildete einen seltsam anrührenden Kontrast zu Saskias bordeauxroten kurzen Stacheln. Jede von ihnen wirkte einzigartig, und doch sah man, dass die Frauen zusammengehörten.

»Klar, gern.« Zeynep unterdrückte das ungute Gefühl im Bauch, als sie Jennifer mit den Flaschen hantieren sah. Alkohol in der Wohnung löste in ihr immer noch Beklemmung aus. Vermutlich würde sich daran auch in den kommenden Jahren nichts ändern. Manche Kindheitsnarben saßen zu tief.

»Willst du eine Happy-Hour-Mischung oder eher etwas, was knallt?« Jennifer strahlte. »Wir feiern heute die Zusage für meinen ersten Auftritt als Ballerina in einem modernen Theaterstück am Ballhof.«

»Wow, gratuliere! Das ist super, ich freu mich für dich. Und wenn es dir recht ist, nehme ich was Hartes. Irgendwie brauche ich das heute.«

»Was ist los?« Saskia schob ihr einen Stuhl zurecht. »Komm, setz dich. Meine Sklavin ist ganz verrückt danach, für uns dominante Ladys Getränke zu mixen.«

»Pft.« Jennifer schnaubte. »Bilde dir keine Schwachheiten ein! Außerhalb des Schlafzimmers stehen wir absolut auf Augenhöhe, verehrte Lady Arrogant.«

»Du sollst mich nicht vor meiner dominanten Kollegin blamieren, Sklavin.« Saskia zwinkerte ihr zu.

»Wieso, siehst du hier irgendeinen Sklaven, der euch beide besser bedient, als ich das gerade tue? Jonte ist in seinem Zimmer und vernachlässigt sie, wenn ich das richtig sehe. Also kannst du stolz auf mich sein.« Jennifer streckte Saskia die Zunge raus.

Saskia erwiderte die Geste. »Und damit hast du zugegeben, dass du meine Sklavin bist, obwohl wir das Schlafzimmer verlassen haben. Pech gehabt, Süße.«

Jennifer lachte und kam mit den Getränken an den Küchentisch. »Ich muss jetzt aber nicht auf dem Boden knien, oder? Immerhin feiern wir heute meinen Auftritt.«

Saskia zog sie an sich und gab ihr einen Kuss. »Niemals, meine Süße. Du bist die Beste, und ich bin stolz auf dich.«

Zeynep drehte das Glas in der Hand und tat so, als ob sie die beiden nicht neidisch aus den Augenwinkeln beobachtete. »Bei euch sieht das alles so leicht aus«, sagte sie. »Hast du nie das Gefühl, dass dir diese ganze Dominiererei über den Kopf wächst, Saskia?«

Jennifer nahm sich einen Stuhl und setzte sich dicht zu ihrer Freundin. Ihre Körperhaltung legte nah, dass sie unter dem Tisch mit der anderen füßelte.

Saskia zuckte mit den Schultern. »Ich musste auch erst reinwachsen, glaub mir. Am Anfang war ich total überfordert davon. Allein schon die Vorstellung, jemandem Befehle zu geben, oder einem Menschen wehzutun, den ich liebe …«

»Geht mir auch oft so.« Zeynep seufzte. »Und dabei musst du immer stark erscheinen, weil dir jemand vertraut, den du liebst.«

»Das, was du dir aufgehalst hast, ist natürlich noch mal um Klassen komplizierter als meins.«

»Wem sagst du das? Eine SM-Beziehung zu einem Menschen ist schwer genug. Trotzdem habt ihr es leichter.«

Jennifer mischte sich ein. »Das war aber nicht immer so. Als wir zusammengekommen sind, war es richtig kompliziert. Und bei uns war keiner so ehrlich zu den anderen, wie ihr drei es miteinander seid.«

»Wie meinst du das?«

Jennifer erzählte, dass Saskia am Anfang die feste Freundin von Jennifers Spielbeziehungsdom gewesen war. Sie hatten sich eher zufällig kennengelernt und eine heimliche Affäre begonnen, in der Saskia bei Jennifer ihre dominante Seite entdeckt hatte. »Unser gemeinsamer Macker durfte davon natürlich nichts wissen, er war megaeifersüchtig.«

»Obwohl er selbst eine offene Beziehung hatte?«

Jennifer zuckte mit den Schultern. »Irgendwann hat Saskia ihn dazu gekriegt, dass wir zu dritt eine SM-Session gemacht haben. Er hielt es für seine eigene Idee. Topping from the Bottom und so. Na ja, und danach ging alles schief.«

»Warum?«

»Weil er Saskia und mich für sich allein haben wollte und nicht damit klarkam, dass wir uns auch gern hatten.«

Peng. Das saß.

Ging es ihr ähnlich? Was würde sie sagen, wenn Marisa irgendwann damit ankäme, dass sie sich in eine andere Frau verliebt hatte, weil es ihr nicht mehr ausreichte, für Zeynep die ewige Nummer zwei zu spielen?

Und was wäre, wenn Jonte sie verlassen würde?

Ein feiner und gemeiner Schmerz spann ein Netz durch ihren Bauch und zog sich um ihr Herz zusammen.

»Das mit der SM-Session zu dritt … Wie habt ihr das aufgezogen?«

Ihr Gesicht erhitzte sich, und sie wünschte, sie könnte die Worte zurücknehmen. Was sollten die anderen von ihr denken? Über so was redete man nicht!

Zumindest nicht, wenn man nicht Saskia hieß, realisierte sie. »Wir haben Rollen festgelegt«, erklärte sie. »Kilian war der Dom, Jennifer die Sklavin, ich seine Zofe. Dadurch wusste jeder, wer wo in der Nahrungskette steht, wer gehorchen musste und wer die Anweisungen geben durfte. Er hat mir zum Beispiel befohlen, dass ich Jennifer auf den Hintern schlagen sollte, und mir gezeigt, wie ich die Gerte halten musste.« Sie giggelte. »Heute würde ich mir das nicht mehr gefallen lassen, aber damals war ich noch unsicher, da hat es geholfen, dass jemand mir Anleitung gab.«

»Interessant.« Zeynep trank einen großen Schluck, um die Hitze aus ihrem Gesicht zu vertreiben. »Also meinst du, ich sollte einen der beiden als Verbündeten nehmen und zusammen den anderen dominieren?«

Hatte Jonte nicht erwähnt, dass er durchaus auch Switcherfantasien habe, aber bisher nicht dazu gekommen sei, sie auszuleben?

»Ich würde so was heute nicht mehr machen«, mischte sich Jennifer ein. »SM ohne Liebe … Das ist nur was für Leute, die Angst davor haben, sich zu öffnen. Oder weil man Angst hat, dass man es nicht wert ist, geliebt zu werden.«

Saskia musterte Zeynep prüfend. »Ich glaube, das ist nicht dein Problem, oder?«

War es das? Oder war es das nicht?

Wenn sie mit Jonte und Marisa zugleich eine Session machen würde, einen Dreier, wie auch immer man es nennen wollte … Das wäre kein SM ohne Liebe. Im Gegenteil. Für sie wäre es die Chance, endlich mit den beiden Menschen ihre Art von Liebe zu machen, ohne sich dabei schuldig zu fühlen, weil sie einen von ihnen vernachlässigte.

Warum also trafen Jennifers Worte sie wie ein Stich mit einem abgebrochenen, splittrigen Bleistift ins Herz? Fürchtete sie sich davor, zu lieben?

Nein. Niemals. Das war es nicht, warum sie diese Session zu dritt erleben wollte. Sie hatte zwei Menschen, denen ihr Herz gehörte. Das war mehr Liebe, als andere Leute erlebten. Wie kam Jennifer auf die Idee, ihr Mangel an Liebesfähigkeit zu unterstellen? Oder die Angst vor zu viel Nähe und Vertrauen?

17

VOR DEM

Dekanat

Warum tust du es nicht einfach? Die Worte hämmerten im Rhythmus ihrer Schritte durch Marisas Gehirn. Die Absätze ihrer eleganten Lederschuhe knallten auf den Marmor der Uniflure. Der Hall verlor sich hinter ihr. *Warum tust du es nicht einfach? Es ist das, wovon du immer geträumt hast. Du bist gut genug.*

Was, wenn sie es nicht war?

Es gab viele hoffnungsfrohe Physikstudenten auf der Welt. Nur, weil sie in der Schule mit Abstand die beste Matheschülerin gewesen war, musste das nicht bedeuten, dass sie das Zeug dazu hatte, in einer Liga mit den großen Forschern ihrer Zeit zu spielen. Oder den Forscherinnen. Marie Curie hatte bereits vor hundert Jahren den Nobelpreis bekommen. Margareth Cavendish wurde im 17. Jahrhundert als verrückt, eingebildet und lächerlich abgewertet, weil sie unter ihrem eigenen Namen Aufsätze über Naturphilosophie schrieb, die die etablierten wissenschaftlichen Meinungen infrage stellten, doch sie ließ sich davon nicht einschüchtern.

Wie sollte sie es schaffen, in die Fußstapfen solcher Frauen zu treten? Wenn sie ein ebensolches Genie wäre, talentiert genug, um es eines Tages bis an die Spitze ihres Traumberufs zu schaffen, hätte sie das bereits spüren müssen. Wäre dann in den vergangenen Jahren nicht die unumstößliche Überzeugung in ihr herangereift, dass sie diesen Weg gehen musste, dass es keine Alternative zu einem Physikstudium gab? Warum also zweifelte sie immer noch daran, welchen Weg sie gehen sollte?

Sie erreichte die Glastür zu dem Flur, in dem sich das Fachdekanatsbüro befand. Es fühlte sich an, als ob sich die Wände um sie wölbten, in eine andere Dimension flossen und sie gleichzeitig erdrückten. Ihr Herz schlug wie eine tickende Großmutteruhr, erinnerte sie an die kindliche Geborgenheit, die sie behalten könnte, wenn sie sich von ihrem Traum verabschiedete und die Erwartungen ihrer Familie erfüllte. Wer wollte schon eine Tochter, die Naturwissenschaften studierte? Das war unnatürlich, genau wie eine Frau, die keine Kinder bekommen wollte. Sie würde scheitern. Wer zu gierig war, zu ehrgeizig, zu mutig träumte, dem schlug das Schicksal in die Fresse.

Marisa hielt sich an der Glastür fest. Sie würde es nicht schaffen, realisierte sie. Ihr Kreislauf versagte bereits hier. Schwarze Flecken breiteten sich vor ihren Augen aus, wie damals mit dreizehn, als sie den ganzen Tag in der Sonne gelegen und zu essen oder trinken vergessen hatte.

Mama würde schrecklich traurig gucken, wenn sie erfuhr, dass Marisa keine Lehrerin wurde. Mehr als einmal hatte sie erzählt, dass Marisas Großeltern ihr Tag für Tag und Jahr für Jahr eingeredet hatten, wie dumm sie sei – bis sie es glaubte und nach der zehnten Klasse eine Ausbildung zur Floristin machte. Dabei wäre sie so gern Deutsch- und Kunstlehrerin geworden …

Es hatte sie schlimm genug enttäuscht, dass Marisa stattdessen als Unterrichtsfächer Physik und Mathe gewählt hatte. Wenn sie dazu erfuhr, dass Marisa lesbisch war, im Gegensatz zu anderen frauenliebenden Frauen keine Kinder bekommen wollte und noch nicht einmal bereit war, Mamas Traum von der Lehrerkarriere durchzuziehen …

Konnte sie ihr das antun?

Das Schild neben dem Dekanatsbüro schien hin und her zu tanzen. Ein großes Plakat mit der Aufschrift *Tutesse* zeigte eine strahlende Frau im Laborkittel mit Schutzbrille, die einer Kollegin ein Reagenzglas präsentierte. *Tutesse*, also wirklich. Das klang wie Studentesse, das Wort, mit dem laut Dorothy Sayers die ersten Frauen an den Universitäten abfällig bezeichnet worden waren.

Angeblich gab es heutzutage keine Unterdrückung mehr. Frauen standen alle Wege offen, auch wenn sie meist genau wussten, dass sie ihre Karriere vom ersten Semester an entlang des nahezu unaufhaltsamen Babyknicks planen mussten, während Männer frei waren, sich in ihrem Lieblingsfach auszutoben.

Oder standen Männer unter einem ähnlichen Druck, weil sie von Anfang an wussten, dass sie genug Geld für den zu erwartenden Babyknick in der Karriere der künftigen Mutter ihrer Kinder planen mussten? Drehte sich die ganze Welt nur um Fortpflanzung und darum, die Wünsche der Eltern zu erfüllen?

Jonte hatte gesagt, dass sie es schaffen konnte. Dass bereits ihre Leidenschaft für das Fach bewies, dass sie vermutlich den meisten Mitstudenten überlegen wäre, wenn sie sich ernsthaft darauf konzentrierte.

Zeynep dagegen hatte geschwiegen. Warum?

Marisa machte einen Schritt nach vorn. Sie würde an die Tür zum Dekanat klopfen. Jetzt. Sie würde es tun. Erst mal ging es nur um unverbindliche Beratung, wiederholte sie den Satz, den sie sich zurechtgelegt hatte. Was musste sie tun, wenn sie wechseln wollte? Wie standen ihre Chancen, das Studium tatsächlich beenden zu können? Immerhin gab es bei Physik eine Abbrecherquote von fast fünfzig Prozent. Wie sehr würde sich ihr Studium dadurch verlängern, wie sahen die Chancen für sie aus, später eine Doktorandenstelle zu bekommen? Welche Schwerpunkte müsste sie für das Studium legen, wenn sie später in die Grundlagenforschung der Quantenphysik gehen wollte? Und so weiter. Alles noch keine ernsthaften Entscheidungen, nur harmlose Fragen.

Die würden sie auslachen. Jeder Möchtegernphysiker träumte davon, ein weiteres Elementarteilchen nachzuweisen, die große Formel zu finden, die die Brücke zwischen Quantenphysik und Relativitätstheorie schlug, irgendetwas Großes zu bewegen und zu bewirken. Und jetzt kam Marisa Fontana daher und glaubte, die Welt habe nur auf sie gewartet? Ein Mädchen, dem es mit Physik nicht einmal ernst genug war, um es von Anfang an als Studienfach zu wählen? Ihr Bauch zog sich zusammen. Es fühlte sich an, als müsse sie sich übergeben, dabei hatte sie heute vor Aufregung keinen Bissen hinunterbekommen. Was, wenn sich die Tür öffnete und sie in dem Moment eine Kaffeepfütze auf den Teppichboden des Dekanatsbüros würgte?

Schreckliche Vorstellung.

Noch drei Schritte bis zur Tür. Sie zwang sich, den nächsten zu machen, und hielt inne, um die angehaltene Luft auszustoßen. Atmen nicht vergessen. Wenn sie beim Betreten des Büros ohnmächtig wurde, würde man einen Krankenwagen rufen – aber mit so einer Aktion würde sie jede Chance verspielen, in Zukunft als Physikerin ernst genommen zu werden.

Sie sollte es gar nicht erst versuchen.

Noch einen Schritt. Los, Marisa, das schaffst du. Es ist nur eine Tür. Du musst klopfen. Denk nicht an das, was danach geschieht, mach dich nicht vor Angst verrückt. Du wärst nicht hierhergegangen, wenn es dir nicht ernst wäre. Einfach klopfen. Deine Hand weiß, wie das geht. Du hast in deinem Leben schon an viele Türen geklopft. Denk nur an das beschissene Lehrerzimmer des Goethe-Gymnasiums.

Schritte näherten sich von innen der Dekanatstür.

Marisa schreckte zurück und ging so hastig davon, wie sie konnte, ohne zu rennen. Sie wagte nicht, zurückzublicken, damit der Dekan sich ihr Gesicht nicht einprägte und sich fragte, warum sie vor seiner Tür herumgelungert hatte. Wenn sie jemals wieder zu ihm musste, sollte er sich nicht an ihre peinliche Unentschlossenheit erinnern. Sie ging schneller und schneller, bis sie einen der Flure zu den Veranstaltungsräumen erreichte.

Mistmistmist! Sie hatte es vergeigt. Marisa kaute auf ihrer Unterlippe herum, bis Blut floss und der Schmerz ihr die Besinnung zurückbrachte. Die Wände schienen sich immer noch zu drehen. Was sollte sie tun? Zurückgehen und es ein zweites Mal versuchen? Immerhin wäre der Dekan jetzt vermutlich nicht in seinem Zimmer, sodass sie sich ein Scheitern nicht vorwerfen müsste. Wenn sie zurückging, klopfte und niemand sie einließ, hatte das Schicksal entschieden, dass es nicht sein sollte. Dann würde sie weiterhin Lehramt studieren.

Aber was, wenn der Dekan nur kurz zur Toilette gegangen war? Oder wenn er gleichzeitig mit ihr zurückkam und sie dabei erwischte, wie sie an seine Tür klopfte?

Ihr Handy vibrierte. Cihad. *Meine Übung ist schon vorbei. Hast du Lust auf Mensa?*

Wie es aussah, hatte das Schicksal bereits entschieden, dachte sie bitter. Mit ihrem blöden Zögern hatte sie die einzige Chance verspielt, die ihr blieb. *Klar*, tippte sie und änderte ihre Richtung. *Bin in fünf Minuten bei dir.*

Das Schwindelgefühl ließ nach, je weiter sie sich vom Dekanatsbüro entfernte. Die Wände nahmen den Platz ein, der ihnen gehörte, und der Laminatboden unter ihren Füßen blieb stabil. In der Nähe des Foyers verwandelte er sich in Marmor, auf dem ihre Absätze hallten. Alles schien in Ordnung zu sein. Bis auf das leere Gefühl in ihrem Bauch.

Aber dagegen würde sie schließlich gleich Mittag essen. Hoffentlich ließ dann auch dieser Drang nach, sich auf den Boden sinken zu lassen und loszuheulen.

18

SESSION

zu dritt

U nd, was darf ich euch zu trinken anbieten?« Zeynep lächelte ihre Gäste an und hoffte, dass man ihr die Nervosität nicht anmerkte. An den Wänden hingen zwei neue Kerzenhalter, in denen jeweils vier Teelichter brannten. Es sollte gemütlich wirken. Außerdem wusste man nie, wann man flüssiges Kerzenwachs gebrauchen konnte. »Reicht euch der Tee? Heute habe ich auch Wein und Pitú und Maracujasaft im Haus, falls ihr euch etwas mischen wollt.«

»Du lernst also aus deinen Fehlern.« Marisa zwinkerte. »Magst du mir zwei Finger breit Pitú eingießen und mit Maracuja auffüllen?«

»Klar, mein Schatz.« Sie streichelte Marisa über die Schulter und streifte Jonte mit der Innenseite ihres Schenkels. »Und du, mein anderer Schatz, was möchtest du?«

»Tee natürlich. Aber zu einem Glas Wein sage ich ebenfalls nicht Nein.«

»Alles klar.« Zeynep holte die Gläser und stellte sie zu den belegten Broten, Keksen und dem Teezubehör auf dem Tisch. Die Seile und Wäscheklammern lagen unter ihrem Kopfkissen ebenfalls bereit. Eigentlich konnte nichts schiefgehen. Für sich selbst beschränkte sie sich auf Maracujasaft, weil sie die Vorstellung von Alkohol in den eigenen vier Wänden immer noch abstoßend fand und als Domme ohnehin die Kontrolle über sich und die anderen bewahren sollte.

»Wein aus einem Longdrink-Glas?« Jonte rümpfte die Nase. »Zeynep, an deinem Stilempfinden musst du noch arbeiten.«

Sie zuckte zusammen. »Ich habe doch keine Weingl…« Dann begriff sie. »So, so, du willst mir also Vorschriften machen, wie ich meinen Haushalt zu führen habe, ja?«

»Und wenn?« Er grinste frech. »Müsste ich mir dann Sorgen machen, Sahibe?«

»Natürlich nicht.« Sie hob die Hand, als ob sie ihm eine Ohrfeige verpassen wollte. »Ich weiß ja, wie sehr du es liebst, bestraft zu werden.«

Marisa schlug die Hand vor den Mund und kicherte. »Ich merke schon, Jonte, du brauchst keinen Alkohol, um locker zu werden.«

»Ich bin halt unverbesserlich.«

Zeynep lachte. Es kam aus tiefstem Herzen. »Warum habe ich mir eigentlich Sorgen gemacht, dass die Session in die Hose gehen könnte? Ihr zwei schafft das auch ohne mich.«

Jonte schlug die Augen nieder. »O nein. Du bist meine angebetete Sahibe, ich könnte niemals ohne dich …«

»Also gut, schon klar, du willst wieder mal im Mittelpunkt stehen … Sklave. Schon und gut. Du darfst dich für uns ausziehen. Marisa … brauchst du noch etwas Zeit, um reinzufinden, oder möchtest du dich neben mir auf den Boden knien und ihm mit mir zusammen zusehen?«

»Äh …« Marisa trank hastig ihr Glas aus. »Zu deinen Füßen knien, während dein Sklave sich für uns abrackern muss? Natürlich bin ich dabei.«

Zeynep griff nach ihrer Fernbedienung und schaltete die Musik ein. »Also los, Jonte, zeig uns, was du draufhast.«

»Ich soll mich ausziehen? Ganz?« Er blickte entgeistert.

»Was erwartest du, Sklave? Glaubst du, das hier ist ein Wunschkonzert? Muss ich Marisa erst befehlen, dich als Strafe zu schlagen?«

»Darf ich die Frage mit Ja beantworten?«

Zeynep stand auf und genoss den sinnlichen Zorn, der durch sie hindurchbrauste. »Wag. Es. Nicht.«

»Sonst?«

»Marisa, gib mir den Kochlöffel.« Zeynep streckte die Hand aus.

»Deswegen liegt der also auf dem Tisch … Ich dachte schon, du hättest das mit dem Aufräumen wieder nicht hingekriegt.« Marisa reichte ihr folgsam das Schlagwerkzeug.

»Dreh dich um«, forderte Zeynep von Jonte. »Wie stabil ist deine Hose? Willst du sie lieber ausziehen, damit ich sie nicht kaputtkloppe?«

»Wenn du so draufbist, lasse ich die Hose in jedem Fall an.« Jonte rieb seinen Hintern.

»Alles klar. Marisa, du kniest dich auf den Boden. Sei so lieb und zähle mit. Und wenn du dich nicht auf der Stelle umdrehst, Jonte, verdoppele ich die Anzahl der Schläge.«

»Ich dachte, wir wollten erst Tee trinken«, versuchte er einen lahmen Widerspruch.

»Du hast es provoziert. Verdoppelt.« Zeynep zwang sich, hart zu bleiben. Marisa guckte zu. Wenn sie jetzt lachte, ihn an sich zog und niederknutschte, wie sie es unter anderen Umständen vielleicht täte, würde das inkonsequent wirken.

»Wie viele sind es denn?« Endlich drehte er sich um.

»Zwanzig.«

»Was, und die noch verdoppelt? Obwohl ich noch nicht mal meinen Tee ausgetrunken habe? Übertreib's nicht, Zeynep!«

Für eine Sekunde hatte sie das Gefühl, zwischen ihrem Zimmer und dem abgehobenen Bereich des Domspace zu schweben, in dem man von den Leiden und intensiven Gefühlen eines Subs davongetragen wurde. Um ein Haar verlor sie das Gleichgewicht, bis sie unter ihren Fußsohlen erneut die raue Nachgiebigkeit des Teppichs fühlte.

»Willst du dich vor Marisa blamieren?«, fragte sie sanft. »Na los. Zwanzig ist schon die verdoppelte Portion. Das hältst du jetzt durch, und anschließend gibt es Kuchen ... oder zumindest Kekse.«

Brummelnd lehnte sich Jonte an die Wand und verbarg das Gesicht hinter den gekreuzten Händen. Zeynep lockerte ihr Handgelenk, spielte mit dem festen Holzlöffel in ihrer Hand und ließ ihn das erste Mal auf Jontes Hintern sausen. Die Muskeln zwischen seinen Schulterblättern zogen sich zusammen. Er atmete scharf ein, schrie aber nicht auf. Perfekt. Demnach war diese Intensität für den Anfang das oberste Limit. Sie hatte heftiger zugeschlagen als sonst. Offenbar wirkte Marisas Nähe erotisierend auf ihn, oder er wollte sich vor ihr nicht blamieren. Auf jeden Fall war es ein guter Auftakt für die Session.

Marisa zählte mit, während Zeynep die angekündigten zwanzig Schläge etwas sanfter auf seinen Hintern fallen ließ. Ein Holzkochlöffel war ein fieses Schlaginstrument, da er nicht federte und bei falscher Handhabung üble Striemen hinterlassen konnte.

»Fertig?«, ächzte Jonte.

Zeynep reichte den Kochlöffel Marisa, auch wenn er das nicht sehen konnte, und nickte. »Du hast es überstanden«, lobte sie und streichelte seinen malträtierten Hintern. »Ich bin stolz auf dich, Sklave. Kekse?«

Er drehte sich zurück zu ihr. In seinen Augen schimmerte das Nicht-ganz-von-dieser-Welt-Gefühl, das sie in ihren Sessions manchmal darin aufflammen sah. »Kekse?«, fragte er benommen.

Heftige Liebe wallte in ihr auf. »Kekse. Die hast du dir mehr als verdient. Magst du lieber welche mit Marzipan oder die Schokocookies?«

»Schoko ist super.« Er griff nach einem mit Frischkäse bestrichenen Stück Pumpernickel.

Marisa lachte laut auf. »Das ist aber keine Schokolade, Schätzchen! Du bist ja völlig neben der Spur. Soll ich dir ein Kissen für deinen armen Hintern holen?«

Sie aßen und tranken gemeinsam. Zeynep überwand ihre Vorbehalte gegen Alkohol in der Wohnung und gab einen Schwupps Pitú in ihren Saft. Wie beim letzten Treffen zu dritt waren sich Jonte und Marisa beim Plaudern darüber einig, welche Filme am besten waren, während Zeynep sich von Zeit zu Zeit an den Kopf fasste und sich über ihren billigen Geschmack empörte – was natürlich ein willkommener Anlass für neue Frotzeleien war.

Schließlich hatte sie das Gefühl, dass Jonte und Marisa so weit waren.

»Es geht los«, verkündete sie und stellte mit der Fernbedienung die Musik lauter. »Jonte, du wirst dich jetzt für meine Dienerin und mich ausziehen. Wir wollen etwas zu sehen haben. Marisa, du kniest dich neben mir auf den Boden und genießt zusammen mit mir die Show.«

»Aber …« Jonte blickte von einer zur anderen. »Ihr wollt euch doch nicht etwa gegen mich verbünden?«

»Das ist der Plan, Sklave. Und wenn du klug bist, riskierst du nicht gleich die zweite Strafe, nachdem du eben die ganze Zeit auf deinem zuckersüßen Hintern hin und her gerutscht bist.« Sie streichelte Marisas Haare, als diese sich im Schneidersitz neben ihr auf dem Teppich niederließ und damit offensichtlich einen Teil von Zeyneps Anweisung missachtete. Zeynep ignorierte es absichtlich, um das Gefühl von Demütigung und Hilflosigkeit bei Jonte zu vertiefen.

Jonte gehorchte. Mit einem bemühten Lächeln knöpfte er sein dunkles Hemd auf, unter dem er nicht etwa eine nackte, durchtrainierte Männerbrust enthüllte, sondern ein schwarzes T-Shirt.

»Buh«, kommentierte Zeynep. »Wir wollen nacktes Männerfleisch sehen. Enttäusch mich nicht noch einmal!«

»Ich dachte, ich solle ein bisschen Show machen.«

»Klar … Aber doch nicht mit einem T-Shirt unter dem Hemd. Guck mal, da am Ärmel ist ein Löchlein. Los, zeig uns lieber deinen scharfen nackten Hintern.«

Röte schoss in sein Gesicht. »Ich glaube, ich kann das nicht, wenn Marisa zuguckt.«

»Ts, ts.« Zeynep schüttelte den Kopf und streichelte Marisas Nacken. »Willst du von mir verlangen, dass ich meiner hübschen Dienerin die Augen verbinde? Los, zieh dich aus, Sklave. Du hast hier keine Rechte.«

»Du bevorzugst sie voll, Sahibe.« Er streckte ihr die Zunge raus.

»Und du hast jetzt noch exakt zehn Sekunden, bis du splitterfasernackt vor uns beiden stehst. Neun … sieben … sechs …«

»Du hast die Acht vergessen!« Jonte schob hastig das T-Shirt über den Kopf und nestelte an seinem Gürtel herum.

»Nach sechs kommt vier, oder?«

»Natürlich.« Marisa stimmte zu und grinste. »Armer Jonte … das schaffst du niemals …«

Zeynep zählte bis null, wobei sie einhalb und ein Viertel ebenfalls als Zahlen wertete und es Jonte mit diesem Trick ermöglichte, die Socken in der allerletzten Sekunde noch rechtzeitig auszuziehen.

»Und jetzt?« Er verschränkte die Hände vor dem Schritt. »Es ist kalt hier.«

»Das sieht man.« Marisa kicherte.

»Du stellst dich an, Sklave. Die Kerzen an den Wänden sollten dich wärmen. Ansonsten … Marisa, bist du so lieb und drehst die Heizung auf?«

Sie sprang gehorsam auf. »Natürlich. Meinst du, das funktioniert noch? Oder haben sie die Heizung um diese Jahreszeit ausgestellt?«

»Du könntest recht haben …« Zeynep zögerte. Daran hatte sie nicht gedacht. Sie wollte Jonte schließlich keinen realen Schaden zufügen. »Also gut, Sklave, dann müssen wir auf andere Art und Weise dafür sorgen, dass dir warm wird. Marisa! Hol mir die Seile, die ich unter dem Kopfkissen versteckt habe.«

Sie verdrängte den Gedanken daran, wer in dieser Nacht bei ihr schlafen würde oder ob sie es zu dritt arrangieren wollten. Es war schwer genug, sich auf den Augenblick zu konzentrieren, auf Marisas sanften und stillen Gehorsam und Jontes untypisch aufmüpfiges Verhalten. Was wollte er damit erreichen?

Oder war sie es, mit der etwas nicht stimmte, weil sie nicht so vergnügt wie sonst auf seine Spitzen und Provokationen einging?

Sie zeigte Marisa, wie einfach Jonte sich fesseln ließ. Er ließ es sich gefallen. Mehr noch, ein Blick unterhalb seiner Körpermitte verriet, dass es ihn erregte. Kein Wunder. Wenn Zeynep devot wäre und die bildschöne Marisa sie verschnüren würde, würde ihr das ebenfalls durch und durch gehen. Trotzdem hob sie die Hand und ließ einen sanften Schlag auf Jontes gut sichtbare Erektion fallen.

Er holte tief Luft und presste die Lippen aufeinander, ohne aufzuschreien.

Sie schnürten ihm die Hände auf dem Rücken an den jeweils entgegengesetzten Ellenbogen, führten das Seil zwischen seinen Beinen hindurch und erneut hoch zum Nacken, und schließlich durfte Marisa auf die Knie gehen und seine Fußknöchel ebenfalls miteinander verbinden. Sie schaffte es ohne Zeyneps Hilfe und beachtete den von Zeynep bevorzugten Seemannsknotenverschluss, mit dem man die Fesseln im Notfall schnell wieder öffnen konnte.

»Gut gemacht.« Zeynep streichelte ihr über den Scheitel. »Jonte, jetzt darfst du dich hinknien.«

»Wie soll ich das machen?« Er wies mit dem Kinn nach unten. »Wenn ich mich auch nur das geringste bisschen bewege, falle ich nach vorn oder zur Seite und kann mich nicht mal abfangen. Oder soll ich mich in deine Richtung schmeißen?«

Zeynep schnaubte. »Du bist ein nutzloser Sklave. Also schön, Marisa und ich fassen dich je unter einen Ellenbogen und stützen dich. Dann wirst du es ja wohl hinkriegen.«

Jonte warf einen skeptischen Blick zum Tisch und dem nahe liegenden Heizkörper mit seinen eckigen Kanten.

Zeynep ignorierte ihn und half Marisa auf. »Sei ein Schatz und breite den alten Bettbezug auf dem Teppich aus«, forderte sie ihre Freundin auf. »Und dann hilf mir, damit er sich darauf knien kann.«

Jontes Schwanz stand inzwischen nicht mehr steil nach vorn gerichtet, sondern sackte halb in sich zusammen. Scheiße! Es gefiel ihm nicht mehr. Was hatte sie falsch gemacht? Hätte sie netter mit ihm umgehen müssen? Sich selbst ausziehen – oder Marisa befehlen, sich auszuziehen, damit er was zum Gucken hatte?

»Marisa, zieh deine Bluse aus«, ordnete sie an, doch es kam nicht aus dem Bauch und fühlte sich mau an.

Trotzdem ruckte Jontes Penis bei ihren Worten, also war es wohl nicht völlig verkehrt. Nur, dass Marisa sie jetzt stattdessen entgeistert ansah.

»Oder nee, das machen wir nachher«, korrigierte sie sich.

Marisa schluckte sichtbar, Jonte guckte unzufrieden … Was machte sie falsch? Nach der improvisierten Schlagsession mit dem Kochlöffel hatte Jonte noch den glasig-glücklichen Blick eines Devoten in den höchsten Sphären des Subspace gehabt. Verdammt, verdammt!

Schluss mit den Gedanken, ermahnte sie sich. Du bist die Lady. Natürlich passt du auf die beiden auf – aber wenn du nicht mehr durchsetzt, was dir selbst gefällt, sondern nur noch versuchst, es allen recht zu machen, verlierst du deine Ausstrahlung. Genieß es. Vermittele ihnen das Gefühl, dass das, was du tust, richtig ist – einfach nur, weil du es bist, die es tut.

Sie holte tief Luft. Allmählich kehrte ihr Selbstvertrauen zurück. Zusammen mit Marisa half sie Jonte, sich erst hinzuknien und dann bäuchlings auf den alten Bettbezug am Boden zu legen. So. Jetzt hatte sie eine kleine Entlastung verdient, fand Zeynep. Sie hätte nie erwartet, dass es dermaßen an ihren Kräften ziehen würde, permanent zwei Menschen im Blick zu haben und auf ihre kleinen Körpersignale zu achten wie sonst in einer BDSM-Session bei einem einzelnen Menschen.

»Nimm dir eins von den Teelichtern, ohne auf meinen Teppich zu kleckern … und lass ein bisschen von dem Wachs auf Jontes Rücken tropfen«, befahl sie Marisa. »Aber vorsichtig! Nicht alles auf einmal. Das Zeug kann ganz schön heiß werden. Und pass auf, dass du dir nicht die Finger verbrennst.«

»Alles klar.« Marisa fasste nach einem der Alubehälter, pustete auf den Finger und hielt inne.

Zeynep reichte ihr eine Serviette. »Damit sollte es funktionieren.«

»Zu Befehl.«

Langsam ließ Marisa das Wachs auf Jontes muskulösen Rücken tropfen. Er stöhnte und bäumte sich auf, als sie die einzelnen Wachstropfen zu einem kleinen See vereinigten. Der Duft des heißen Wachses, von Jontes Pheromonen und vielleicht auch ihrer eigenen beruhigte Zeynep und ließ das nicht greifbare Gefühl von Befriedigung in ihr aufsteigen, das sie immer erfüllte, wenn sie sich auf diese Weise in den Körper und die Seele ihres Liebsten brannte.

»Gefällt es dir?«, fragte sie leise.

Marisa nickte simultan mit Jontes Zustimmungsäußerung.

Zeynep lachte leise in sich hinein. »Dann ist es gut. Marisa, mach eine Pause. Unterschätz bitte nicht, wie sich die Hitze des Wachses langsam nach innen brennt. Wir wollen ihn nicht kaputtspielen.«

»Natürlich nicht, Herrin«, sagte Marisa leise. Sie wartete und tropfte erst auf einen Wink von Zeynep eine neue Ladung auf Jontes Rücken. Das Aluschälchen war leer. Zeynep signalisierte ihr, ein neues Teelicht zu holen.

Allmählich breitete sich im Zimmer die meditative Stille aus, die Zeynep liebte. Wortloses Dulden, schweigsames Herrschen … Sie war keine Freundin von Dirty Talk und harten Worten. Jonte gegenüber hatte sie es nie ausgesprochen, doch der verträumte Ausdruck in seinem Gesicht sprach eine eigene Sprache.

Marisa ließ sich ohnehin jedes Mal willig und dankbar in ihre Hand fallen, als ob es die größte Selbstverständlichkeit der Welt sei.

Nachdem ihre Freundin das dritte Teelicht auf Jontes Rücken ausgeleert hatte und er sich nicht länger aufbäumte, sondern schweigsames Wohlbefinden ausstrahlte, beschloss Zeynep, dass es vorerst genug sei. Sie bat Marisa, zu helfen, das Wachs von Jontes glattem Rücken zu pulen. Es ziepte mit Sicherheit, wenn auch nicht so schlimm wie bei einer Wachsentfernung an den Beinen oder schlimmeren Orten. Jonte zuckte einige Male zusammen, doch er ließ es genauso wehrlos über sich ergehen wie das Lösen seiner Fesseln. Er lag auf dem Boden, als würde sein Geist weit fort in einer anderen Welt schweben. Zeynep deckte ihn zu, damit er nicht fror. »Lass dir Zeit für deine Rückkehr«, flüsterte sie.

Ein klein wenig Eifersucht stieg hoch, weil er bei ihr allein niemals so schnell und so tief in den Subspace fiel. Sie unterdrückte das Gefühl und ermahnte sich, dass es einer Herrin nicht würdig sei. War die Session zu dritt nicht ihre Idee gewesen? Dann konnte sie sich kaum beschweren, wenn es ihm besser gefiel als erwartet.

»Was hältst du von einer Tasse Tee?«, fragte sie Marisa.

Die nickte erleichtert. »Ich hätte nie gedacht, dass es so anstrengend ist, jemanden zu dominieren. Man muss die ganze Zeit tierisch aufpassen … Ich dachte immer, ihr Dominanten wisst schon, wie es geht, aber ich habe teilweise kaum Luft gekriegt, so sehr habe ich mich auf Jonte konzentriert.«

»Geht mir auch manchmal so.« Zeynep lächelte und fühlte nach, ob die Teekanne auf dem Stövchen noch Wärme ausstrahlte. »Eigentlich immer. Das ist es, was ich so daran mag. Ich nehme Menschen so intensiv wahr wie sonst niemals.«

»Vielleicht fange ich doch noch das Switchen an.« Marisa begann zu zittern. »Wobei … Vielleicht lieber nicht. Mir ist das gerade … etwas zu viel.«

Zeynep nahm sie in den Arm. »Du hast es gut gemacht, mein Schatz.«

»Danke.« Marisa schmiegte sich fast wie ein Kind an sie – nein, weich und sanft wie eine devote Frau, die sich davon überfordert fühlte, dass sie ihre Position nicht länger einnehmen durfte und auf einmal zu herrschen versucht hatte.

»Willst du das nächste Mal diejenige sein, die beherrscht wird?« Marisas Zähne schlugen aufeinander. Sie nickte. »Ich glaube … ich glaube, das mit dem Herrschen ist nicht meine Welt. Auch … auch, wenn ich mich gefreut habe, dass du mich als Zofe ausgewählt hast.«

Zeynep hielt ihre Hand und warf zwischendurch einen Blick zu Jonte, der immer noch unter der Decke lag und die Eindrücke nachwirken ließ. Sollte sie sich um ihn kümmern? Normalerweise würde sie jetzt neben ihm knien und fragen, wie es ihm ging; sichergehen, dass sie keinen Fehler gemacht hatte und versehentlich zu weit gegangen war. Stattdessen hielt sie die aufgewühlte Marisa in den Armen, die sie ebenfalls brauchte.

Und wer kümmerte sich um sie?

Sie schenkte Marisa und sich eine Tasse Tee ein und nahm einen Schluck. Die vollmundige Bitterkeit in ihrem Mund beruhigte sie, genau wie die Wärme, die sich in ihrem Magen ausbreitete. Als Dom brauchte man einen klaren Kopf.

Jonte richtete sich auf und rekelte sich genüsslich. Die Decke rutschte von seinen Schultern, doch er achtete darauf, dass man nicht zu viel sah. Vermutlich genierte er sich doch ein wenig vor Marisa.

»Und? Wie geht es dir?«, fragte Zeynep liebevoll, wie sie es jedes Mal am Ende einer Session tat.

»Schon vorbei?« Er grinste. Zufriedenheit lag in seinen Augen, aber auch ein wenig Hunger. Natürlich. Normalerweise endete eine Session mit seinem Höhepunkt – nachdem er Zeynep ebenfalls bis zur völligen Erschöpfung befriedigt hatte.

Mist. Irgendwie war ihre Planung nur bis zu diesem Punkt gediehen.

»Willst du etwa noch mehr?«, fragte sie scherzhaft und hoffte, dass er verneinte.

»Wir haben doch gerade erst angefangen?« Er sah zu Marisa, die scheu den Blick senkte. »Außerdem hast du deine Freundin mir gegenüber bevorzugt. Du warst zu ihr viel netter als zu mir.«

»Aber …«

»Von mir aus können wir gern noch ein bisschen weitermachen«, unterstützte Marisa ihn. »Ich bin gerade so gut drin … Das nächste Mal muss ich bestimmt wieder unendlich viele Hemmungen überwinden. Heute geht es mir richtig gut dabei.«

»Also gut.« Zeynep zögerte. Für die Fortsetzung hatte sie keinen Plan gemacht. Marisa und Jonte zusammenführen, hatte sie gedacht. Ausziehen, fesseln, Kerzenwachs. Reichte das nicht für ein erstes Mal?

Das erste Mal mit einem Anfänger sicher, korrigierte sie sich in Gedanken. Nur, dass Marisa und Jonte keine Anfänger mehr waren. In den vergangenen Wochen und Monaten hatte sie mit beiden Tiefen und Abgründe des Verlangens erforscht, die sie zuvor niemals für möglich gehalten hätte. Vermutlich war das hier für beide zu wenig gewesen. Jonte war nicht zum Höhepunkt gekommen … Marisa hatte zwar dominiert, aber war niemals selbst in Fesseln gelegt worden …

»Wollt ihr wirklich weitermachen?«, fragte sie sicherheitshalber noch mal. »Ich habe dafür noch keinen festen Plan … nur ein paar Fantasien. Haltet ihr das aus? Es könnte böse werden.«

Die mentalen Fesseln, mit denen sie ihren Sadismus und ihre dominante Ader normalerweise unter Kontrolle hielt, hatten sich gelockert, stellte sie fest, überrascht von der völligen Unmöglichkeit, dass sie tatsächlich Jonte und Marisa gleichzeitig unter ihrer liebenden Kontrolle hatte. Es fühlte sich an wie ein Rausch, der nichts mit Alkohol zu tun hatte und viel tiefer ging. Wenn das hier möglich war … Wenn es tatsächlich funktionierte … Dann gäbe es keine Grenzen mehr für sie. Alles schien mit einem Mal möglich. Vielleicht würde sie ein Raumschiff bauen und zu den Sternen fliegen, oder eine Formel entwickeln, die der Welt Frieden brachte und das Hungerproblem für immer löste, oder ein Lied schreiben, das es bis an die Spitze der Charts schaffte, auch wenn sie noch nie in ihrem Leben eine Gitarre in die Hand genommen hatte …

Besser noch, sie würde ein Medikament erfinden, das die Menschheit mit einem Schlag vom Alkoholismus befreite.

Wofür hatte sie jemals Fesseln gebraucht? Warum hatte sie sich davon beschränken lassen, dass andere Menschen in ihr lieber die süße, sanfte Zeynep sehen wollten und nicht die bösartige, diabolische Göttin, die über Leben und Tod herrschte und tief in ihrem Innern lauerte, die sie in Wahrheit war?

»Von mir aus gern.« Marisa schenkte ihr ein scheues Lächeln. »Zeynep, du solltest dich sehen können … Du hast ein Strahlen in den Augen, das nicht von dieser Welt ist. Du bist schöner als alles, womit ich dich vergleichen könnte.«

Jonte wickelte die Decke enger um sich und nickte. »Du siehst echt … das ist wow. Wenn ich dich nicht ohnehin ständig anbeten und nackt zu deinen Füßen knien wollen würde, dann spätestens ab jetzt.«

»Okay.« Ein wildes Lächeln stieg in ihr auf und entspannte ihre Gesichtsmuskeln. »Ihr werdet bereuen, dass ihr mich darum gebeten habt … Aber wir machen weiter. Unter einer Bedingung. Kein Mimimi und kein Ampelcode oder Safeword. Wenn ihr mich jetzt rausbringt, habe ich Angst, dass ich abstürze … Ich bin auch unsicher und mache das heute zum ersten Mal.«

»Kein Mimimi und keine Safewörter«, stimmte Jonte zu. »Ich vertraue dir, meine Liebste.«

»Ich auch.« Marisa lächelte. »Tu mit mir, was immer du willst, Liebste. Ich werde gehorchen, und ich werde es lieben.«

»Also gut.« Die heiße Welle, die in ihr aufloderte, stammte definitiv nicht aus dieser Welt. »Jonte, zieh deine Boxershorts wieder an und komm dann zu mir. Marisa, jetzt bist du damit dran, dich auszuziehen.«

19

ETWAS

zu viel

N atürlich.« Marisa lächelte und kämpfte das flaue Gefühl zurück, das sich in ihrem Magen ausbreitete. Süße Vorahnungen von Schmerz und Hingabe flossen durch ihre Adern und berauschten sie. Die leise Hintergrundmusik in Zeyneps Wohnung, der Duft nach Tee und flüssigem Stearin, die ungewohnte Atmosphäre und der von Zeynep zu stark gemischte Cocktail erfüllten sie mit einem düsteren Gefühl von Lust und Hilflosigkeit.

Was Zeynep wohl vorhatte? Das Funkeln in ihren Augen sah anders aus als sonst. Wildheit lag darin, die von Lust und Grausamkeit sprach und nicht zu der Zeynep passte, die sie aus der Schule und vom Mädelstreff kannte.

Marisa stand auf und löste den ersten Knopf ihrer Bluse. Aus den Augenwinkeln sah sie, dass Jonte seine Boxershorts angezogen hatte und sich neben Zeynep kniete. Auf dem Platz, den zuvor Marisa eingenommen hatte. Anders als sie zuvor gehorchte er dem Befehl im Wortlaut und kniete, statt es sich im Schneidersitz bequem zu machen.

Komisches Gefühl, ihre Bluse aufzuknöpfen, während er zusah. Beim Schwimmen hatte sie nie ein Problem damit gehabt, sich in der Sammelumkleide auszuziehen, genauso wenig in der Dusche. Allerdings waren dort nur Frauen anwesend. Zeynep hatte sie darüber hinaus schon völlig nackt gesehen, da war es kein Problem.

Aber Jonte? Musste sie Zeynep auch bei diesem Befehl gehorchen, wenn sie eine gute Sub sein wollte?

Unsicher löste Marisa den zweiten Knopf ihrer Bluse. Masochismus und Devotion bedeuteten nicht bloß, dass Zeynep ihr auf genau die Art den Hintern versohlte, die ihr gefiel, ermahnte sie sich. Manchmal musste es wirklich wehtun. Marisa war schließlich keine Wunschzettel-Sub, keine Frau, die ihrer Lady einen genau ausformulierten Zettel mit devoten Forderungen hinlegte, die Zeynep anschließend abarbeiten sollte.

Trotzdem … Sich vor Jonte nackt auszuziehen …

Das Gefühl von Lust und Hingabe verwandelte sich in Angst und Sprachlosigkeit. Sie mochte es nicht, nackt und ausgeliefert zu sein. Hatte Zeynep ihr in ihrer ersten Session nicht erlaubt, die Unterwäsche anzubehalten?

»Warum dauert das so lange?«, fragte ihre Herrin ungeduldig. Funken sprühten aus ihren Augen. »Enttäusch mich nicht, Sklavin!«

Scham erfüllte Marisa. Das Gefühl, nicht gut genug zu sein, reichte tief in ihren Bauch, ihre Seele, all das Chaos in ihrem Innern. Warum dauerte alles so lange? Warum brauchte sie den Schutz ihrer Kleidung, ihrer Haare, die Sicherheit, einen ungeliebten Beruf zu erlernen, damit niemand merkte, wonach sie sich in Wahrheit sehnte?

Sie senkte den Blick und knöpfte die Bluse weiter auf. Jetzt konnten die beiden ihren BH sehen.

Nein. Nein, es ging nicht. Stimmte schon, Zeynep hatte gefragt, ob sie weitermachen wollten … Aber nicht auf diese Weise. Marisa hatte nicht damit gerechnet, dass es sich so anfühlen würde. So dumpf und schwer und falsch, nicht mehr erotisch, sondern irgendwie dunkel und verkehrt.

Sie wusste genau, dass sie es Zeynep sagen musste, doch irgendwie fanden die Worte nicht zu ihrem Mund. Ihre Fingerspitzen fühlten sich taub an. Zitterte sie? Unmöglich, es war nicht kalt in dem Zimmer. Eben, als sie Jonte mit dem Kerzenwachs gequält hatte, war ihr heiß geworden. Ungewohnt und fremd. Warum hatte Zeynep sie danach nicht in den Arm genommen, statt ihr nur die Haare zu kraulen? Das hätte sie gebraucht. Warum stieß Zeynep sie von sich und holte den Mann an ihre Seite, den sie eben noch zusammen gequält hatten? Liebte sie Marisa nicht mehr?

»Alles in Ordnung bei dir?«, fragte Zeynep.

»Hm, ja. Natürlich.« Marisa senkte den Blick und streifte den Ärmel ihrer Bluse über die Schulter. Hielt inne. Was wollte sie tun? Und warum breitete sich das taube Gefühl von ihren Fingerspitzen zunehmend in ihrem Körper aus, füllte ihren Mund mit dem Geschmack von saurer Asche, die sich zwischen Zahnwurzeln und Kiefer schob und ihren Kopf in einen Gegenstand verwandelte, der nicht länger ihr gehörte? Diese Gedanken wirkten so fremd. Sie gehörten nicht zu ihr.

»Dann los. Jonte, hoch mit dir. Hilf ihr, sich auszuziehen. Keine Sorge, meine Sklavin ist nicht heikel. Du kannst sie ruhig anfassen.«

»Natürlich, Sahibe.« Er stand auf und kam zu Marisa.

Marisa ließ zu, dass er die Bluse von den Schultern streifte. Als der Stoff ihre Handgelenke erreichte, hielt er inne, als ob sie auf diese Weise sanft gefesselt und ihm ausgeliefert sei.

Warum tat Zeynep das? Ihn nannte sie mit Namen, Marisa war nur noch die Sklavin. Die Regeln hatten sich vertauscht, verdreht, genau wie ihr Körper sich mit einem Mal seltsam fremd und von innen nach außen gestülpt anfühlte. Sie wusste, sie sollte kämpfen und sich befreien, doch sie stand gefangen zwischen Zeyneps Blick und Jontes Atem in ihrem Nacken. Gleich würde er sie anfassen. Da. Er öffnete ihren BH-Verschluss. Marisa zitterte. Noch nie hatte ein Mann sie dort berührt, nicht auf der nackten Haut. Noch nie hatte ein Mann ihre Brüste gesehen, und gleich … gleich wäre es so weit.

War es das, was sie wollte?

Marisa schluckte. Es spielte keine Rolle, was sie wollte. Das hier war SM. Es ging um Schmerzen, um Leid und Demütigungen.

Hatte sie nicht einmal geglaubt, sie fände genau das erotisch? Wollte sie sich nicht von Zeynep an Regionen ihrer Innenwelt führen lassen, die weit von dem entfernt lagen, was sie bis dahin erlebt hatte? Es ging auch um Vertrauen. Sie vertraute Zeynep doch.

Oder?

Vertraute sie auch diesem Mann, der hinter ihr stand, dessen Geruch und Berührung so fremd waren, so hart und herb und männlich, dessen Fingernägel nicht glatt gefeilt waren wie Zeyneps und dessen Hände sich soeben an ihrem Gürtel zu schaffen machten? Noch bedeckte der BH ihre Brüste halbwegs, auch wenn er im Rücken nicht mehr zusammenhaftete, noch hatte Jonte sie dort nicht berührt …

»Zeynep«, sagte sie leise.

In Zeyneps Augen leuchtete dieses Feuer, das sie gleichermaßen gefährlich und wunderschön aussehen ließ. »Ja, Sklavin?«

»Ich liebe dich«, wisperte sie. In diesem Wort lagen all ihre Angst und Sorge, all das Gefühl von Falschheit, weil ein Mann hinter ihr stand und sie voll Verlangen berührte, die Bitte um Hilfe und gleichzeitig die Bereitschaft, sich zu unterwerfen und es über sich ergehen zu lassen, wenn … ja, wenn …

»Ich weiß, Sklavin.« Zeyneps Worte klangen sanft und liebevoll. Ihr Lächeln, ihre Augen, ihre ganze Haltung war eine einzige Umarmung, obwohl sie stolz und scheinbar ungerührt auf ihrem Stuhl saß. »Fürchtest du dich?«

Marisa nickte und hielt sich mit den Augen an Zeyneps Blick fest.

»Ich bin bei dir.« Ihre Stimme war tief und rauchig. »Für mich kannst du dich der Furcht stellen und sie aushalten, nicht wahr?«

Marisa senkte den Blick und nickte.

»Jonte, zieh sie weiter aus. Bis sie nackt ist. Aber du hast strengstes Verbot, ab jetzt auch nur einen Quadratzentimeter ihrer Haut zu berühren. Marisa, du sagst mir, wenn er dagegen verstößt.«

Sie ließ zu, dass Jonte ihr den BH auszog. Ein Schweißtropfen rann ihre Schläfe hinab. Als er ihre Hosenbeine hinabstreifte, stand Zeynep auf und hielt Marisas Hand, damit sie nicht das Gleichgewicht verlor. Der goldene Nebel des Subspace legte sich um sie, hielt sie fest und trug sie allmählich davon. Sie würde es aushalten können. Alles ließ sich ertragen, wenn ihre Göttin neben ihr stand und ihre Hand hielt.

Als Jonte ihr auf Zeyneps Befehl die Hände auf dem Rücken festhielt und sie an sich zog, war es nicht länger schlimm, denn Zeynep stand vor ihr und hielt sie mit ihrem Blick fest, wanderte mit den Händen über ihren nackten Körper und biss sie sanft ins Ohrläppchen. Zum ersten Mal wurde Marisa von einem Mann festgehalten, dessen herber Pheromonduft ihr genauso in die Nase stieg wie die blumig-süße Ausstrahlung von Zeynep. Sie konnte sich nicht länger zur Wehr setzen, war schwach und hilflos. Die Seile, die Jonte in Zeyneps Auftrag um sie legte, verstärkten das Gefühl.

»Jetzt bist du uns ausgeliefert.« Zeynep lächelte, süß oder böse, Marisa konnte es nicht auseinanderhalten.

Sie nickte.

»Jetzt kann ich dir antun, was immer ich möchte, und du kannst dich nicht wehren.«

Marisa nickte erneut und spürte der Angst nach, die erneut in ihr aufstieg. »Ich liebe dich«, sagte sie scheu.

»O Mann, was sehe ich da? Mein Sklave hat einen harten Schwanz«, sagte Zeynep und zog Jonte mit einem Griff in seine Haare neben sich. »Gefällt dir das etwa? Natürlich ist es unter meiner Würde, mich um so was zu kümmern, Sklave, das weißt du. Was würdest du tun, wenn ich dir befehle, meine Sklavin zu vögeln?«

Peng. Etwas in ihr explodierte. Ein Schleier legte sich vor ihre Augen. Zittern. Angst. Kälte, die sich in ihr ausbreitete und sich in Leere und Taubheit verwandelte. Asche fiel vom Himmel und verbarg die Welt hinter einem Grauschleier. Zitterte sie immer noch? Stand sie in dem Zimmer, oder fiel sie zwischen schwärzlichen

Felsklippen in einen Abgrund, dessen Boden sie niemals erreichen würde? Alles drehte sich. Schwindel. Ihre Zunge war ein Schwamm, dehnte sich aus, passte nicht in ihren Mund. Marisa presste die betäubten Lippen aufeinander. Gehörte dieser Körper immer noch ihr? Warum konnte sie ihn nicht spüren?

Vage realisierte sie, dass Zeynep auf sie einredete. Klang sie glücklich oder entsetzt? Scherz ... Was sollte das bedeuten? Was war ein Scherz?

Die Schwärze um sie herum griff nach ihr, holte längst vergessen geglaubte Erinnerungen hervor, die Schatten im Keller, wenn sie etwas aus der Tiefkühltruhe holen sollte, die beißende Kälte auf ihren Händen, der Geruch nach Staub überall.

Was war los mit ihr? Warum konnte sie nicht mehr klar denken, warum drehte sich der Raum im Kreis?

Sie war keine Hete. Zeynep wusste das.

Schlimm genug, dass sie ihren Freund dazu gebracht hatte, sie anzufassen ... Schlimm genug, dass Jonte mitgemacht hatte, obwohl sie zuvor noch geglaubt hatte, er sei auf ihrer Seite ...

Tränen rannen über ihr Gesicht. Es fühlte sich an, als würde eine andere Frau schluchzen, mit schnodderverstopfter Nase um Luft kämpfen und sich vor und zurück wiegen. Jemand fummelte an ihrem Körper herum, hektisch und lieblos, die Stricke zogen sich noch fester.

»Scheiße, ich krieg den Knoten nicht auf«, sagte ein Mann, ein Feind, ein dunkler Schatten, der sie vernichten wollte.

»Um Gottes willen, Liebling, was ist los?« Jemand streichelte ihr Gesicht. »Es war doch nur ein Scherz ... Nur ein blöder Spruch, mit dem ich ... Ich hätte das nie wirklich von dir verlangt. Das musst du doch wissen!«

Marisa zuckte zurück. Ganz langsam fand sie das Gefühl für ihren Körper, spürte die Angst und die Scham und das schreckliche Ausgeliefertsein. Jonte in ihrem Rücken löste die Stricke und warf ihr eine Decke über, damit sie sich nicht ganz so nackt fühlte.

»Ich könnte dir nie wirklich wehtun. Marisa, bitte rede mit mir!«, flehte Zeynep sie an. »Was ist denn auf einmal passiert?«

Marisa drehte den Kopf weg und zog die Decke enger um sich.

»Sie ist abgestürzt, Zeynep, das ist los«, sagte Jonte hinter ihr. »Wirklich, das sieht man doch. Du musst jetzt für sie da sein. Ich fürchte, vor mir hat sie jetzt noch mehr Angst als vor dir.«

»Ich hab doch gar nichts Schlimmes gemacht«, sagte Zeynep hilflos und starrte ihn an.

Jonte seufzte. »Reiß dich zusammen, Zeynep!«

»Aber …«

Irgendwie spürte Marisa, dass sie Jonte in diesem Augenblick mehr vertrauen konnte als Zeynep. Sie drehte sich zu ihm und schmiegte ihren Kopf an seine Schulter. »Bringst du mich nach Hause?«

»Klar.« Er fuhr sich mit der Hand über die Stirn. »Aber erst musst du dir etwas anziehen.«

»Möchtest du vielleicht etwas zu essen?«, fragte Zeynep hilflos und hielt ihr den Teller mit den belegten Broten hin, die sie zuvor mit so viel Sorgfalt gemacht hatte.

Marisa nickte und griff nach einer Scheibe Graubrot mit Leberwurst. Mechanisch biss sie ab und kaute darauf herum. Es half, wieder Boden unter den Füßen zu kriegen.

Plötzlich schämte sie sich für ihren Zusammenbruch.

»Vielleicht noch etwas zu trinken?«, fragte Zeynep, während Jonte Marisas Kleidungsstücke zusammensuchte und ihr brachte. »Tee? Oder Saft?«

»Tee wäre super«, brachte Marisa hervor. »Das ist … Ihr müsst euch nicht so um mich kümmern. Ich weiß selbst nicht, was mit mir los ist, aber es hört bestimmt gleich wieder auf.«

Jonte streichelte ihr über den Kopf. »Du hattest einen Absturz. So was kommt vor beim SM. Mach dir keinen Kopf. Einfach abwarten, bald geht es dir wieder besser.«

»Ich habe gedacht, sie meint es ernst«, wisperte sie und starrte auf ihr angebissenes Brot.

»Tee ist leider schon alle«, sagte Zeynep enttäuscht. »Soll ich neuen kochen, oder möchtest du lieber Saft?«

»Saft ist in Ordnung.«

Jonte setzte sich neben sie. »Marisa, hör mir zu. Mach dir keine Vorwürfe, weil du abgestürzt bist. Alles ist gut. Das passiert manchmal. Das Leben geht weiter. Doms sind auch nur Menschen, hörst du?«

Marisa griff nach seiner Hand und nickte. Ihr Hals schnürte sich zu. »Sie … Sie hat …«

»Alles ist gut«, wiederholte Jonte. »Selbst, wenn sie es befohlen hätte … Ich hätte es niemals getan. Ich weiß doch, dass du mit Kerlen nichts anfangen kannst.«

Sie atmete tief aus. »Aber Zeynep …«

»Ja, sie wusste das auch. Dumm gelaufen. Voll der Scheißspruch von ihr. Zeynep, gib ihr doch bitte den Saft.«

Marisa zuckte zurück und erschrak vor dem Schmerz, der über Zeyneps Gesicht huschte. »Zeynep, es tut mir leid, dass ich …«

»Blödsinn.« Zeynep verschränkte die Arme und setzte ein bemühtes Lächeln auf. »Los, trink deinen Saft und zieh dich an. Dann kann Jonte dich nach Hause fahren, wenn es dir dort besser geht.«

Marisa senkte den Kopf. Jetzt hatte sie es geschafft. Nach dem Absturz war Zeynep wütend auf sie und wollte sie nicht mehr in ihrer Wohnung haben. Sie hatte auf der ganzen Linie versagt.

Am Ende fuhr Jonte sie nach Hause und setzte sie am Eingang zum Studentenwohnheim ab. Marisa ging wie in Trance durch die vertrauten Flure, schloss ihr Zimmer auf und stellte die kleine Reisetasche auf ihr vertrautes Bett. Sie roch nach Angst und Lust. Nie wieder würde sie ertragen, wenn etwas sie erregte und der Duft ihrer Haut erneut in ihre Nase stieg, dachte sie. Es würde sie immer an diesen schrecklichen Tag erinnern.

Sie zog sich aus und schauderte beim Gefühl der Zimmerluft auf ihrer nackten Haut. Wo war der Bademantel? Den würde sie hinterher ebenfalls waschen müssen. Egal. Sie musste duschen. Sie zog ein T-Shirt und eine Jogginghose aus ihrem Schrank, griff nach dem Kulturbeutel und stellte ihre Lieblingsmusik ein, damit die auf sie wartete, wenn sie irgendwann aus der heißen Dusche zurückkehrte.

GEWISSENS-
bisse

Zeynep saß an ihrem Schreibtisch und starrte auf den Monitor, ohne etwas zu erkennen. Der Computer wartete geduldig auf den nächsten Zug in ihrer Schachpartie, doch die Figuren verschwammen vor ihren Augen. Die ersten zwei Partien hatte sie bereits verloren, ohne zu begreifen, wie es so weit hatte kommen können, und diese hier sah auch nicht viel besser aus.

Was hatte sie bloß angerichtet?

Es war fruchtlos, sich zu fragen, was sie hätte anders machen können, trotzdem drehten sich ihre Gedanken ununterbrochen um dieses Thema. Wie es aussah, musste man ihr Dreierexperiment als gescheitert betrachten. Es war vermessen von ihr gewesen, ernsthaft zu glauben, dass sie auf Dauer zwei Liebesbeziehungen mit zwei Menschen parallel führen dürfe. Ganz zu schweigen davon, die beiden dann auch noch zusammenzubringen und …

Sie hätte besser aufpassen müssen. Diese Session zu dritt war für alle etwas Neues gewesen. Sie hätte in jeder Sekunde die Kontrolle behalten müssen, ganz egal, wie erschöpft sie sich fühlte. Und vor allem wäre es ihre Pflicht gewesen, in jeder, wirklich jeder Sekunde auf die beiden aufzupassen. Ihre Gefühle im Blick zu behalten, ihre

Gedanken aus ihren Gesichtern zu lesen, zu spüren, wie sie atmeten, ob die Erregung oder die Angst überwog …

Hatte sie durch das ständige »Ich fühle mich für euch beide verantwortlich, ich bin die Dom, ich muss führen, leiten, mich kümmern« irgendwann das Gefühl für sich selbst aus den Augen verloren? Vielleicht gab es da einen Zusammenhang. Wer sich selbst nicht mehr spürte, konnte auch nicht mehr spüren, was ein anderer Mensch fühlte.

Das Handy fühlte sich schwer und klamm in ihrer Hand an. Sie hatte Angst vor Marisas Reaktion. Wenn sie einfach tat, als wäre nie etwas geschehen – vielleicht käme dann alles von alleine wieder in Ordnung?

Blödsinn, ermahnte sie sich. Sei kein Feigling. Dass es Marisa wieder besser geht, ist wichtiger als deine Bauchschmerzen. Ruf sie an. Entschuldige dich. Mach es wenigstens nicht noch schlimmer. Ihr müsst euch aussprechen.

Es tutete einmal. Zweimal. Was, wenn Marisa keine Lust mehr hatte, mit ihr zu reden? Vielleicht wäre es netter gewesen, ihr eine Textnachricht zu schicken. Dann hätte Marisa in Ruhe darüber nachdenken können, ob und wie sie antwortete. Andererseits würde sie dann nicht mal wissen, ob Marisa überhaupt mitbekam, dass sie sich meldete. Es tutete das dritte Mal. Mitten ins Tuten begann die Ansage, dass »the person you have called« nicht »available« war.

Entsetzt starrte Zeynep ihr Handy an. Hatte Marisa sie tatsächlich weggedrückt? Das hätte sie früher nie getan.

Früher hatte Marisa auch noch nicht damit leben müssen, dass Zeynep ihrem Freund mehr oder weniger befohlen hatte, sie zu vergewaltigen.

Was für ein böses Wort. Damit durfte man nicht scherzen.

Warum also hatte sie es getan?

Sie versuchte es noch einmal. Dieses Mal drückte Marisa sie bereits beim ersten Klingeln weg. Also war es kein Zufall gewesen. Wie es aussah, hatte Zeynep alles zerstört.

Um nicht völlig im Selbstmitleid zu versinken, rief sie Jonte an und hoffte auf ein wenig Trost.

»Schön, dass du dich auch mal meldest«, legte er los. Also war er auch sauer auf sie. Mist. Vorhin hatte er noch so nett getan, als er Marisa beruhigen wollte.

Wer wusste, was Marisa ihm auf der Heimfahrt alles erzählt hatte? Hatten sie sich über sie unterhalten, waren sie vielleicht gemeinsam zu dem Schluss gekommen, dass sie sich in Zukunft lieber nicht mehr mit Zeynep abgeben wollten?

Das Gefühl von Einsamkeit schoss brutaler durch sie, als sie je für möglich gehalten hatte.

»Hast du eine Ahnung, was mit Marisa los ist?«, fragte sie leise.

Jonte schnaubte. »Ich weiß nicht, ob ich dich loben soll, weil du es schaffst, daran zu denken, wie es ihr geht, oder ob ich dir eine klatschen soll, weil du ständig andere Leute als mich im Kopf hast. Ich habe mal gedacht, du wärst meine Freundin und nicht die von jedem, der dir über den Weg läuft.«

»'tschuldigung«, sagte sie scheu. Tausend Worte lagen ihr auf der Zunge, aber irgendwie schien keines davon zu passen.

Ihr Schweigen schien ihn milder zu stimmen. Vielleicht merkte er selbst, dass er übertrieben hatte. »Also, Frau Ich-bin-die-Super-Sahibe-und-habe-alles-im-Griff-das-muss-so, was hast du vor? Marisa hat sich im Auto fast die Augen aus dem Kopf geheult. Ich habe sie nach Hause gefahren und ihren besten Freund angerufen, damit der sie tröstet, weil sie sich von mir irgendwie nicht in den Arm nehmen lassen wollte. Was für ein Wunder!«

Zeynep biss die Tränen zurück. »Jonte, ich … Es tut mir leid. Ich weiß ja selbst, dass ich alles falsch gemacht habe. Ich grüble die ganze Zeit, wo ich anders hätte reagieren sollen … Aber es ist zu spät. Ich habe das verbockt, ganz egal, wie oft ich daran denke, dass ich stattdessen so oder so hätte reagieren sollen.«

»Immerhin weißt du es selbst und versteckst dich nicht mehr hinter deiner dominanten Unfehlbarkeit.«

»Habe ich das getan?« Zeynep erschrak und sank noch mehr in sich zusammen. Die kalte Faust in ihrem Bauch zerquetschte ihre Eingeweide.

»Natürlich! Glaubst du, Marisa hätte sich sonst darauf eingelassen? Die hat gedacht, du wüsstest schon, was du tust.«

Zeynep schluckte.

»Genau wie ich«, schob Jonte hinterher. »Ganz ehrlich, wenn wir eine Session zu dritt machen, dann gehe ich davon aus, dass du meine und ihre Tabus kennst, oder zumindest vorher nachfragst. Du kannst doch nicht wie ein Despot aus dem Mittelalter über deine Leibeigenen verfügen, und sie sollen sehen, wie sie klarkommen oder ob sie zerbrechen.«

»Glaubst du, das habe ich mir nicht auch wieder und wieder gesagt?« Sie zwang die Tränen zurück und setzte sich auf. »Jetzt ist es passiert. Ich hab die größte Scheiße meines Lebens gebaut. Irgendwie muss ich damit klarkommen und …« hoffen, dass Marisa es auch tut, wollte sie sagen, doch Jonte unterbrach sie.

»Warum wundert mich nicht, dass du vor allem daran denkst, wie es dir damit geht? Wahrscheinlich ist dein schlimmstes Problem, dass du heute Nacht allein schlafen musstest, stimmt's?«

Langsam wurde sie wütend. »Das stimmt überhaupt nicht! Unterstell mir nicht solche Sachen, das ist unfair. Als du mich unterbrochen hast, wollte ich fragen, wie es Marisa geht.«

»Das hätte ich jetzt auch gesagt.« Es war das erste Mal, dass seine Stimme höhnisch klang, wenn er mit ihr sprach.

»Sag mal, willst du mich …« Zeynep biss sich auf die Zunge und zwang sich, innerlich bis zehn zu zählen. Wenn sie jetzt ausrastete, nützte das niemandem etwas, am allerwenigsten Marisa.

»Was?«

Sie holte tief Luft. »Hat sie sich gefangen, oder müssen wir sie zum Weißen Ring begleiten, damit sie mich anzeigen kann?«

Das klang höhnischer, als sie gewollt hatte. Jontes Tonfall schien auf sie abzufärben.

»Ihr bester Freund ist bei ihr«, sagte Jonte. »Cihad oder so. Ich weiß nicht, ob er bei ihr übernachtet, aber als ich ging, saßen sie auf ihrem Bett, und sie hat sich angekuschelt.«

Eine andere Art von Stich schoss durch Zeyneps Herz. »Meinst du, er ist immer noch bei ihr?«

»Woher soll ich das wissen?«

»Sorry.« Sie schwiegen einen Moment.

Es sollte sie nicht kümmern, dass Marisa jetzt vielleicht mit jemand anderem zusammen war, trotzdem tat es weh. Beim Gedanken daran, dass sich das für Jonte oder Marisa ähnlich schmerzhaft angefühlt haben könnte, vertiefte sich das Gefühl von Übelkeit in ihrem Bauch. Wie es aussah, hatte sie alles falsch gemacht, was man ruinieren konnte.

»Das Wichtigste ist jedenfalls, dass sie nicht allein ist«, sagte sie schließlich. »Wenn sie von mir die Schnauze voll hat, kann ich das irgendwie verstehen. Ich will nur nicht, dass sie allein in ihrem Zimmer sitzt und sich grausig fühlt und niemand für sie da ist.«

So, wie es ihr im Moment ging.

Schluss mit dem Selbstmitleid, ermahnte sie sich. Die anderen waren wichtiger. Die hatten nicht so viel verbockt.

»Und wie geht es dir heute?«, fragte sie schließlich.

»Nicht so gut.« Im Gegensatz zu seinen Worten klang seine Stimme wieder warm, als ob es ihm guttat, dass sie wieder an ihn und sein Wohlergehen dachte.

Hatte sie ihn in der Vergangenheit tatsächlich vernachlässigt? Hatte er Grund, anzunehmen, dass er für sie nicht länger die Nummer eins und vor allem nicht mehr so wichtig wie Marisa sei?

»Wegen vorhin?«, fragte sie behutsam. »Oder allgemein?«

»Keine Ahnung.« Er seufzte. »Irgendwie habe ich mir das einfacher vorgestellt mit der Dreierbeziehung. Auf dem Heimweg habe ich auch darüber nachgedacht, was schiefgegangen sein könnte.« Er schwieg.

»Und? Was meinst du?«

Hoffentlich wollte er nicht erklären, dass seine Gefühle nachgelassen hatten und ihm das Beziehungskonstrukt zu viel wurde. Wenn sie ihn und Marisa gleichzeitig verlieren würde … Keine Ahnung, ob sie das verkraften könnte. Seit sie mit den beiden zusammen war, hatte sie andere Freunde vernachlässigt. Wer würde sie auffangen, wenn alles scheiterte?

Wem könnte sie überhaupt davon erzählen?

Das alles schien so weit von dem entfernt, was sie bisher für die Realität ihres Lebens gehalten hatte. Wenn sie Freunde suchte und Trost brauchte … Wer würde sie in den Arm nehmen, wenn sie weinen musste, ohne dass sie erst mal stundenlang erklären musste, was Polyamory war, was BDSM war und warum das alles schrecklich schiefgehen konnte, wenn man nicht aufpasste?

Am Ende würde es werden wie damals als Kind. Sie wäre allein, und es würde niemanden interessieren.

Jonte schwieg immer noch.

»Willst du Schluss machen?«, fragte sie, als sie es nicht länger aushielt.

»Um Gottes willen, nein!« Jontes aufrichtige Empörung tat gut. »Es ist mehr so was wie … Keine Ahnung, wie ich das beschreiben soll. Es ist echt schwer.«

»Versuch es bitte! Mag ja sein, dass wir alle noch Anfänger sind, was diesen Polyamory-Kram betrifft, aber eines haben wir im Internet auf jeder Seite zu dem Thema gefunden: Es ist wichtig, ehrlich miteinander zu sein. Auch zu sich selbst. Ich werde nicht urteilen, das verspreche ich.«

»Siehst du, dafür liebe ich dich trotz allem, Zeynep.«

»Häh?«

»Weil du Verantwortung übernimmst und dich darum kümmerst, dass alle zu ihrem Recht kommen. Also, meistens jedenfalls …«

Fast konnte sie wieder lachen. »Ja, meistens. Bis auf die Momente, wo ich es vollständig verbocke.«

»Na, na, sieh es mal so herum: Die Panne hätte bei Marisa und mir vermutlich nicht so heftig reingehauen, wenn wir nicht daran gewöhnt wären, dass du es normalerweise draufhast.«

Seine Worte wärmten sie, auch wenn sie das Gefühl hatte, dass sein Lob unberechtigt war. Trotzdem. Vielleicht war noch nicht alles verloren. Vielleicht gab es eine Chance, Marisa zu helfen und das mit Jonte gemeinsam in die richtige Richtung zu lenken – auch wenn das, was sie und Marisa als Beziehung geteilt hatten, nach der Aktion vermutlich endgültig zu den Akten gehörte.

»Wollen wir morgen Nachmittag einen Tee trinken und in Ruhe darüber quatschen, was wir in Zukunft besser machen können?«, fragte sie. »Persönlich geht das bestimmt besser als am Telefon.«

»Morgen geht nicht, da bin ich mit meinen Jungs unterwegs. Und nimm es mir bitte nicht krumm, aber das brauche ich gerade. Deswegen werde ich es nicht absagen.«

»Natürlich. Dann Montagnachmittag?«

»Klingt gut. Ich weiß aber noch nicht, wann ich vorbeikommen kann.«

Zeynep nickte. »Also dann … bis übermorgen!«

Sie starrte die Wand an, erfüllt von dem finsteren Gefühl, dass sie versucht hatte, sich mehr vom Leben zu holen, als ihr zustand, und es Zeit für die Abrechnung wurde.

21

FACHRICHTUNGS-
wechsel

Marisas Hände zitterten, als sie über den Marmorboden des Unifoyers ging. Die Absätze ihrer Ballerinas knallten beim Gehen. Heute war wieder einer der Tage, an dem leise Turnschuhe einfach nicht funktionierten. Siebzig Euro hatte sie für diese Schuhe bezahlt, damit sie im Schulpraktikum schick aussah. Was für eine Verschwendung. Wenn sie gute Arbeit leistete, wen brauchte es dann zu interessieren, ob ihre Füße gut zur Geltung kamen? Den Fußfetischismuskram überließ sie mit Freude Zeynep. Das war nichts für sie. Ganz abgesehen davon, dass sie mit Zeynep nichts mehr zu tun haben wollte. Diese blöde Schnepfe. Kaum zu glauben, dass sie all die Monate gehofft hatte, Zeynep sei auf ihrer Seite und würde ihr eines Tages helfen, die richtige Entscheidung zu fällen. Pustekuchen. Die blöde Verräterin interessierte sich einen Scheißdreck für das, was in Marisa vorging und was gut für sie war. Genau wie ihre Mutter.

Die Einzige, auf die sie sich im Ernstfall verlassen konnte, war sie selbst.

Sie erklomm die Stufen zum Immatrikulationsamt. Es wären all die Monate nur wenige Schritte gewesen. Warum hatte sie sich damals so lange vor dem Dekanat herumgetrieben? Im Dekanat hätte sie sich vielleicht beraten lassen können, aber für einen Wechsel musste sie ins I-Amt. So einfach war das. So schrecklich und gleichzeitig wunderbar einfach. In diesem Augenblick sollte sie eigentlich in einer Lehramtsvorlesung sitzen, aber dass sie die versäumte, spielte nicht länger eine Rolle.

Sie klopfte an und öffnete vorsichtig. Die Tür war mit einem Mechanismus versehen, durch den sie sich nur langsam bewegen ließ und nach dem Loslassen von allein zurück ins Schloss gleiten würde. Vor dem Fenster am anderen Ende des Raumes standen einfache Stühle, auf denen drei weitere Studierende saßen.

Hinter einem Empfangstresen saß eine Frau mit orangeroter Kurzhaarfrisur, die zwischen vierzig und fünfzig Jahren alt sein musste. Sie wirkte beschäftigt. Um sie herum türmten sich Zettel, Dokumente, Ordner und Post-its, dazu Stempel und offiziell aussehende Broschüren. In einem Ständer neben der Tür lockten unzählige Werbebroschüren für die einzelnen Fachbereiche. Marisa ignorierte sie.

»Ja bitte?«, sagte die Frau hinter dem Tresen ungeduldig, als Marisa keine Anstalten machte, näher zu ihr zu treten.

Marisa entschuldigte sich und ging zu ihr. »Ich möchte meine Studienfachrichtung wechseln. Ich hoffe, dafür bin ich hier richtig?«

»Ziehen Sie eine Nummer und warten Sie mit den anderen.« Die Frau wies auf einen Automaten, den Marisa beim Hereinkommen übersehen hatte.

»Natürlich. Entschuldigen Sie bitte.«

Ihr Herz klopfte bis zum Hals, als sie die Nummer 3071 zog, zu den anderen am Fenster ging und sich hinsetzte. Laut der Zahlentafel über der Tür kamen vor ihr drei weitere Studenten dran. Logisch. Die drei, die vor ihr dort gesessen hatten. Mehr Hindernisse gab es nicht. Kein Drache, der besiegt werden musste, keine endlose Reihe von miteinander verbundenen Quests, nur ein Gerät, aus dem automatisch Zettel mit Zahlen kamen, und eine überarbeitete Sekretärin, die sich nicht für sie interessierte.

Warum hatte sie so lange damit gewartet?

Da sie vor Nervosität nicht daran gedacht hatte, ein Buch einzupacken, vertrieb sie sich die Zeit damit, die Fläche des Raums und sein Volumen zu berechnen, zunächst unter der Prämisse, dass die Laminatfliesen wahlweise zwanzig, dreißig oder fünfzig Zentimeter breit seien. Weil das zu leicht ging, beschäftigte sie sich als Nächstes mit der Vorstellung, sich in einem geometrisch verzerrten Raumuniversum zu befinden, in dem ihre Daumenbreite auf Armeslänge entfernt eine zuverlässige Maßeinheit sei und die räumliche Verzerrung durch Fluchtpunkte keine Rolle spielte. Je nachdem, an welcher Stelle sie auf diese Weise Entfernungen im Raum maß, ergaben sich unterschiedliche Längen. Wie Menschen, oder andersgeartete Wesen, in einer solchen Dimension wohl zur Wissenschaft stünden? Hätte man dort die Chance, die Idee zu etablieren, dass es möglich sei, die Welt mithilfe eines exakten Konstrukts an Formeln zu beschreiben?

Nach kurzer Zeit verhedderte sie sich in den Dimensionen, mit denen sie jonglierte. Ihr Versucht, 3017 in Primfaktoren zu zerlegen, scheiterte ebenfalls. Lag das daran, dass 3017 eine Primzahl war, oder dass ihre mathematischen Fähigkeiten nachließen? Sie versuchte, sich mit dem Sieb des Eratosthenes in Gedanken heranzutasten, verhedderte sich aber irgendwo kurz vor den Vielfachen von 181. Sie bräuchte einen Stift und Zettel, aber das wäre ein Eingeständnis, dass ihre Konzentration nachließe und sie nicht das Zeug zur Mathematikerin hätte. Also versuchte sie es von vorn.

Als der zweite Student durch die Tür in den Nachbarraum ging, in dem sich offenbar das eigentliche I-Amt befand, kehrten die Gedanken an Zeynep zurück. Ihre Göttin. Die Frau, von der sie immer geträumt hatte.

Wie albern es von ihr gewesen war, Zeynep eine solche Allmacht über ihr Leben zuzuschreiben. Waren alle devoten Menschen so dumm? Wie konnte man seinen Verstand so dermaßen ausschalten, dass man allen Ernstes glaubte, ein anderer Mensch habe die Gewalt über das Leben, das man führte, und den Schlüssel zum Glück?

Hochbegabte Kinder leiden oft unter der Diskrepanz, dass sich ihre intellektuellen Fähigkeiten weit schneller entwickeln als die ihrer Altersgenossen, ihre emotionale Entwicklung aber altersangemessen verläuft. Diese Diskrepanzen sind meistens weder für sie noch für ihr Umfeld nachvollziehbar und führen oft zu Konflikten und seelischem Leid, hatte sie einmal gelesen. Irgendwo im Internet, vor knapp einem Jahr … Nein, es war im Sommer vor zwei Jahren gewesen, als sie ihren Schlüssel in der WG vergessen hatte und am Computer in der Unibibliothek die Zeit totschlug, bis ihre Mitbewohnerin mit der Uni fertig wäre und sie gemeinsam nach Hause fahren konnten. Der erste Montag im August, wenn sie sich richtig erinnerte.

Warum fiel ihr das gerade jetzt ein? Das hatte nichts mit ihrer Situation oder ihrem Leben zu tun. Sie war nicht hochbegabt. Sie war eine ganz normale junge Frau.

Ihr Hals schnürte sich zu. Nur, dass die meisten jungen Frauen nicht Physik studieren und in die Forschung gehen wollten, um sich eines Tages mit den Besten ihres Fachgebiets zu messen. Und das war der Beweis dafür, dass mit Marisa etwas nicht stimmte. Nicht, weil sie ehrgeizig war oder etwas beweisen wollte, sondern … weil …

Selbst in Gedanken fiel es ihr schwer, es auszusprechen.

Weil alle anderen zu dumm waren und sie manchmal entsetzlich langweilten. So. Jetzt war es ausgesprochen. Es war so anstrengend, die Gedanken immer wieder auf ein Minimum herunterzubrechen, ihren Überlegungen Zügel, Fesseln und Bremsen anzulegen, bis sie ihren Verstand zusammengeschnürt hatte wie eine Domse ihr Opfer.

Und gleichzeitig sehnte sie sich nach mehr als einer Karriere in der Wissenschaft und einem Dasein als kalte Verstandesmaschine. Durfte man das? Verlangte sie damit nicht viel mehr, als ihr zustand, als andere Menschen zu besitzen wagten? Müsste sie nicht endlich Bescheidenheit lernen?

Die Gedanken brachten ihren Bauch dazu, sich zusammenzuschnüren, bis ihr schlecht wurde. Sie kaute auf ihrer Wange herum. Der metallische Geschmack von Blut verschlimmerte die Übelkeit.

Sie wollte geliebt werden. Dazugehören. Freundschaften schließen. In den Arm genommen werden. Getröstet werden, wenn sie sich fürchtete. Mit anderen lachen und einfach mal vergessen, dass die Welt auch ihre Scheißseiten hatte. Mit einem Wort, sie wollte normal sein. Allein, ohne Freunde, konnte man nicht überleben. Das war biologisch in den menschlichen Genen festgelegt.

Nur, dass sie dafür einen viel zu hohen Preis bezahlt hatte.

Wenn du möchtest, dass die anderen dich mögen und nicht länger hänseln, gib dir Mühe, mehr wie sie zu sein, hatte Mama gesagt. *Warum triffst du dich nicht mit deinen Freundinnen, um mit Puppen zu spielen oder euch die Haare zu flechten?*

Wer will schon mit dir befreundet sein, du blöde Streberin, hatte Nicole in der Grundschule gesagt, als sie Marisa geschubst und diese sich das Knie aufgeschlagen und geweint hatte. Niemand hatte sie getröstet, weil alle Angst vor Nicole und ihren brutalen Schlägen hatten. Allein zu sein war gefährlich.

Die Lehrer waren auch nicht besser gewesen. *Weiß es noch jemand außer Marisa? Nein? Gut, dann müssen wir es noch einmal für alle erklären. Zieh nicht so ein Gesicht, Marisa. Du musst lernen, Rücksicht auf die anderen zu nehmen und dich zurückzunehmen.*

Was für ein Bullshit!

Und doch hatte sie all die Jahre daran geglaubt. Sie hatte sich zurückgenommen und kleiner gemacht, als sie war. Wenn sie versehentlich in Mathe zwei Einsen nacheinander geschrieben hatte, hatte sie darauf geachtet, dass in der nächsten Arbeit eine Drei stand. Wenn sie im Unterricht versehentlich zu oft etwas Richtiges gesagt hatte, hatte sie sich danach in Schweigen gehüllt und absichtlich falsche Antworten gegeben, wenn man sie drannahm. Das hatte nur mäßig funktioniert, weil die Lehrer sie dann sanft verbesserten und von Schülern ohnehin noch keine Perfektion erwarteten. Sie senkte den Blick, zog die Schultern ein und wurde für die Lehrer unsichtbar.

Auf diese Weise wurde das Mobbing weniger, aber wirkliche Freundschaften?

Vor Zeynep hatte es niemanden gegeben, bei dem ihr Herz wirklich warm geworden war. Dass sie lesbisch war, kam zusätzlich erschwerend hinzu. Damit fiel auch das Thema Jungs weg, mit dem sie sich mit potenziellen Freundinnen hätte unterhalten können.

Das Schlimmste waren Mamas Worte gewesen, als sie davon erzählt hatte, dass sie Physik studieren wollte. *Das schaffst du nicht.* Gefolgt von der Überlegung, dass es strategisch vielleicht doch klug sein könnte, in einer Zeit des Mangels an naturwissenschaftlichen Lehrern, gerade dieses Fach für das Lehramt zu wählen. Es könnte ihre Stellenchancen verbessern.

Mama gehörte ebenfalls zu den Dummen, und der Gedanke schmerzte unglaublich tief. Sie begriff nicht, wie wichtig es für Marisa war, bei einer Menschensorte dazuzugehören, wo sie mit ihrem ach so hellen Köpfchen kein Freak mehr war. Sie wollte sich betrinken, ohne Angst zu haben, dass die anderen sie ablehnten, weil sie in Kettensätzen und mit Fremdwörtern über wissenschaftliche und metaphysische philosophische Fragestellungen sprach, wenn sie die Kontrolle über ihre Zunge verlor und sich nicht länger darauf konzentrierte, normal zu sein.

In dem Schulpraktikum hatte sie sich genauso fremdartig und alienhaft wie zu ihrer eigenen Schulzeit gefühlt. Als Lehrerin würde sie sich dazu verdammen, ihr Leben in diesem mentalen Gefängnis zu verbringen, aus dem sie sich mit ihrem Studium hatte befreien wollen. Wie viele Jahre würde sie das aushalten? Wie viele Jahrzehnte? Der Rat ihrer Mutter, Lehramt zu studieren – war der wirklich völlig uneigennützig erteilt worden? Vielleicht hatte Mama sich davor gefürchtet, dass ihr Lebensstandard sinken würde, wenn Marisa nach dem Ende ihres Studiums nicht schnell genug einen sicheren Job fand. Beweisen konnte man es nicht – aber so uneigennützig, wie Mama getan hatte, war sie garantiert nicht.

Fast musste sie Zeynep dafür danken, dass sie dank ihr endlich begriffen hatte, dass sie auf sich gestellt war. Niemand ging durch das Leben mit dem erklärten Ziel, Marisa glücklich zu machen.

Diesen Job konnte niemand außer ihr selbst übernehmen. *You don't have to set yourself on fire to keep other people warm*, hatte ein Schauspieler in irgendeiner nicht synchronisierten Science-Fiction-Serie aus Amerika einmal gesagt.

Warum hatte sie sich daran nicht viel früher erinnert? Warum war sie so dumm gewesen, ihr ganzes Leben entlang der Vorstellungen von anderen Menschen zu leben, die sie ausnutzen wollten?

Sie schreckte zusammen. Hinter der roten 3071 auf dem schwarzen Grund des Nummernschildes blinkte eine 5. Wie lange wurde das schon angezeigt? Hatte sie ihren Gesprächstermin etwa verpasst, würde gleich die nächste Nummer kommen?

Hastig stand sie auf, ging durch die Tür und blickte sich um. Das flaue Gefühl in ihrem Bauch intensivierte sich. Für einen Moment verschwamm der Raum vor ihren Augen, und sie konnte die Zahlen auf den Schildern an den einzelnen Schreibtischen nicht erkennen. Wollte sie das hier wirklich tun?

Marisa richtete sich auf und schluckte die Angst hinunter. Tisch fünf. Das war der links hinten, rechts hinten war Tisch sechs. Logisch. Sie suchte Augenkontakt zu der Sachbearbeiterin am Tisch und nickte ihr zu, um zu zeigen, dass sie trotz der leichten Verzögerung hier sei, und beeilte sich, zum Tisch zu kommen. Die junge blonde Frau erwiderte das Nicken.

»Also, ich möchte mein Studienfach wechseln, von Physik-Lehramt auf Physik, kann ich das so mitten im Semester machen, oder gibt das Schwierigkeiten?«, sprudelte es aus ihr hervor.

»Immer langsam mit den jungen Pferden!« Die Frau lächelte freundlich. Sie war Marisa vom ersten Augenblick an sympathisch. »Erst mal benötige ich Ihren Namen und ihre Immatrikulationsnummer.«

»Natürlich, Entschuldigung.« Marisa kramte ihr Portemonnaie hervor und reichte der Frau ihren I-Ausweis.

»Warten Sie, ich gebe die Nummer ein … Genau. Marisa Fontana, gymnasiales Lehramt für Physik und Mathematik im dritten Semester. Und was genau kann ich jetzt für Sie tun?«

»Ich möchte die Fachrichtung wechseln.« Marisa zwang sich, langsam zu sprechen. Heute war es eine noch größere Qual als sonst.

»Da haben Sie sich aber auch zwei schwere Fächer ausgesucht. Wir haben viele Studenten, die Physik früher oder später abbrechen und ein anderes Fach wählen. Machen Sie sich keine Sorgen, da sind Sie nicht die Einzige. Ihr Studium verlängert sich dadurch etwas, aber das lässt sich normalerweise problemlos organisieren.«

O Mann. War sie zu mutig? Was, wenn ihr die reine Physik früher oder später wie all den anderen zu kompliziert wurde?

Schluss mit der Angst, ermahnte sie sich. »Eigentlich ist es anders herum«, erklärte sie und presste die Hände ineinander, damit sie nicht zitterten. »Ich möchte Physik als Hauptfach studieren. Ohne Lehramt.«

»Oh.« Der Blick der Frau veränderte sich, wurde fast ein wenig bewundernd. »Ich glaube, damit sind Sie zumindest hier bei mir tatsächlich die Erste.« Sie bewegte ihre Maus hin und her.

»Heißt das, ich kann das wirklich machen?« Irgendwo musste ein Haken sein.

»Wenn Sie BAföG beziehen, sollten Sie sich auf jeden Fall so schnell wie möglich mit dem Amt in Verbindung setzen, es kann sein, dass es da Schwierigkeiten gibt, aber normalerweise sollten Sie zumindest die Regelstudienzeit für das Physikstudium Unterstützung bekommen. Welche Änderungen sich dadurch in Ihrem Studienplan ergeben und welche bisherigen Fächer anerkannt werden, erfragen Sie bitte in Ihrem zuständigen Dekanat. Hier können wir nur die Änderung der Fachrichtung dokumentieren.« Sie tippte in atemberaubendem Tempo.

»Und dann ist es offiziell?« Marisa presste ihre Fußknöchel aneinander, um nicht versehentlich aufzuspringen und den Tisch mit all der neuen Energie umzuwerfen, die plötzlich durch ihren Körper floss.

»Sie müssen noch einige Dokumente unterschreiben, für Ihre und unsere Unterlagen. Ich schicke Sie an den Drucker. Warten Sie bitte hier. Und dann bekommen Sie ihren neuen Immatrikulationsausweis.«

Die folgenden Minuten verstrichen wie im Traum. Marisa setzte ihre Unterschriften auf die Stellen, die die Mitarbeiterin ihr zeigte, überflog die Texte in Sekundenschnelle, musste ihren alten Immatrikulationsausweis abgeben und bekam einen neuen. Schließlich stand sie wieder im mit Marmor ausgekleideten Foyer der Uni und konnte es immer noch nicht glauben. Mehr war nicht nötig gewesen?

Der neue Immatrikulationsausweis brannte in ihren Fingern. Marisa Fontana. Hauptfach: Physik. Es war kaum auszuhalten. Warum hatte sie so lange damit gewartet? Seit zwei Jahren hatte sie gehofft, dass jemand kam und ihr das Okay gab, um ihren Traum endlich zu leben. Dabei hatte die ganze Zeit nur ein einziger Mensch die Macht besessen, diese Erlaubnis zu erteilen: sie selbst. Sie war es schließlich auch, die hinterher mit den Konsequenzen leben musste.

Marisa stürmte förmlich durch das Foyer, glitt auf den profillosen Sohlen ein paar Meter und fiel um ein Haar die Freitreppe hinab, als sie hinaus in die Sonne trat. Ein Gefühl wie ein leises Knacken schoss durch ihren Knöchel, ohne dass sie es zur Gänze realisierte. Fühlte sich Freiheit so an? War es das, wonach sie sich immer gesehnt hatte?

Von jetzt an würde sie ihren Weg allein gehen. Nach ihren eigenen Regeln. Vor allem würde sie den Mund aufmachen, wenn ihr etwas nicht in den Kram passte. Sie hätte nie gedacht, dass es so einfach funktionierte. Einfach ein Büro betreten und sagen, was man wollte. Fertig. Schluss mit den jahrelangen Ängsten, ob es richtig wäre oder nicht. Irgendwann würde sie es ihrer Mutter erzählen, aber … nicht heute. Auch nicht morgen. Vielleicht an Weihnachten, ganz beiläufig, *du, Mama, ich studiere Physik jetzt übrigens als Hauptfach. Das mit dem Lehramt, das war nicht meins.*

Ihr Handy vibrierte. Ein neuer Anruf von Zeynep. Schau an, sie hatte nicht mitbekommen, dass Zeynep während der Wartezeit vor dem I-Amt schon mal angerufen hatte. Die Nervosität wegen des Studienwechsels hatte offenbar alles andere ausgeblendet. Einen Moment lang überlegte sie, ob sie das Gespräch endlich annehmen sollte. Nein. Sie war noch nicht so weit. Bis sie wieder mit Zeynep sprechen konnte, musste noch mehr Zeit vergehen.

Wobei … Vermutlich war das, was schiefgegangen war, nicht allein Zeyneps Schuld. Wenn Marisa ehrlich zu sich selbst war, trug sie ebenfalls einen Teil der Verantwortung. Wenn sie am Wochenende deutlicher gesagt hätte, was sie wollte – nämlich Zofe sein und als Zeyneps Assistentin ihren Freund dominieren, statt selbst dominiert zu werden –, hätte Zeynep sich möglicherweise darauf eingelassen. Dieses willenlose »Ich will alles, was du willst, meine Göttin« hatte sie nicht weitergebracht. War so etwas devot, oder fiel es unter freiwillige Hirnamputation?

Schon verrückt, dass Jonte, den sie anfangs als Konkurrenz betrachtet hatte, am Ende mehr auf ihrer Seite gestanden hatte als Zeynep. Außerdem hatte er ihr Mut gemacht, den Wechsel endlich anzugehen …

Allmählich wurde es Zeit, dass sie erwachsen wurde. Von jetzt an war sie eine Physikerin, wenn auch noch am Anfang ihrer Karriere. Sie brauchte nicht länger eine Beschützerin. Freunde wie Cihad, Wiebke und Sibylle zu haben, reichte vollkommen aus. Und vielleicht, so verrückt das klingen mochte, auch Freunde wie Jonte.

22

WARTEN AUF

Vergebung

Zeynep ließ das Telefon sinken. »Sie will einfach nicht drangehen«, sagte sie traurig.

»Gib ihr ein bisschen Zeit.« Jonte klang allmählich gereizt.

»Das sagst du ständig!«

»Ich dachte, wir wollten heute über uns reden. Stattdessen höre ich nur Marisa, Marisa, Marisa.«

»Es tut mir leid.« Zeynep sank in sich zusammen.

»Am Anfang haben wir gesagt, wir probieren es aus und überprüfen regelmäßig, wie es läuft. Aber aus den Gesprächen, die wir geplant haben, ist irgendwie nichts geworden. Wir haben uns nur alle immer wieder versichert, wie toll und außergewöhnlich so ein polyamores Netz doch ist. Als ob wir uns ständig überzeugen mussten wie cool wir sind. Und unter der Oberfläche hat es gebrodelt.«

»Ich glaube, du hast recht.« Zeynep pulte Dreck unter ihren Fingernägeln hervor. »Wir sind alle ein bisschen zu tief ins kalte Wasser gesprungen.«

»Du warst nicht die Einzige, die Fehler gemacht hat«, stimmte Jonte zu.

»Du hast doch alles richtig gemacht?«

»Am Samstag wahrscheinlich schon. Aber davor … Keine Ahnung. Ich glaube manchmal, ich habe mich am Anfang davon blenden lassen, was meine Jungs sagen würden, wenn sie erfahren, dass ich mit zwei Mädels auf einmal liiert bin. Dann wäre ich endlich mal der große Stecher gewesen und nicht der devote Loser, der am besten die Klappe darüber hält, was für schräge und kranke Fantasien er hat.« Es klang bitter.

»So hast du dich aber nie aufgeführt«, beruhigte Zeynep ihn. »Im Gegenteil, du warst immer superkorrekt.«

»Innenwelt und Außenwelt unterscheiden sich manchmal.«

»Hey, was ist los?« Sie nahm seine Hand und küsste sie. »Erzähl deiner Zeynep davon. Oder deiner Sahibe, ganz, wie du magst. Du hast selbst gesagt, dass wir in letzter Zeit zu wenig geredet haben.«

»Als Mann devot zu sein ist deutlich uncooler, als wenn eine Frau so ist, da brauche ich dir ja nichts zu erzählen. Ich bin nicht der große Alpha-Macho, der die Frauen in der Disco reihenweise abschleppt. Heutzutage akzeptieren meine Freunde mich so, wie ich bin, also sollte es mich nicht mehr kümmern … Und trotzdem habe ich mich immer fehl am Platz gefühlt. Irgendwie, als ob ich weniger Mann wäre als andere, weil ich eben devot bin.«

»Dabei liebe ich gerade diese stolze, männliche Haltung, die du hast, wenn du devot bist und mir dienst.«

»Also, ich wollte natürlich immer, dass du in unserem Dreieck glücklich bist. Und Marisa auch. Aber gleichzeitig habe ich, ganz versteckt in mir, irgendwie gehofft, mein Ego darüber profilieren zu können. Und … Na ja, ich hätte es nicht an die große Glocke gehängt, aber ich hätte es tatsächlich toll gefunden, mal von Marisa und dir dominiert zu werden. Einmal für mich, aber … Irgendwie auch, damit ich hinterher meinen Kopf höher tragen kann, wenn so ein obercooler Volltrottel wieder Sprüche über männliche Weicheier macht.«

»O Mann.«

»Du siehst, ich war auch nicht ganz ehrlich. Weder zu mir noch zu euch.«

»Nur, dass es bei dir nicht so schlimme Folgen hatte.«

Er seufzte. »Wenn es so einfach wäre ... Meinst du nicht, dass du das unterbewusst irgendwie aufgefangen hast? Du bist normalerweise verdammt empathisch ... Nein, unterbrich mich nicht. Du hast mir mal erzählt, wie wichtig dir Ehrlichkeit ist, und ich habe dir das verschwiegen. Das hat mit Sicherheit dazu beigetragen, dass du unsicherer wurdest. Nicht bewusst, aber es hat etwas zwischen uns verändert.«

Er drückte ihre Hand, beugte sich vor und küsste ihre Stirn.

»Das sind alles Kleinigkeiten, über die man in einer monogamen Beziehung wahrscheinlich nie sprechen würde ... Langsam begreife ich, warum sie sagen, dass Poly nur klappt, wenn man absolut ehrlich zu sich und den anderen ist. Aber irgendwie ... lernt man dadurch auch mehr über sich selbst.«

»Ganz schön anstrengend.« Zeynep schmiegte sich an seine Schulter. »Ich war auch nicht ehrlich. Ich hatte die ganze Zeit solche Angst, dass einer von euch sich benachteiligt fühlt, dass ich mein Studium vernachlässigt habe. Anstatt den Mund aufzumachen, habe ich es totgeschwiegen, weil ich Angst hatte, einer von euch kommt dann auf die Idee, Schluss zu machen. Oder ihr fühlt euch im Stich gelassen.«

»Wir hätten viel mehr reden müssen. Nicht nur blabla, sondern über das, was wirklich in uns los ist.«

»Dafür muss man das erst mal rausfinden.« Sie schlang die Arme um ihn. »Ich fühle mich gerade abgrundtief müde ...«

»Kein Wunder.«

Sie schwiegen. Zum ersten Mal seit diesem schrecklichen Moment, in dem sie in Marisas Augen dieses Brechen, diese schreckliche Angst gesehen hatte und ihr Höschen für einen Augenblick, den sie niemals jemandem beichten würde, feuchter wurde, empfand sie wieder so etwas wie Frieden. Es tat unglaublich gut. Die Entspannung ging so tief, dass sie befürchtete, im nächsten Augenblick einzuschlafen.

Genauso sagte sie es zu Jonte.

»Eigentlich hast du es nicht verdient, meine Sahibe, aber andererseits ist Liebe nichts, was man sich verdienen muss … Was hältst du davon, wenn ich mich für eine halbe Stunde in deinen Sklaven verwandele und dir ein Fußbad zur Entspannung bereite? Fußmassage selbstverständlich inbegriffen.«

»Du bist also doch ein Fußfetischist.« Ihr Lächeln kehrte zurück.

»Ein klein wenig. Noch einer der Punkte, bei denen ich nicht ganz ehrlich war.« Sein Lächeln ließ den Rest der kalten Verspannung rund um ihr Herz dahinschmelzen. Ohne auf eine Aufforderung zu warten, verließ er das Zimmer und kam kurze Zeit später mit einer großen Schüssel zurück, aus der es verlockend nach Neroli, Rose und Patchouli duftete.

»Wow! Woher hast du das denn?«

»Bei Saskia geklaut. Frag nicht. Ich weiß genau, dass weder sie noch Jennifer irgendetwas mit Füßen haben, aber sie tanzen beide. Vielleicht brauchen sie es dafür.«

»Du bist der größte Schatz der Welt.«

Sie verschwand kurz im Badezimmer, damit ihre Blase ihr das Erlebnis nicht vermieste, und ließ sie sich auf Jontes Lesesessel fallen.

Er zog ihr die Strümpfe aus und küsste zart auf jeden Fußspann, bevor er die Füße sanft in die Schüssel auf dem kleinen Schemel bugsierte und abstellte.

Es war das erste Fußbad in Zeyneps Leben. Sie hätte nicht damit gerechnet, dass die Wärme sie so tief entspannen würde. Es war, als zöge sich die Hitze des Wassers in fließenden, verträumten Spiralen in ihre Füße und Knöchel ein und löste all die Verspannungen, die in Wochen und Monaten normalen Laufens entstanden, ohne dass man sie bemerkte. Erstaunt stellte sie fest, dass auch ihr Becken und ihr Rücken sich entspannten, obwohl die Wärme nicht bis dahin reichte.

»Tut gut?«, frage Jonte leise.

»Kaum zu beschreiben.« Zeynep schloss die Augen.

Er streichelte ihre Füße, liebkoste und drückte sie und fand die Stellen, an denen die Muskeln sich verhärtet hatten. Es schmerzte, aber direkt danach folgte Entspannung, die durch ihre Beine bis in Bauch und Nacken kroch. Das Gefühl von Schläfrigkeit vertiefte sich. Ihre Augen fielen halb zu, während Jonte ihre Sohle mit zärtlichem Druck bearbeitete und kundig eine Verspannung nach der nächsten löste.

Ob er gelernt hatte, wie man richtige Fußreflexzonenmassagen durchführte? Das hier fühlte sich weit besser an, als sie erwartet hatte. Er massierte die Muskeln um die Achillessehne herum, den Ansatz ihrer Unterschenkel und arbeitete sich entlang der Außenseite des Fußes zurück zu den Zehen. Als er den ersten Zeh sanft nach oben bog, dort festhielt und kurz danach in Richtung der Fußsohle drückte, konnte sie ein wohliges Seufzen nicht mehr unterdrücken.

Jonte beugte sich vor, hob ihren Fuß und küsste ihren nassen Fußspann, bevor er mit dem nächsten Zeh weitermachte. Als er die Massage beendete und den Fuß ein letztes Mal streichelte, streckte Zeynep den anderen nach vorn, der sich mit einem Mal entsetzlich vernachlässigt und ungeliebt anfühlte. Zum ersten Mal fiel ihr auf, wie sexy der dunkellila Nagellack in Kombination mit den Zehenringen wirken konnte. So oft schon hatte sie Jonte damit geneckt, dass er ein Fußfetischist sei, ohne es wirklich zu meinen … Und jetzt erwies er sich als begnadeter Masseur, der sich dem anderen Fuß mit der gleichen Aufmerksamkeit und Liebe wie zuvor widmete.

Sie hätte ihn nicht verspotten sollen.

Ob sie ihn damit daran gehindert hatte, ihr ehrlich zu sagen, was für Fantasien er hatte? Ehrlichkeit funktionierte wohl auch nur, wenn man nicht das Gefühl hatte, sich für das rechtfertigen zu müssen, was man empfand.

Sie mussten beide noch viel lernen.

Obwohl sie hoffte, die Massage würde ewig dauern, kam Jonte schließlich zum Schluss, schob den kleinen Hocker mit der

Waschschüssel fort und trocknete ihre Füße sorgfältig ab. Zeynep versteckte ein Gähnen hinter der Hand und machte sich bereit, wieder die Verantwortung zu übernehmen. Immerhin war sie die Sahibe.

»Leg dich bitte aufs Bett«, sagte er stattdessen.

»Seit wann gibst du die Befehle?«

»Es war eine Bitte.« Er kniete immer noch von ihr und küsste sie unterhalb der hochgekrempelten Hose aufs Bein.

Es prickelte.

Im Grunde fühlte sie sich ohnehin zu behaglich, um lange darüber zu diskutieren, wer von ihnen das Sagen hatte. Es fühlte sich heilsam an, die Kontrolle abzugeben. Am Anfang hatten ihre Sessions sich verspielt angefühlt. Frei und manchmal sogar lustig. Ein Teil von ihr war erwacht, der lange zuvor geschlafen hatte, und hatte ihr Blut und Jontes gleichzeitig in Flammen gesetzt.

Das Gefühl, dass sie die perfekte Domina abzugeben hatte, musste sich schleichend zwischen sie und ihre unschuldige Freude an dem gemeinsamen Spiel gedrängt haben. War dieser Anspruch aus dem Gefühl entstanden, nicht gut genug für ihn zu sein? Nicht gut genug, um geliebt zu werden, genau wie ihre Mutter ihr das all die Jahre eingeimpft hatte?

Weg mit den Gedanken.

Sie sank rücklings aufs Bett und ließ zu, dass Jonte ihr die Hose auszog. Es tat gut, sich um nichts kümmern zu müssen. In seinen Liebkosungen lagen keine Forderungen, nichts von der Gier und dem Hunger nach ihrem Körper, die frühere Bettpartner ausgestrahlt hatten. Jontes Liebkosungen und Küsse auf ihren Füßen und Beinen blieben zärtlich, leicht und verspielt. Er neckte sie und betete ihren Körper an, ohne den Eindruck zu erwecken, sie in Besitz nehmen zu wollen. Gehörte auch das zu dem Geheimnis devoter Männer? Gefiel es ihm, ihr zu dienen und sie glücklich zu sehen, ohne dass für ihn ein unmittelbarer Gewinn wie Penetration oder wenigstens ein Orgasmus abfiel?

Sie erinnerte sich vage, dass er etwas Derartiges erwähnt hatte. Ganz am Anfang, bevor Marisa hinzugekommen war.

Warum hatte sie bloß alles verdrängt und vergessen, was ihr hätte guttun müssen, um sich in die Rolle als perfekte Herrin hineinzusteigern? Wenn es darum ging, dass alle in dem Dreieck glücklich sein sollten, schloss sie das ebenfalls ein. Sie hätte darüber reden müssen. Von Anfang an. Ehrlich und auf Augenhöhe, statt sich hinter ihrer Rolle als Lady und Sahibe zu verstecken, sobald ein Gesprächsthema unbehaglich wurde. Vanillabeziehungen konnten ebenfalls nicht funktionieren, wenn man sich mit Sex vor unangenehmen Aussprachen drückte, auch wenn es in einer Zweierbeziehung vielleicht länger dauerte, bis ein Ungleichgewicht explodierte.

Jontes Zärtlichkeiten veränderten sich. Er leckte sanft über ihre Sohle, nahm ihre Zehen in den Mund und saugte daran. Seine heiße, feuchte Zunge erregte sie. Unwillkürlich stieß sie ihm den Fuß tiefer in den Mund und genoss das Kribbeln. Es fühlte sich anders an, als zwischen den Beinen geleckt zu werden, trotzdem prickelte es unglaublich. Sie hätte nie gedacht, dass ihre Füße eine derart erogene Zone seien. Mit geschlossenen Augen genoss sie weiter. Endlich einmal nichts tun. War es das, was devote Menschen in einer Session empfanden? Dieses tiefe Vertrauen, gemischt mit Erregung und Zärtlichkeit? Nicht ganz, vermutete sie, denn trotz ihrer Mattheit fühlte sie immer noch klar und deutlich, dass Jonte ihr diente und sie seine Sahibe war. Nur, dass sie nicht länger streng und böse gucken musste. Er diente ihr nicht, weil sie ihn dazu zwang – auch nicht mit Worten, Blicken oder manipulativen Psychotricks –, sondern weil er sie liebte.

Irgendwann, sie hätte nicht sagen können, wie lange sie in diesem entspannten Zustand voll schwer greifbarer Erregung vor sich hin geschwebt hatte, gewannen Jontes Berührungen eine neue Intensität. Er spreizte ihre Beine, küsste sich allmählich nach oben und liebkoste abwechselnd die Innenseite des linken und rechten Beins mit Küssen, bis er ihren Slip erreichte. Ein weiterer Kuss verweilte auf ihrem Venushügel, bevor er sich entlang des Spitzensaums über ihre nackte Haut küsste.

»Darf ich?«, fragte er schließlich und fasste unter den Stoff.

»Hm-hm!« Sie nickte. »Unbedingt!«

Er versuchte, den Saum mit den Zähnen zu umfassen und den Slip nach unten zu ziehen. Zeynep hob ihr Becken, um ihm zu helfen, doch es funktionierte nicht. Jonte ließ mit den Zähnen los und nahm die Hände zu Hilfe. Der dünne Stoff glitt wie Spinnenseide über ihre Beine, dann war sie unten nackt. Vorsichtig fuhr er mit der Zunge über die Haut und hielt inne. Zeynep sprach ein stummes Dankgebet dafür, dass sie heute Morgen daran gedacht hatte, sich zu rasieren.

Jonte schob die Hände unter ihren Hintern. Sie half ihm, indem sie das Becken nach oben drückte. Es musste unbequem für ihn sein, doch er ließ sich nichts anmerken. Mit der Zunge liebkoste er sie, spielte zwischen ihren Venuslippen, neckte und verführte, streifte die Perle und ließ sie angefüllt mit süßem Verlangen pulsieren, um sich anderen Stellen zu widmen. Kurz streifte sie ein Anflug von schlechtem Gewissen, weil es für ihn anstrengend sein musste, dann verscheuchte sie den Gedanken. Selbst, wenn er davon Zungenmuskelkater bekam – er diente ihr. In anderen Sessions hatte sie ihm weit schlimmere körperliche Schmerzen zugefügt.

Es tat gut, nicht beweisen zu müssen, dass sie sich zu Recht als seine Herrin bezeichnete, sondern das Gefühl träge und genüsslich durch ihren Körper und Geist fließen zu lassen. Wann hatte sie sich zuletzt so friedlich gefühlt?

Das Bewusstsein des immer noch vorhandenen subtilen sexuellen Machtgefälles verstärkte ihre Erregung. Trotz allem, was vorgefallen war, gehörte dieser dominante, herrschsüchtige Teil zu ihr, begriff sie. Es war sicher möglich, auch ohne Machtgefälle eine Art von sexuellem Vergnügen zu empfinden, aber sie würde es immer lieben, über den Mann oder die Frau ihrer Träume zu herrschen.

Auch ohne Zwang, Manipulation oder Psychotricks.

Sie fasste in Jontes Haare und dirigierte ihn zurück zu ihrer Perle. Er verstand und leckte darüber, saugte vorsichtig daran und liebkoste sie erneut mit der Zunge. Zeynep dirigierte ihn, bis er den perfekten Rhythmus gefunden hatte. Sie presste seinen Kopf enger an ihren Schoß, schloss die Beine und hob das Becken so, dass sie gegen seinen Mund und seine Nase zugleich drückte. Er stöhnte unterdrückt auf und arbeitete schneller mit der Zunge. Das Gefühl ging ihr durch und durch. Der Höhepunkt kündigte sich an.

Kurz vorher riss Jonte seinen Kopf zurück und holte tief Luft. »Verzeiht!«, stieß er hervor, nahm zwei schnelle Atemzüge und beugte sich vor, um weiterzumachen.

Zeynep drückte seinen Kopf erneut so eng an sich, dass er kaum Luft bekommen konnte. Die Art, wie Jonte sein Becken an die Matratze presste, verriet ihr das Ausmaß seiner Erregung. Er gehörte ihr. Er war ihr Sklave. Er musste tun, was sie von ihm verlangte.

Zwei weitere Male ließ sie zu, dass er den Kopf nach hinten riss, um hastig Luft zu holen. Das glühende Gefühl zwischen ihren Beinen intensivierte sich, streifte die Grenze zum Unerträglichen. Beim vierten Mal erlaubte sie ihm nicht mehr, sich zu entziehen, drückte ihn im Gegenteil noch fester zwischen ihre Beine. Er schien zu verstehen, stieß mit der Zunge noch schneller und härter gegen ihre Perle. Diese Mischung aus Diensteifer, Druck an der richtigen Stelle und seinem unwillkürlichen Kampf gegen ihre Hände reichte aus, um sie über die Schwelle zu treiben. Etwas in ihr explodierte, verwandelte sich in Quecksilber und glitt als schwächendes Gift durch ihre Adern. Sie japste nach Luft. Zwei weitere Wellen, dieses Mal aus Honig und Whiskeylikör, durchrollten sie. Jonte riss den Kopf nach hinten und atmete genüsslich ein und aus.

Dann war es vorbei, und sie kehrte zurück auf die Erde.

»Das war wundervoll«, sagte sie, auch wenn sie sich einmal geschworen hatte, niemals nach dem Sex über seine Qualität zu reden. »Vielen Dank dafür!«

Jonte kam hoch und legte den Arm um sie. »Ich habe zu danken.«

»Darf ich mich revanchieren, wenn ich wieder klar denken kann?«

Er schüttelte den Kopf. »Manchmal gefällt es mir, wenn ich keusch bleibe und du befriedigt bist. Das fühlt sich … keine Ahnung, irgendwie richtig an. Du siehst so glücklich aus. Wenn wir da jetzt noch zwanghaft etwas hinterherschieben, damit ich abspritze … Das würde es für uns beide zerstören, meinst du nicht?«

»Ich glaube, du hast recht«, sagte sie und streichelte träge durch seine Haare. »Ich wäre bloß niemals auf die Idee gekommen, es auf diese Weise in Worte zu fassen.«

»Reden hilft.« Er lächelte und küsste sie aufs Ohr. Sein Gesicht duftete nach ihr und ihrer Lust.

Eine Weile lag sie neben ihm auf dem Bett und ließ ihre Gedanken treiben. Zeynep realisierte, dass es lange her war, dass sie sich so intensiv auf ihren Freund eingelassen hatte, ohne das Gefühl zu haben, sich ihm gegenüber wegen Marisa schuldig zu fühlen. Die warme Müdigkeit in ihrem Blut fühlte sich gut an. Zweisamkeit war etwas Tolles. Selbst, wenn Marisa ihr nicht verzieh – das mit Jonte blieb ihr.

Ganz schön arrogant, von mehr als einem Menschen Liebe zu wollen, schoss ihr eine Bemerkung von Saskia durch den Kopf. Oder hatte sie *gierig* gesagt?

Oder *mutig*?

Jonte schwang die Füße aus dem Bett.

»Was ist los mit dir?« Schon wieder dieser schattenhafte Gedanke, dass sie nicht gut genug für ihn sei, so subtil, dass sie ihn nicht greifen konnte.

»Ich muss eben ins Bad.«

»Alles klar. Bis gleich.« Sie zog die Decke hoch und kuschelte sich ein. Ohne ihn fühlte sich das Bett leer an, aber das würde sie nicht laut sagen. Die Kindheitsreflexe, Einsamkeit für sich zu behalten und so zu tun, als ob alles in Ordnung sei, gingen zu tief. Sie wusste, dass sie so tickte, aber sie konnte nichts dagegen tun.

Nach einer gefühlten Ewigkeit kam Jonte zurück.

»Wo warst du so lange?«, begrüßte sie ihn ärgerlich und biss sich auf die Zunge. Nach dem missglückten Samstagabend hatte sie sich geschworen, nie wieder den Fehler zu machen, BDSM-Herrschaft mit realem Herumgescheuche zu verwechseln. Toller Schwur, wenn er nicht mal zwei Stunden hielt.

Jonte lächelte, als hätte er nichts von ihrem Fauxpas mitbekommen. »Ich habe mit Marisa telefoniert.«

Zeyneps Atem setzte aus. Sie musste sich richtiggehend zwingen, Luft für die nächste Frage zu holen. »Was hat sie gesagt?«

Eine Mischung aus Schmerz und Wärme lag in seinen Augen. »Wenn du möchtest, könnt ihr euch morgen treffen. Bei Pizza Hut, um 17 Uhr. Sie wird dort sein.«

17 Uhr. Dafür müsste sie noch ein Seminar ausfallen lassen, aber darauf kam es nicht mehr an. Ungläubige Freude erfüllte sie. »Sag ihr, dass ich kommen werde.«

Er grinste. »Habe ich schon.«

23

Aussprache

Marisa ließ die Hand auf dem eckigen Metallknauf der Tür zum Pizza Hut liegen. Waren wirklich erst drei Wochen vergangen, seit sie sich hier mit Jonte über Zeyneps merkwürdige Pizzabestellung lustig gemacht hatte?

Sie blickte durch die Glastür. Keine Zeynep weit und breit. Gut. Zeynep kam eh ständig zu spät. Trotzdem hätte sie sich gefreut, wenn die andere sich heute ausnahmsweise die Mühe gemacht hätte, pünktlich zu sein. Es wäre ein Zeichen dafür, dass ihr etwas an Marisa lag. Tja. Man durfte wohl nicht zu viel hoffen.

Zwei Frauen kamen heran. Marisa realisierte, dass sie die Tür blockierte, und ging hastig hinein. »Einen Tisch für zwei«, bat sie den Kellner, der ihr entgegentrat.

Er führte sie in den hinteren Bereich des Restaurants und bot ihr einen Tisch an.

Marisa ignorierte ihn, als sie Zeynep an einem anderen Tisch sitzen sah, und wandte sich ihr zu. »Ich habe gedacht, du kommst wie immer zu spät«, sagte sie kühl.

Der Kellner entfernte sich diskret.

»Heute doch nicht.«

Unwillkürlich erwärmte sich Marisas Bauch, doch sie verschränkte die Hände vor ihrer Brust. »Und? Was willst du?«

»Setz dich doch erst mal.«

Marisa zog ihren Stuhl so zurecht, dass sie jederzeit aufspringen und weggehen konnte. »Mag sein, dass ich den Mund hätte aufmachen müssen, aber ... was du gemacht hast, war daneben.«

»Ich weiß.« Zeynep senkte den Blick und zog ihre Hand zurück. »Ich hätte besser planen ... und vorher mit euch über Grenzen und Tabus reden sollen.«

»Ja, hättest du.«

»Du hast nie erzählt, wovon du träumst«, sagte Zeynep leise. »Ich bin wohl einfach davon ausgegangen, dass dein Kopfkino das gleiche ist wie meins.«

»Aber ...«

»Erinnerst du dich nicht mehr? Als ich abbrechen wollte, hast du selbst gesagt, du seist so gut drin und wollest weitermachen. Und ich solle mit dir tun, wo immer ich Lust drauf habe.« Sie senkte den Blick.

Marisa fühlte die Hitze in ihr Gesicht schießen. »Habe ich das echt gesagt?«

Zeynep zog ihre Hand zurück und nickte.

»Scheiße.«

»Jepp.«

Marisa pulte nicht vorhandenen Dreck unter ihren Fingernägeln hervor, die sie eine Stunde zuvor kurz gefeilt hatte, damit sie beim Treffen nicht aus lauter Nervosität darauf herumkaute. »Also ist es meine eigene Schuld?«

»Quatsch! Das solltest du dir auch nicht einreden. Niemals. Wenn jemand dir Gewalt antut, ist es seine Schuld und nicht deine.«

»Tja. Und damit kommen wir zur entscheidenden Frage: Hast du mir an dem Abend Gewalt angetan? Muss ich dich anzeigen?«

Zeynep zuckte sichtlich zusammen. »Würde es dir dann besser gehen?«

Marisa schüttelte den Kopf und fühlte sich schäbig, weil der Schreck in Zeyneps Augen ihr in der Realität nicht die gleiche Befriedigung gab wie zuvor in der Fantasie. »Nein. Natürlich nicht.

Stell dir vor, die verhandeln vor Gericht über das, was wir im Schlafzimmer angestellt haben! Kranke Vorstellung.« Außerdem würde das nichts an dem ängstlichen Gefühl in ihrem Innern ändern, das sie jedes Mal überkam, wenn sie sich vorstellte, dass Zeynep oder eine andere Frau sie erneut fesselte und wehrlos machte.

»Manche machen das.« Zeynep lachte hart.

»Hatte Jonte schon mal einen Absturz?«

»Nee, aber ich … nach unserer ersten Session. Ich hatte so eine Angst davor, wozu ich fähig sein könnte, wenn ich jemanden dominiere. Weil ich tief in mir eben keine nette, fürsorgliche Bilderbuch-Dom bin.«

Marisa grinste. »Das habe ich gemerkt.«

»Ich würde dir niemals mit Absicht wehtun! Also, echt wehtun, außerhalb der Session. Das an dem Abend … Das war ein Versehen. Ich mache mir nur noch Vorwürfe seitdem, bitte glaub mir das.«

»Ja, das sagtest du schon.« Langsam ließ der Aufruhr aus Angst und Wut in ihrem Innern nach. Es wäre schön, wenn Zeynep sie jetzt in den Arm nähme, sie küsste und ihr versicherte, dass alles wieder in Ordnung käme – nur, dass sie sich nicht traute, es zu sagen.

Sie schwiegen, bis ihre Getränke kamen. Der Kellner fragte noch einmal, ob sie auch etwas zu essen wünschten, und blickte genervt, als Zeynep den Kopf schüttelte und ihn mit klaren Worten wegschickte, weil sie etwas zu bereden hätten. Kleine Bläschen platzten auf der Oberfläche ihrer Colas.

»Bestell dir ruhig was zu essen, wenn du Hunger hast.« Marisa zwang sich zu einem Lächeln.

»Wollen wir uns eine Pizza teilen?«

»Ich bin pleite für diesen Monat.«

»Ich lade dich ein.« Sie zögerte. »Oder ist das doof? Ich will dich damit nicht zu irgendwas verpflichten.«

»Äh …«

»Mein Gott, früher haben wir uns ständig gegenseitig eingeladen, wenn eine von uns pleite war. Such dir eine Pizza raus, auf die du Lust hast. Wo ist dieser blöde Kellner?« Sie hob die Hand und winkte energisch.

Marisa legte die Hand vor den Mund, damit die andere das Lächeln nicht sah, das unwillkürlich in ihr aufstieg. Von wegen, Dominanz oder Devotion wären etwas, was sich nur auf die Session beschränkte. Schön wär's. Dann würde es ihr im Alltag leichter fallen, sich durchzusetzen.

Sie bestellten. Marisa erzählte, wie sie die Wut über die missglückte Session genutzt hatte, um ihr Studienfach endlich zu wechseln. Sie versuchte, das seltsame Gefühl zu beschreiben, das es in ihr auslöste, wenn sie den bewussten Verstand zur Seite schob und den tieferen Windungen ihres Gehirns erlaubte, Zusammenhänge zu begreifen und sie in Symbole zu verwandeln. Es ähnelte dem Gefühl, sich in einer Session ihrer Geliebten hinzugeben und darauf zu vertrauen, dass das, was geschehen würde, zu ihrem eigenen Besten wäre.

»Ich freu mich für dich! Bestimmt ist das die richtige Entscheidung.« Zeyneps Augen strahlten. »Naturwissenschaften sind zwar absolut nicht meins, aber du hast dich im Praktikum nicht wohlgefühlt. Warum solltest du versuchen, Lehrerin zu werden, wenn es dir keinen Spaß macht?«

»Und wenn ich scheitere?«

»Falls das mit der Forschung nichts wird, kannst du immer noch irgendwo anders als Physikerin arbeiten, oder?«

Marisa zuckte mit den Schultern. »Klar. Ich kann auch noch auf Maschinenbauingenieurin umsatteln oder chemisch-technische Assistentin werden, wenn ich irgendwann Lust habe ... Ab jetzt habe ich ohnehin keinen geraden Lebensweg mehr.« Sie lachte. »Das ist fast schon eine Erleichterung. Ist der Ruf erst ruiniert ...«

»Wenn dir das irgendwie hilft, befehle ich dir hiermit, weiterhin Physik zu studieren und so gut zu werden, dass sie nicht anders können, als dir später einen Forschungsauftrag zu erteilen.« Zeynep grinste. »Na, wie war ich?«

Der letzte Groll, den Marisa mit sich herumgeschleppt hatte, wurde von der sprudelnden Freude davongetragen, die in ihr aufstieg. »Das hättest du mir vor einem halben Jahr sagen sollen, du dumme Domse. Da hätte es mir noch etwas genützt.«

Zeynep zuckte mit den Schultern. »Und dann? Hättest du das Studium aufgegeben, wenn eine Session von uns schiefläuft oder du dich in eine neue Frau verguckst?«

Wenn eine Session schiefläuft … Tja.

»Ehrlich gesagt … Ich weiß noch nicht, ob es weitere Sessions geben wird. Ob ich dir wieder vertrauen kann und so. Ich … ich möchte es. Ich hätte im Vorfeld auch den Mund aufmachen müssen und dir mehr erzählen, was ich mir wünsche. Es hätte mir zum Beispiel Spaß gemacht, mit dir zusammen Jonte zu dominieren, rumzuknutschen, während er gefesselt ist und darunter leidet, dass er niemanden anfassen darf …« Sie brach ab, weil die in ihr Gesicht schießende Hitze ihre Zunge lähmte.

»Jonte hat das Gleiche gesagt.« Zeynep wurde rot.

»Hm?«

»Dass er es toll gefunden hätte, wenn wir uns gegen ihn verbündet hätten und er … leiden muss.«

»Oh.« Was sollte sie darauf erwidern?

»Also, das heißt natürlich nicht, dass wir das jetzt auch machen müssen. Wahrscheinlich ist es vorbei und so. Aber wenn wir rechtzeitig miteinander geredet hätten … alle ehrlich gesagt hätten, was wir uns wünschen …«

»Schon gut. Weiß ich jetzt auch.« Marisa verzog das Gesicht.

Ihre Pizzen wurden serviert. Zeynep hatte erneut eine unmögliche Kombination mit Bacon, Pfeffersalami, Paprika, Mais, Brokkoli, Ananas und frischen Champignons bestellt, die sie mit reichlich Tabasco würzte. Marisa beschränkt sich auf ihre Pizza Funghi.

»Und wie machen wir weiter?«, fragte Zeynep schließlich. »Bleiben wir Freunde, schwören wir uns Rache und ewige Feindschaft? Oder …«

»Oder machen wir da weiter, wo es schiefging?«

Zeynep nickte und senkte den Blick.

»Ich weiß es nicht«, gab Marisa ehrlich zu. »Wenn ich jetzt anfangen soll, ehrlich zu sagen, was ich will … Ich weiß nicht, was es ist. Gib mir ein bisschen Zeit, ja? Erst mal muss ich mich daran gewöhnen, dass ich jetzt hauptberuflich Physikstudentin bin. Es gibt ein paar Grundlagenseminare, die ich nachholen sollte, wenn ich nicht zu viele Semester verlieren will …«

»Klar, völlig in Ordnung. Das hat Priorität.« Zeynep lächelte. Ihre Augen blieben ernst. »Auf jeden Fall habe ich dich lieb. Ich will, dass du glücklich bist.«

Marisa ergriff ihre ausgestreckte Hand. »Danke. Ich wünsche mir das Gleiche für dich.«

24

Picknick

Die Maisonne glitzerte auf dem Wasser der Ihme. Zeynep nahm Jontes und zog ihn zu einer Birke, deren zierliche Krone nicht zu viel von der kostbaren Frühlingssonne abhielt und trotzdem ein wenig Schatten anbot. »Wollen wir uns hierhin setzen?«

»Guter Platz für ein Picknick«, stimmte er zu. »Da hat es sich gelohnt, den Rucksack den ganzen Weg zu schleppen.«

»Ich habe dir angeboten, ihn dir abzunehmen.«

»Ich werde meine Freundin doch wohl nicht das schwere Gepäck schleppen lassen und es mir bequem machen«, wehrte er ab.

Zeynep war dankbar, dass er keinen Witz darüber machte, dass es seine Aufgabe sei, für seine Sahibe schwere Lasten zu tragen. In jüngster Zeit hatte sie keine Lust auf SM. Sie traute sich und ihren Instinkten nicht mehr. Was, wenn sie Jonte früher oder später genauso wehtat wie Marisa an dem verhängnisvollen Samstagabend?

Sie breiteten die Decke aus, holten Flaschen, Pappbecher, Tupperdosen und Haribo aus dem Rucksack und machten es sich gemütlich. Zeyneps Magen knurrte.

»Marisa kommt wahrscheinlich nicht mehr, oder?«, fragte Jonte.

Zeynep nickte. Das war der Wermutstropfen dieses nahezu perfekten Frühlingstages. »Ich habe ihr eine SMS geschrieben und sie eingeladen, aber sie hat es genauso ignoriert wie die anderen Nachrichten, die ich ihr in den vergangenen zwei Wochen geschrieben habe. Wie es aussieht, spielen du und ich inzwischen wieder als Zweierteam.«

Jonte nahm ihre Hand und küsste sie. »Mein armer Liebling. Ich weiß, wie viel sie dir bedeutet.«

Zeynep drängte die Traurigkeit zurück, die bei diesem Gedanken in ihr aufstieg. »Wie es aussieht, habe ich es ruiniert.«

»Ich liebe dich immer noch, meine Süße.«

»Dann habe ich nicht alles falsch gemacht.« Sie küsste ihn und genoss trotz ihrer stillen Traurigkeit, wie weich und anschmiegsam er dabei wurde. »Im Gegenteil, ich bin immer noch eine reiche Frau.«

Dass es trotzdem wehtat, dass Marisa seit zwei Wochen nicht mal zum Mädelstreff mit Wiebke und Sibylle kam, behielt sie für sich. Damit wollte sie Jonte nicht belasten.

Natürlich spürte er es trotzdem. »Sie ist ja ein wirklich nettes Mädel, aber dafür, dass sie dir wehtut, könnte ich sie gerade …«

»Pst.« Zeynep legte den Zeigefinger auf seine Lippen. »Es ist lieb, dass du mich verteidigen möchtest, aber … nicht so. Ich habe ihr wehgetan. Sie hat jedes Recht auf eine Bedenkzeit. Und wenn sie Schluss machen will, werde ich nicht schlecht über sie reden, sondern es akzeptieren.« Auch, wenn der Gedanke daran tierisch wehtat.

Vielleicht waren Menschen einfach nicht dafür geschaffen, mit mehr als einem Partner zu leben. Heutzutage gab es viele, die allein leben mussten, obwohl sie es nicht wollten. Manche hatten nicht mal Freunde, die zu ihnen hielten.

»Dass ich dich habe, macht mich bereits zu einer glücklichen Frau«, flüsterte sie Jonte ins Ohr und rieb die Nase an ihm.

Sie schwiegen. Das Gras kitzelte ihren nackten Knöchel. Zeynep verbarg ihre Nase in Jontes Haaren und lauschte seinem Atem, dem Plätschern des Wassers und den Stimmen der anderen Menschen, die das schöne Wetter an diesem Tag nach draußen getrieben hatte.

Eine dunkelhaarige Frau in einer engen Jeans kam über den gepflasterten Weg am Rand der Wiese und blickte sich suchend um. Sie erinnerte an Marisa, aber das Gefühl hatte Zeynep in letzter Zeit bei jeder Frau mit der richtigen Haarfarbe. Deswegen brauchte sie einen Moment, um zu begreifen, dass es tatsächlich ihre Freundin war.

Erstaunt richtete sie sich auf und winkte. »Wir sind hier!«

»Zeynep!« Marisas scheues Lächeln verwandelte sich in ein Strahlen. »Habt ihr auf der Decke noch Platz für mich?«

»Natürlich.« Zeynep richtete sich auf. »Also hast du es dir überlegt?«

Marisa grinste scheu und setzte sich zu ihnen. »Cihad hat mich beraten. Er sagt, ich sei eine Forscherin und solle mich gefälligst wie eine benehmen. Das heißt, ich darf mich nicht davon abschrecken lassen, dass unser Forschungsprojekt als Ganzes vielleicht scheitert, nur weil ein isoliertes Experiment in die Hose gegangen ist. Wenn ich tief in meinem Herzen eine Wissenschaftlerin sein will, soll ich es drauf ankommen lassen, meint er.« Sie legte die Hand auf Zeyneps Knie und warf Jonte einen scheuen Blick zu.

»Dein Freund Cihad ist ein weiser Mann«, meinte Jonte.

»Also hast du Lust, Jonte zusammen mit mir zu quälen?« Zeynep lächelte.

Jonte stöhnte übertrieben auf. »Oje, dann muss ich mich in Zukunft ja doppelt in Acht nehmen, dass ich mir keine falschen Sprüche herausnehme.«

»Bleib locker«, bat Zeynep ihn. »Bis ich mich wieder an eine Dreiersession traue, vergeht mindestens ein halbes Jahr. Können wir heute nicht einfach die Sonne und das schöne Wetter genießen?« Sie ergriff Marisas und Jontes Hand.

Marisa war tatsächlich gekommen. Sie konnte es immer noch nicht ganz glauben.

»Ich mag es, wie der Halbschatten über dein Gesicht gleitet«, sagte Marisa zu ihr. »Es ist so friedlich hier.«

»Also wollen wir es weiterhin versuchen? Zu dritt … oder auf jeden Fall ich mit jedem von euch?«

»Klingt gut.« Marisa drückte ihre Hand. »Habe ich dir eigentlich schon mal gesagt, dass ich dich liebe, Zeynep?«

»Seit unserem Streit noch nicht.« Sie zwinkerte.

»Weil du dich weiterentwickelst. Du bleibst nicht stehen und beharrst auf deiner Meinung, wenn die Ergebnisse eine neue Hypothese notwendig machen. Das ist etwas Besonderes … was ich tierisch sexy finde.«

»Habe ich dir seit unserem Streit denn schon gesagt, dass ich dich liebe, meine kleine Wissenschaftlerin, die alles so kompliziert ausdrücken muss?«

Für einen Moment fühlte es sich an, als würde sich ihr Bauch verknäulen, doch sie konnte die Worte nicht zurücknehmen. Jonte. Was würde er denken, wenn er mitbekam, dass sie mit so einer Selbstverständlichkeit mit Marisa Zärtlichkeiten austauschte?

»Ihr beiden seid niedlich«, sagte er. »Wenn Gefühlsäußerungen nicht unmännlich wären, würde ich mich glatt anschließen.«

Zeynep zuckte zusammen. »Wieso? Liebst du sie auch?«

»Hierzu gebe ich keinen Kommentar ab, damit du nicht auf die Idee kommst, mich mit den Brennnesseln dahinten für irgendetwas zu bestrafen. Auf jeden Fall bist du eine klasse Frau, Marisa. Wenn Zeynep nicht wäre, könnte ein normaler Mann aus Fleisch und Blut kaum verhindern, dass er sich in dich verliebt.«

Der vertraute Stich in Zeyneps Herz kehrte zurück, aber dieses Mal ignorierte sie ihn. Eifersucht und Besitzdenken mochten in der Natur des Menschen liegen, aber das war kein Grund, sich solchen Emotionen blind hinzugeben. Man konnte einen Menschen nicht besitzen, nur lieben. Würde ihre Liebe zu Jonte etwa weniger, wenn er auch noch eine andere Frau begehrte? Hoffentlich nicht. Hoffentlich wäre sie in der Lage, genauso viel Großzügigkeit und ehrliche Mitfreude aufzubringen, wie er es für sie getan hatte.

Marisa zuckte fast unmerklich zurück, bevor sich ihr Gesicht zu einem Lächeln entspannte. »Ich betrachte das einfach als Kompliment, Jonte, ja? Wenn ich hetero wäre …«

»Schon klar.« Er lächelte. »Du kannst dich stattdessen an mich wenden, wenn du eines Tages einen Ingenieur brauchst, der dir deinen Teilchenbeschleuniger baut.«

25

EIN HALBES JAHR

später

Im Herbst darauf gehörten Marisa, Zeynep und Jonte immer noch zusammen, obwohl Jontes Auslandspraktikum in den Sommerferien Zeynep viel abverlangte. Das neue Semester war das erste, das Marisa von Anfang an als Physikstudentin begann. Zur Feier des Semesterbeginns lud sie in ihrem kleinen Wohnheimzimmer all ihre Freunde, WG-Mitglieder und endlich auch ganz selbstverständlich Zeynep und Jonte ein. Wiebke und Sibylle hatten Wandplakate gemalt, auf denen physikalische Formeln in Schönschrift prangten, sodass eine Formel zur Bestimmung des Luftdrucks in Autoreifen von einem komplizierten Symbolkonstrukt zur Bestimmung der kosmischen Konstante umkringelt wurde. Trotzdem war es eines der schönsten Geschenke gewesen, die Marisa je bekommen hatte, und das sagte sie ihnen auch.

Auf dieser Party outeten sie sich endlich offiziell als Dreierteam. Alle außer Cihad, Saskia und Jennifer schienen extrem überrascht. Wiebke und Sibylle klatschten ab, weil sich für sie damit endlich das Rätsel löste, warum Zeynep bei den Mädelsabenden einerseits mit leuchtenden Augen von Jonte sprach und andererseits immer mal wieder mit Marisa Zärtlichkeiten tauschte, wenn sie sich unbeobachtet glaubte. Sie mussten viel erklären, aber im Wesentlichen nahmen ihre Freunde es gut auf. Sebastian und Nico zogen Jonte in ihre Mitte und versuchten, ihn abzufüllen, damit er mehr darüber erzählte, wie es war, mit zwei heißen Frauen gleichzeitig knutschen zu dürfen.

Jonte lächelte und hüllte sich in Schweigen.

Inzwischen fühlte sich die Beziehung längst nicht mehr so aufregend wie am Anfang an. Marisa mochte die zärtlichen kleinen Gesten im Alltag. Es tat gut, Zeynep zu lieben und von ihr geliebt zu werden. An eine aufwendig geplante Dreiersession hatten sie sich noch nicht wieder gewagt, aber manchmal trafen sie sich zu dritt, sahen fern, hielten sich an den Händen und schliefen gemeinsam in Jontes breitem Bett. Wenn dabei auch mal ein wenig gekuschelt, gefesselt oder jemandem ein sanfter Klaps versetzt wurde – wen außer ihnen ging das etwas an?

Neben Cihad traf sie sich inzwischen häufiger mit Jonte allein. Sie mochte seinen technischen Blick auf die Naturwissenschaften und den Grund, warum sie und andere Forscher sich mit ihren Messungen und Zahlenspielereien beschäftigten. Umgekehrt sagte Jonte, dass es ihm gefiel, mit einer schönen Frau zu plaudern, für die sein Beruf nicht in erster Linie aus langweiligen Zahlenspielereien und aufregenden Reisen bestand. Manchmal hielten sie sich bei diesen Treffen an den Händen, aber weiter waren sie bisher noch nicht gegangen. Wahrscheinlich würden sie es auch nie, aber wer konnte es mit letzter Sicherheit ausschließen?

Auf jeden Fall tat es gut, dass Zeynep inzwischen wieder lachen konnte und auch mal sagte, wenn sie ihre Ruhe brauchte, darüber waren sich Jonte und Marisa einig.

Ihr Prof hatte sie in den Sommerferien angeschrieben, ob sie als Jetzt-Vollzeit-Physikstudentin Lust habe, bei einem speziellen Tutoriumsprogramm für Frauen in MINT-Studiengängen teilzunehmen, um mehr interne Vernetzung der Frauen und damit eine Reduktion von Studienabbrecherinnen zu erreichen. Marisa hatte mit Freude zugesagt und sich während der Semesterferien mit anderen Frauen getroffen, die sich bisher wie sie hauptsächlich als Einzelkämpferinnen in einer männlichen Umgebung gesehen hatten. Bei allen Vorteilen, die damit einhergingen, die Königin in einer Jungsclique zu sein – es tat gut, auch mal mit Frauen an einem Tisch zu sitzen, die die gleichen blöden Anmachsprüche von Männern aus ihrem Studiengang kannten.

Yvonne erzählte, wie sie eines Tages mit Minirock in die Vorlesung gegangen war und eine halbe Stunde später eine SMS von einem kranken Kommilitonen bekommen habe, ob ihr Rock tatsächlich nur knapp den Hintern bedecke. Tat er natürlich nicht, er hörte eine Handbreit über dem Knie auf ... aber offensichtlich hatten ihre IT-Kommilitonen ihre Kleidung wichtig genug gefunden, um darüber bei Facebook zu diskutieren. Gemeinsam mit anderen Frauen konnte sie im Nachhinein darüber lachen, auch wenn sie sich in dem Augenblick extrem nackt gefühlt hatte.

Im Rahmen des *Tutesse*-Programms, über dessen Namen sich alle gleichermaßen aufregten, wurde Marisa zur Mentorin von zwei Erstsemestern eingeteilt. Einmal in der Woche trafen sie sich zu dritt für eine Stunde in der Bücherei, um Fragen zu beantworten, Rückhalt zu geben und nicht zuletzt für Übungsstunden zu arbeiten.

Marisa mochte die Treffen, obwohl sie natürlich ansonsten weiterhin mit Cihad, Sebastian und Nico herumhing. So etwas hätte es schon geben sollen, als sie im ersten Semester war, dachte sie manchmal. Vielleicht hätte sie dann eher den Mut für ihren großen Schritt gefunden. Ein bisschen war es wohl tatsächlich ein Frauending, dass man wichtige Entscheidungen lieber traf, wenn man sie mit einer Freundin bequatscht und deren Okay bekommen hatte.

Beim ersten Novembertreffen in ihrer Dreiergruppe fehlte Sabine, genannt Bienchen. Die blonde, schlanke und zurückhaltende Illona saß deswegen dichter als sonst neben Marisa. Gemeinsam kämpften sie sich durch eine Anfängerübung zu Wellenberechnungen, bis ihre Lösung endlich mit der Kontrollzahl unten auf dem Blatt übereinstimmte.

»Puh, Wellen sind blöd«, sagte Illona und wischte sich über die Stirn.

»Eigentlich ist es nicht schwierig. Die Formeln sind längst nicht so kompliziert wie in der Kernphysik, und man kann es sich leichter vorstellen.«

»Klar. Das meine ich auch nicht. Das mit den Wellen langweilt mich irgendwie. Da gibt es nichts mehr zu erforschen.«

»Gehört halt zu den Grundlagen. Kämpf dich durch, irgendwann wird es leichter. Wenn dein Kopf sich daran gewöhnt hat, auf diese Weise zu arbeiten, legt sich irgendwann ein Schalter um, und du kannst dir diese Gleichungen dreidimensional vorstellen. Von da an ist es mehr eine Art Tanz als angestrengtes Rechnen und Tüfteln.«

Ihre Knie berührten sich. Illonas Haare dufteten ein wenig nach Kokos. »Es tut gut, dass du das sagst«, meinte sie. »Die Jungs hätten jetzt schon wieder diesen Blick draufgehabt … Du weißt schon.«

»Kein Wunder, dass du Wellen nicht berechnen kannst, du armes, dummes Mädchen; ich großer, starker Obermacho habe es ebenfalls nicht gerafft, und ich bin schließlich ein Kerl?«

»Genauso ist es.« Illona schlug die Hand vor den Mund, um ihr Lachen zu unterdrücken. Das tat sie häufiger, fiel Marisa auf. Überhaupt bewegte und benahm sie sich meist so, als würde sie sich lieber unsichtbar machen. Oder war es das Auftreten einer Dame, die Stil und Haltung bewahren wollte, statt laut mit ihren Emotionen herauszuplatzen?

»Ich weiß so wenig über dich«, sagte Marisa. »Bisher hat Bienchen meistens das Reden übernommen. Warum studierst du Physik? Und warum ausgerechnet hier?

»Fällt mein russischer Akzent immer noch auf?« Illona verzog einen Mundwinkel.

Marisa fühlte das Blut in ihren Kopf steigen. »Ich hätte es für Süddeutsch gehalten, aber ich kann deutsche Dialekte eh schlecht auseinanderhalten. Ich bin Halbitalienerin.«

»Ich komme aus einer Aussiedlerfamilie. Für Russland waren wir zu deutsch, für Deutschland zu russisch.« Illona lächelte ihr kühles Lächeln, das ihren Worten wohl die Schärfe nehmen sollte.

»Das war bestimmt nicht immer leicht.«

»Nee. Ich bin hier geboren, habe zu Hause und in der Schule deutsch gesprochen, trotzdem war ich für alle immer die Russin.«

»So habe ich es nicht gemeint«, korrigierte Marisa sich hastig. »Ich meinte eher, warum du gerade an dieser Uni studierst und so. Ob du aus der Gegend kommst oder fürs Studium extra umgezogen bist.«

»Ach so. Ja, ich komme aus Flensburg. Die Uni da ist zwar nett, aber … Na ja, nett ist nicht alles. Meine Eltern haben mich sehr dabei unterstützt, eine Universität mit einem guten Ruf zu suchen.«

»Also waren sie von Anfang an dafür, dass du Physikerin wirst?«

»Natürlich.«

»Du Glückliche. Ich habe meinen Eltern immer noch nicht erzählt, dass ich jetzt kein Lehramt mehr studiere. Eigentlich hätte ich es in den Sommerferien tun sollen, aber nachdem ich es am ersten Tag bei ihnen versäumt habe, wäre dann die Frage dazugekommen, warum ich es nicht früher gesagt habe … Also warte ich und hoffe, dass es ihnen auffällt, wenn sie meine Immatrikulationsbescheinigung für das Kindergeld sehen.«

»Wenn sie das nicht mal lesen, interessiert es sie auch nicht genug, und du brauchst kein schlechtes Gewissen zu haben. Das ist zumindest meine Meinung.«

Bewunderung wallte in Marisa auf. Illonas Art überzeugte durch kühle Klarheit. Für sie schien es keine Zweifel und Unsicherheiten zu geben, trotzdem war sie nicht arrogant oder besserwisserisch. Die Stärke in ihren Augen erinnerte an Zeynep, doch wo Zeynep leidenschaftlich und manchmal ein wenig dramatisch wirkte, strahlte Illona Ruhe und Kompetenz aus.

»Darf ich dich auch etwas fragen?«, sagte Illona plötzlich schüchtern.

»Klar, immer doch.« Um Physik konnte es nicht gehen, dafür hätte sie nicht extra um Erlaubnis gebeten.

»Ich habe dich in der Mittagspause schon häufiger mit einem blonden Mann gesehen, wenn du nicht mit den anderen Physikern rumhängst. Ist er dein Freund?«

»Jonte? Nein, das ist Zeyneps Freund. Die kennst du noch nicht«, wehrte Marisa schnell ab. Mit einem Mal fühlte sie ein nervöses, aufgeregtes Flattern in ihrer Herzregion. Hatte Illona Interesse an ihr?

»Ach so ... Ich dachte, weil ihr ...«

»Weil wir Händchen halten?« Marisa seufzte. »Denk jetzt bloß nicht, dass ich Zeynep den Kerl ausspannen würde oder so. Die Geschichte ist komplizierter. Es fing damit an, dass ich mich in meine beste Freundin verliebt habe ...« Sie erzählte die Geschichte, ohne sich in Details wie BDSM oder missglückten Dreiersessions zu verlieren, und schloss: »Jetzt gehören wir drei irgendwie zusammen. Auch, wenn Jonte primär Zeyneps Freund ist.«

»Klingt ganz schön kompliziert«, sagte Illona mitfühlend. »Ich weiß nicht, ob ich mir das gefallen lassen würde ... Nur die Zweitbeziehung für eine Hete zu sein, die sich ansonsten mit ihrem Kerl amüsiert.«

»So ist es überhaupt nicht«, setzte Marisa an und unterbrach sich. »Na ja, irgendwie schon, aber ... anders. Komplizierter. Jonte und ich verstehen uns gut, und ich möchte auf keinen von beiden verzichten.«

»Für mich hört sich das an, als ob du dir etwas schönredest und in Wahrheit ausgenutzt wirst. Im Grunde bist du für die beiden doch bloß eine bessere Affäre.«

Marisa schüttelte den Kopf und bereute, dass sie davon erzählt hatte. Es gab einen Grund dafür, dass sie die Komplexität ihres Liebeslebens normalerweise für sich behielt. Die Leute verstanden es nicht. Entweder, weil sie es nicht verstehen wollten, oder weil sie zu dumm dafür waren. Egal, welcher der beiden Gründe zutraf – Marisas Vertrauen in die tiefsitzende Dummheit der meisten Menschen war nach wie vor recht ausgeprägt –, eine solche Diskussion war fruchtlos. Im besten Fall ergab sie am Ende mitleidiges Scheinverständnis.

Warum also hatte sie Illona Einzelheiten erzählt?

»Selbst wenn es so wäre … Wenn du und ich eine Beziehung führen würden und Zeynep und Jonte im Gegenzug meine Zweitbeziehung wären, und wenn alle Beteiligten damit glücklich wären … Dann wäre das doch in Ordnung.« Marisa biss sich auf die Zunge. Natürlich war Illona Physikerin genug, um ein theoretisches Konstrukt nicht mit einem Anmachspruch zu verwechseln, aber … war es nur ein theoretisches Konstrukt?

Oder hätte sie tatsächlich Lust, Illona auf diese spezielle Art und Weise besser kennenzulernen? Warum nur kribbelte es in ihrem Bauch mit einem Mal so heftig, als ob eine verstopfte Quelle zu sprudeln begann?

Illonas aufrechte Haltung veränderte sich nicht, wurde weder abweisender noch ermunternder. »Ich glaube nicht, dass ich mich auf so ein Arrangement einlassen würde. Da … hätte ich das Gefühl, dass meine Freundin mich nicht genug respektiert.« Diese leichte, kaum spürbare Dominanz in ihrem Blick konnte es mit Zeyneps mehr als aufnehmen. »Wenn ich eine Frau liebe, will ich in ihrem Leben nicht nur die zweite Geige spielen.«

Also war sie ebenfalls lesbisch. Hätte sie das erwähnt, wenn Marisa ihr gleichgültig wäre?

»Es handelt sich natürlich um einen hypothetischen Fall«, sagte Marisa schnell. »Wenn du dich auf eine solche Beziehung einlassen würdest, würden wir es am Anfang ohnehin langsam angehen lassen. Alle Beteiligten müssten sich offen und ehrlich kennenlernen. Wir würden viel darüber reden, was man sich wünscht, wovor man Angst hat, was einem besonders wichtig ist … Anders funktioniert es ohnehin nicht. Wenn man zu schnell vorprescht, legt man sich auf die Schnauze.«

»Kann ich mir vorstellen.«

»Das Wichtige an Polyamory ist, dass es darum geht, dass man jemanden gern hat. Dann will man, dass er glücklich ist. Man muss mehr reden als in Zweierbeziehungen. Wenn ich ehrlich bin, ist es gerade das, was ich inzwischen daran mag. Es ist, als würde man nicht nur das Universum erforschen, sondern auch das, was uns zu Menschen macht und wovon wir träumen.«

Illona entspannte sich subtil. »So herum klingt es schön, Marisa.«

»Ich musste auch erst hineinwachsen. Heute könnte ich mir nichts Schöneres mehr vorstellen.« Es stimmte tatsächlich. Vor einem Jahr hätte sie einen solchen Satz für genauso unmöglich gehalten wie ein Vollzeitstudium der Physik.

Illona atmete tief ein und aus und schüttelte den Kopf. »Lass uns die nächste Aufgabe auch noch rechnen, ja?«

»Langweilige Wellenfunktion?«

»Genau. Zu zweit lässt sich alles ein bisschen leichter ertragen.«

Sie rechneten gemeinsam. Marisa musste sich auf die Zunge beißen, um Illona bei einem Ableitungsfehler nicht sofort zu korrigieren. Fehleranalyse und Ausdauer bei Misserfolgen gehörten ebenfalls zum Arbeitswerkzeug einer Physikerin. Illona die Chance dafür zu nehmen wäre nicht hilfreich. Also übte sie sich in Geduld und blätterte in ihren Aufzeichnungen herum. Vermutlich würde sie Cihad in der kommenden Woche die Hälfte davon erklären müssen, also sollte sie es besser selbst richtig verstehen.

»Wenn die Weihnachtsmärkte schon aufhätten, würde ich dich jetzt fragen, ob ich dich als Dankeschön für deine Hilfe auf einen Glühwein einladen dürfte«, sagte Illona, nachdem sie den Fehler allein gefunden und beim zweiten Versuch einen Rechenfehler eingebaut hatte, auf den Marisa kurz mit dem Finger getippt hatte. Dass *2,5 mal x* in der nächsten Zeile nicht *2x* ergab, war manchmal zu offensichtlich, um es beim Arbeiten zu erkennen.

Man brauchte Zeit und Geduld, um alle Variablen in einer Gleichung so anzuordnen, dass sie funktionierten.

»Es ist kalt genug für Glühwein, da hast du recht. Was hältst du stattdessen von heißer Schokolade in einem Café in der Altstadt?«

»Mit Amaretto?«

»Klingt gut.«

Sie räumten ihre Plätze auf und machten sich auf den Weg. Die hochgewachsene Illona bremste ihre langen Schritte, als sie sah, dass Marisa fast laufen musste. Zusammen gingen sie durch die Massen an lerneifrigen Studenten, passierten die Doppelglastür und traten hinaus in die nieselige Novemberkälte.

Marisa bemühte sich um einen schnelleren Schritt und hakte sich bei Illona ein. Natürlich nur, damit es ihnen leichter fiel, ihr Schritttempo aneinander anzupassen, sagte sie sich. Sie hatten es nicht eilig. Illonas Hüften und ihre berührten sich beim Gehen trotz des Größenunterschieds. Der Kokosduft aus ihren hellen Haaren wehte bei einigen Schritten zu ihr herüber.

Die Zukunft ließ sich nicht berechnen. Am Ende würde das Universum sich zu einem schwarzen Loch auf Erbsengröße mit unendlicher Masse zusammenballen, doch selbst das ließ sich nicht belegen. Vielleicht würde es stattdessen ins Unendliche expandieren. Vielleicht entfernten sich die Abstände zwischen den Quantenteilchen und ihren Wellenfluktuationen im proportional gleichen Maß voneinander, oder sie vibrierten heimlich vor Lebenslust und der gleichen erregten Freude, die Illonas Berührung trotz ihrer Liebe zu Zeynep in Marisa auslöste. Eine wahre Forscherin ging, *where no man has gone before*, und sah dem Unbekannten ins Gesicht.

Ein Gefühl von tiefem Frieden erfüllte Marisa. Die kühle Feuchtigkeit der Novemberluft ließ die Wärme in ihrem Herzen noch heißer erscheinen. Ein Regentropfen traf ihren Scheitel und rann ihre Kopfhaut hinab.

SCHARFE SCHOKOLADE

EROTISCHER DEBÜTROMAN EINER JUNGEN AUTORIN – FESSELND, FRECH UND EROTISCH ERZÄHLT

SCHARFE SCHOKOLADE
ROMAN. ANAIS BAND 45
Von Laura Pape
248 Seiten, Taschenbuch
ISBN 978-3-86265-431-4| Preis 9,95 €

Die Beziehung mit Paul könnte so schön sein, würde er Lena nicht auf einmal das Gefühl geben, nicht mehr die Einzige in seinem Leben zu sein. Und dann erwischt sie ihn tatsächlich beim Fremdgehen!

Anstatt ihm jedoch lange nachzutrauern, vergnügt sich Lena lieber mit dem attraktiven Polizisten Stefan, den sie in der Silvesternacht kennenlernt. Was als leidenschaftliche Affäre beginnt, entwickelt sich mehr und mehr zu einer echten Romanze. Stefan ist ein Mann zum Verlieben, da ist sich Lena sicher – bis sie irgendwann merkt, dass der Sex mit ihm das Einzige ist, was die zwei miteinander verbindet.

Hat Lena vielleicht einen großen Fehler begangen, als sie sich auf Stefan eingelassen hat? Ist Paul doch die Liebe ihres Lebens? Wie soll sie sich entscheiden – aufregende Affäre oder langjähriger Freund?

MEIN WEG DER UNTERWERFUNG

EIN SPANNENDES UND AUTHENTISCHES SM-MEMOIR ÜBER EINE FRAU, DIE SICH IHRER LUST
MEHR UND MEHR BEWUSST WIRD, ANFANGS NOCH ZWEIFELT UND SIE DANN DOCH AUSLEBT

MEIN WEG DER UNTERWERFUNG
SEHNSUCHT NACH MÄNNLICHER DOMINANZ
Von Sandra Leonie
216 Seiten, Taschenbuch
ISBN 978-3-86265-372-0 | Preis 9,95 €

In vielen Frauen schlummert die Sehnsucht nach sexueller Erfüllung. Immer mehr von ihnen trauen sich heute, genau diese Sehnsucht auszuleben, und teilen das Bett nicht nur mit dem Ehemann. Bei Sandra ist es sogar noch etwas extremer, denn sie spürt nach und nach das Verlangen nach männlicher Dominanz. Das geht so weit, dass Marco entscheidet, für Sandra einen dominanten Mann zu suchen. Sie wird lernen, den Schmerz von Rohrstock und Peitsche in intensive Lust umzuwandeln, und genießt auch die exhibitionistische Seite ihrer Ausbildung.

»MEIN WEG DER UNTERWERFUNG ist ein spannendes und authentisches SM-Memoir über eine junge Frau, die ihre Neigung zur sexuellen Devotion entdeckt. Ein Buch für SM-Paare, Anfänger und Neugierige – und für alle, die nach SHADES OF GREY Lust auf mehr Authentizität haben!« magazin.beate-uhse.com

JANA FEUERBACH, * 1983, schreibt seit vielen Jahren SM-Geschichten, Kolumnen und Romane. Sie kennt die Szene und weiß, worüber sie schreibt. Nach ihrem Studium in Hannover zog sie nach Bochum, wo zwei zickige Katzen und ihre Cocktailfreundinnen sie beim Schreiben unterstützen. Jana liebt es, ihre Gäste bei Lesungen z. B. in Erotikklubs zu verzaubern.

Jana Feuerbach
EXPERIMENT LIEBE
SM-Roman

ISBN 978-3-86265-593-9
© Schwarzkopf & Schwarzkopf Verlag GmbH, Berlin 2016

KATALOG
Wir senden Ihnen gern kostenlos unseren Katalog.
Schwarzkopf & Schwarzkopf Verlag GmbH
Kastanienallee 32, 10435 Berlin
Telefon: 030 – 44 33 63 00
Fax: 030 – 44 33 63 044

INTERNET | E-MAIL
www.schwarzkopf-schwarzkopf.de
www.facebook.com/schwarzkopfverlag
info@schwarzkopf-schwarzkopf.de